中公文庫

落語刑事サダキチ

泥棒と所帯をもった女

愛川　　晶

中央公論新社

目次

落語刑事サダキチ

泥棒と所帯をもった女

第一話　焼け跡と戦中日記

……明くる日は小遣いまでもらって、「どうもお世話様」てんで、自分の家《うち》へ帰ろうとします。

「町内に来ると、こいで落ち着くねえ。あすこに早足でもって歩いているのは、どこかで見たような……ああ、そうだ。太兵衛《たへえ》さんだ。太兵衛さん、どこへ行くの」

「おおっ！　お前《まい》は、武兵衛《ぶへえ》だな」

「ええ。武兵衛ですよ」

「いいところで会った。今朝ね、俺のところへ差し紙が来た。昨日、永代橋《えいたいばし》が落っこちて、お前は水死をしてしまったんだ。死骸は引き取りにこいという呼び出し状だよ」

「えっ……？　あの、何ですね」

「わからないやつだなあ。お前、お祭りに行ったろう。そいで、永代橋を歩いているうちに橋が二つに折れて、みんな川の中へ落っこっちまった。お前もそのうちの一人なんだよ。

本当にいいところで会った。一緒においで」

「そんなこと言われても……だって、あたしがその死骸を引き取るてえのはおかしい」

「おかしかないよ。よく考えてみな。手前《てめえ》のものを手前で引き取るんだ。このくらい確かな話はない。ほかの者が行くよりか、当人が行った方がどんなに事が早く運ぶか知れない。

さあ、一緒に来い、一緒に来い。

……これは、大変だねえ。死人の山てえが、みんなここに山積みになってる。町所《ちょうところ》のわからない人たちだ」

「ええ。そうでしょう。いい心持ちに寝てますね」

「寝てるんじゃない。死んでるんだよ。嫌だなあ。こっちに来なよ」

ツヨシ兄ちゃん、お願いです。もし僕が死んだあと、父さんか母さんが僕を捜していることがわかったら、この手紙を渡してあげてください。

迷惑だとは思いますが、こんなことを頼める相手はほかにいません。ここでは毎日、必ず何人かの人が死んでいきます。僕だって、どうにか生き延びたいと思いますが、今後はまったく見通せません。

本当に、今まで死なずに済んだのが不思議なくらいで、もしツヨシ兄ちゃん、そして高橋《たかはし》さんがいなければ、とっくの昔に息絶えていたはずです。それでも、この先はさすがに厳しいと感じるようになったので、高橋さんにお願いして、こんなものを残すことにしました。

ツヨシ兄ちゃん。ずうずうしいお願いで申し訳ありませんが、この手紙はずっと大切に持っていてください。どうか、よろしくお願いいたします。

1

白のタキシードに白シャツ、黒の蝶ネクタイ。正装した男性が眼光鋭く、カメラのレンズを睨《にら》みつけていた。

時代劇を中心に活躍する大スター・若山富三郎《わかやまとみさぶろう》。胸元もあらわな外国人女性を従えた彼は左手に栄養ドリンクの小瓶を握り、中吊り広告の最上部には白抜きの文字で、『男には男の武器がある』。

（これ、メーカーは味《あじ》の素《もと》よね。テレビでコマーシャルをやっていたな）

揺れる車内。右手で吊り革につかまりながら、三崎優子《みさきゆうこ》はふとそんなことを考えた。

（同じ俳優が巨大なサメへ銛《もり》を投げつけて……いや、それどころじゃない。職務に集中しないと！）

とはいうものの、見張る相手へずっと眼を向けていれば、すぐに感づかれてしまう。夜は外の景色が単調なので、中吊り広告でも眺めている以外に手がなかった。

山手線《やまのてせん》内回りの電車はついさっき、大崎《おおさき》駅を発車した。アルギンZの広告から視線を外し、優子は自分のいる四号車の車内を見渡してみた。通勤ラッシュ時には殺人的な混雑を呈するこの路線も、午後九時を過ぎた今は立っている人が二、三人いるだけだ。

　今日は一月三十日、水曜日。暦の上では春も間近だが、まだまだ寒さが厳しいため、乗客のほとんどが厚手のセーターにコート、オーバーなどを重ね着していた。

　監視対象であるヨーコまでの距離は約五メートル。連結部のドアの手前にある三人掛けシートのうち、右側の真ん中に腰を下ろしている。

　本日の警戒乗車のターゲットは女性で、年齢はおそらく二十五歳前後。『ヨーコ』も単なる通り名に過ぎず、本名は不明だ。小柄で色白、まだ娘らしさが残る顔に薄く化粧をしている。

　肩までの髪に軽くパーマをかけ、服装は白セーターにベージュのラップコート、黒いスカート。ブランド物らしいバッグを膝の上に載せ、講談社の『婦人倶楽部《くらぶ》』を広げている。どこからどう見ても金満家の若奥様といったこしらえだが、この女の正体は箱師《ハコシ》。つまり、電車や列車を仕事場とする掏摸《スリ》なのだ。

　十五分ほど前、今回の捜査でペアを組んでいる久保《くぼ》博徳《ひろのり》刑事からそう教えられた時には驚いたが、スリや空き巣は周囲から不審を抱かれないよう身だしなみを整えている者が多い。男性ならスーツ姿が定番なので、これが最適な仕事着なのかもしれなかった。

『最初はまさかと思ったよ。女のスリはいても、男の懐《ふところ》を狙う例はめったにねえからな』

久保刑事の言葉が耳元で蘇ってくる。彼は警視庁刑事部捜査第三課第三盗犯捜査第七係に所属する部長刑事で、年齢は三十代後半。ずんぐりした体にボサボサの髪、無精ひげ。服装はジージャンに綿のズボン。とても警察官には見えないが、これはもちろん意図的な装いだ。

『だが、被害者たちにあたってみると、〈もしかすると、若い女に盗《と》られたかも〉という声が多数あった。で、ようやく目星をつけたんだが、そう簡単には尻尾を出しやがらねえ。今日は絶好のチャンスだぜ。女が相手なら、向こうだって油断するからな』

久保は今、優子が立っている場所から一つ後方のドア付近で、ヨーコの相棒を見張っている。そちらの様子をこっそり窺うと、相棒の定九郎《さだくろう》は深々とシートに腰を下ろしていた。

外見はあくまでも勤め人風で、服装は紺のスーツにグレーのコート。立てば身長が百八十センチ近くあり、面長で色白、切れ長の眼と、江戸時代の浮世絵に出てきそうな顔立ちをしている。そして、彼の斜め向かいの席に久保刑事が座っていた。

定九郎の年齢は四十代半ば。検挙歴のないヨーコとは違い、こちらは窃盗罪で三度臭い飯を食っているが、『定九郎』はスリ仲間の誰かがつけたあだ名で、前科三犯にもかかわらず、本名が不詳。父娘《おやこ》ほど年が離れているが、二人は三年前から内縁関係にあるらしい。

（相手に気づかれてはいないみたいだけど……問題はこの先だわ。犯行現場を押さえなけ

れば手錠《ワッパ》はかけられない）

スリたちに捜査員の面《めん》が割れてしまうと、現行犯逮捕は一気に難しくなる。盗犯を担当する本庁の捜査三課・所轄の捜査三係の刑事たちは一課・一係とは違い、常にスーツ姿ではなく、今日の久保刑事のように、時には変装もするが、眼鏡や帽子、マスクくらいでは、犯罪者の猜疑心《さいぎしん》に満ちた眼をくらますことができない。ちなみに、今日の優子の服装はホワイトデニムのジーンズに濃紺のダッフルコート、首には白い毛糸のマフラーを巻いていた。

丸顔に吊り眉、二重の大きな眼。額のところで前髪を真っ直ぐ切り揃えているため、陰では『金太郎《きんたろう》』とか『女金時《おんなきんとき》』とか呼ばれているらしい。流行りのロングヘアにしたい気持ちもないわけではないが、変えるのが面倒なので、ずっと同じ髪形で通してきた。

手持ちぶさたを装って髪に手をやりながら、再び視線を送ると、ヨーコは婦人倶楽部に視線を落としていたが、どうも様子がおかしい。普通、雑誌を読む時には、見開きの両端を手でつかむが、彼女は下の部分を左手だけでつかみ、その脇に軽く右手を添えている。しかも、持つ位置が体の中心から微妙に左へずれていたのだ。

（あれで幕を切る気なんだな。細工は流々《りゅうりゅう》ってわけだ）

『幕を切る』は周囲の視線を遮る行為を指すスリたちの隠語で、新聞や雑誌、バッグなどがそのための小道具として使用される。

三人掛けの席はすべて埋まっていて、ヨーコの左隣は茶色い革のオーバーを羽織った中年男性。読書中、睡魔に襲われたのだろう。膝の上に開いた文庫本を載せたまま首を深く垂れ、盛んに舟を漕いでいた。そのため、優子の位置からだと、短く刈った頭頂部だけが見えている。

その男性の方へは顔を向けずに、ヨーコは開いた婦人倶楽部の陰で財布の在処《ありか》を探っているらしい。

（間違いないわ。そろそろ仕事にかかる。その瞬間を、確実にとらえないと）

刑事になって、まだ四カ月。犯人逮捕の現場には何度か居合わせてはいるが、自分自身で犯人にワッパをかけた経験はない。

『……次は品川《しながわ》、品川』

おなじみの車内アナウンスが流れる。

『東海道線、横須賀《よこすか》線、京浜東北線大井町《おおいまち》・蒲田《かまた》方面、京浜急行線はお乗換えです』

2

三崎優子は二十五歳。東京都北区赤羽《あかばね》の出身で、高校卒業後、警視庁に婦人警官として採用され、今年で九年め。昨年九月、神楽坂《かぐらざか》署に赴任し、刑事課捜査第三係に配属された。

都心にある署なので、犯罪の種類や件数が多く、侵入窃盗に車上荒らし、引ったくり、万引きから自転車泥棒まで、わずか四カ月の間に一通り経験したが、そんな彼女も、四日前、課長の並河康《なみかわやす》雄《お》に呼ばれ、『十日ほど、三課七係の手伝いをしてほしい』と告げられた時には面食らった。

第三盗犯捜査第七係はスリ犯専従の部署だ。スリは特殊な技術を駆使する犯罪なので、それに対応した独特の捜査テクニックが必要とされ、一人前のスリ係になるためには最低でも三年間の修業が必要。そう聞かされていたので、なぜ自分に声がかかったのか、まったく理解できなかったのだ。

けれども、上司の命令には逆らえない。その翌日、優子は戸惑った状態のまま本庁へと向かった。

昭和六年に建てられた警視庁本部の旧庁舎は老朽化が激しかったため、現在建て替え工事の真っ最中で、今年六月に地上十八階、地下四階の新庁舎が完成する予定だ。

したがって、この日、優子が行ったのは間借り先である港区西新橋《にししんばし》の通称・物産館。四年前まで三井《みつい》物産本社が入っていた建物だ。そこで、今回の捜査の相棒に引き合わされ、説明を聞いて、ようやく事情が呑み込めた。

『最近、女のハコシの被害が増えてきて、対応に手を焼いてるんだよ』

優子と向かい合った直後、久保刑事は顔をしかめながら言った。

『集中取り締まりをすることになったんだが、相手が女だと、せっかく現場を押さえても、身体検査さえ思い通りにはいかねえ。車内はもちろん、ホームも人目につくから、男の俺たちは動きづらいんだ。その点、同性なら遠慮する必要がない』

確かにこれはデリケートな問題で、女性被疑者の扱いを一歩間違えると、大問題に発展しかねない。近年、女性を刑事に登用する例が増えているのも、これが大きな理由だ。

『それに、取り締まる側が女なら、相手だって油断する。そこがこっちのつけ目さ。何も所轄から借りなくてもと思うだろうが、これはという人材がみんなふさがっていてな』

それにしても、なぜ新米の自分が呼ばれたのか。恐る恐るその点を尋ねてみて、すぐに疑問が氷解した。

七歳から柔道を始めた優子は、身長百七十二センチと体格に恵まれたこともあり、小学六年生で黒帯、高校二年生の時には二段を取得した。自らも柔道黒帯の久保は前々から優子のことを知っていたそうで、早い話、腕っ節を買われての人選だったのだ。

一昨日と昨日、久保刑事は優子と一緒に山手線や京浜東北線で移動しながら、捜査の勘所を教えてくれた。彼によると、ハコシの見分け方の第一は何といっても眼《ガン》の動き。スリのガンは瞬間的にギロリと鋭く睨んだあと、視線を逸らし、素知らぬそぶりを続ける。そして、これという獲物に狙いを定め……これを『拝む』と称するそうだが、拝んだ相手のそばへ何気なく近寄るのが確認できれば、まず間違いないそうだ。

すでに面《めん》の割れている常習者も多いのだが、厄介《やっかい》なことに、スリは実際の犯行現場を押さえないことには手錠がかけられない。

一般に窃盗犯の捜査は、その手口から犯人を追いつめていく『手口捜査』と、捜査員が現場に張り込んで検挙する『邀撃《ようげき》捜査』の二種類があるが、現行犯逮捕が原則のスリの場合、事実上の選択肢が後者しかない。そのため、三課七係の刑事たちは被害が多発している路線に乗り、ハコシが犯行に及ぶのを確認した上で逮捕に踏み切るのだ。

久保と行動を共にするようになって以降、疑わしい人物は何人か目にしたが、決定的瞬間を目撃するまでには至らなかった。しかし、ここからがいよいよ本番で、今日は夕方から警戒乗車を開始した。

『いいか。前にも言ったが、スリ犯逮捕の三要件は被疑者の逮捕、被害者の確保、証拠品の確保だ。忘れるなよ』

落ち合った駅のホームで、久保は優子にそう念を押した。

『特に三番めが重要だ。肝心の物《ブツ》がなくては、検察へ送り込んでみたところで、いい顔はされねえ。開き直った犯人《ホシ》に冤罪だの何だのと騒がれると面倒だからな。それと、くれぐれもカラ打ちには気をつけろよ。本物の真打ちかどうか、しっかり見定めろ』

『えっ？　真打ちって……それ、落語家の、ですか』

本気でそう質問して、睨まれてしまった。今思い出しても、腋《わき》の下に冷や汗が湧いてくる。実は優子は大の落語好きで、寄席と甘味処《かんみどころ》へ通うのが何よりの楽しみ。そのせいで、とんでもない勘違いをしてしまった。

久保の説明によると、スリは複数で行動する例が多く、トメ、カベ、ウケなど、それぞれが違った役割を担うそうだ。このうち、『トメ』は被害者の足止めをする役、『カベ』は周囲からの視線を遮る役、『ウケ』は奪い取った財布などを他から受け取り、素早く姿を消す役である。

さらに、『カラ打ち』と呼ばれる役割があって、これは実際に盗む者……つまり『真打ち』が仕事をしやすいよう、刑事などの視線を引きつけておく係だ。

今回、ヨーコはカベを使わず、自分自身で幕を切って仕事をするつもりらしい。

（久保さんは二人に顔を知られていないはずだと言っていたけど、連中は勘が鋭いので、何か感じ取っているかも……おや？　あれは……）

品川駅で乗り込んできた男性が二人、彼女と左隣の乗客の前に立つ。いわば天然のカベ役を得たわけで、これを好機とみたらしく、ヨーコが雑誌から右手を離す。そして、その手を雑誌の陰に隠し、居眠りしている男性の方へ徐々に体を押しつけていった。

（いよいよ、やる気なんだ。決定的瞬間を見逃さないよう注意しないと……）

心臓の鼓動が早まってくる。しばらく前から、喉はカラカラだ。

さすがにこの段階になると、スリもまったく脇を見ずには仕事ができないのだろう。辺りをはばかりながら、左へ視線を向ける。それに呼応して、優子も少し移動し、ヨーコの手元が見えやすい位置に立った。

やがて、隣の男性が着ている革オーバーの左襟《ひだりえり》が微《かす》かに動く。ヨーコの手が忍び込んだのだと直感し、懸命に眼を凝らしていると、数秒後、黒く細長い物体が白セーターの前を通過して、婦人倶楽部の陰へと吸い込まれていった。

（……今、やった。内パーで財布を抜いたのね）

衣服から財布などを掏《す》る手口のうち、ズボンの後ろポケットから抜くのを『ケツパー』、シャツの胸ポケットからを『胸パー』、背広やオーバーの内ポケットからを『内パー』と称し、この順に難易度が上っていく。

（ほんの一瞬の出来事だったけど、確かに見た。間違いないわ！）

優子は激しい興奮を覚え、ぐっと拳《こぶし》を握りしめた。

3

その後、ヨーコは婦人倶楽部を閉じて立ち上がり、進行方向へと歩き出す。

仕事を終えたあと、被害者から離れるのはハコシの定石。革のオーバーを来た男性は何も気づかずに眠りこけたままだ。

すぐに久保刑事の方へ眼をやると、彼は優子が三号車の方を指差しただけで、すべてを悟り、さっとシートから腰を上げる。この時、ヨーコは連結部のドアを抜け、三号車に移動していたので、久保が早足であとを追いかける。

優子は真ん中が空席になった三人掛けシートへ歩み寄ると、

「すみません。起きてください」

しかし、男性は熟睡しているらしく、無反応。仕方なく、左肩をつかんで揺さぶると、膝の文庫が床へ落ち、弾けるように顔を上げた。

「あの、大変申し訳ありません。実は私……」

まずは文庫を拾って手渡し、コートの内ポケットから警察手帳を取り出すと、低い声で、

「私、神楽坂署の三崎と申します。突然ですが、捜査にご協力をお願いします」

「け、警察？　そんな、どうして……」

年齢は四十代前半くらい。丸顔で、眉が太く、やや垂れ眼。銀縁の眼鏡をかけている。左頬に斜めに一本、筋が入っているのは古傷だろうか。寝起きのせいか、おびえたような眼で優子を見上げていた。

「あのう、ひょっとして……カリコミでしょうか」

（えっ、刈り込み？　床屋に行った夢でも見ていたのかな）

男性の角刈りの頭は今日散髪してきたようにきれいだったが、今はそんなことにこだわっていられない。

「お寝《やす》みになっている間に、スリの被害に遭われたんです。急いでご確認をお願いします」

「え……ええっ！　そりゃ、大変だ。でも、どこから……」

スリと聞き、相手はいっぺんに目が覚めた様子で、両手でせわしなくズボンのポケット

を探り出す。

「いえ、そこじゃありません。オーバーの内ポケットです。ついさっき、右隣に座っていた女スリがあなたの財布を抜き取りました。あの、そっちじゃなくて、左の……ええっ？　ま、まさか……」

思わず息を呑む。何と、左の内ポケットから茶色い革製の札入れが出現したのだ。

「財布なら、ちゃんとありますよ。ほら、ここに」

男性が安堵の表情を浮かべ、札入れを顔の前に掲げる。

「まさか、そんな……だって、間違いなくこの眼で……」

何が起こっているのか理解できず、優子は激しくうろたえた。

「あの、でも、一応中を確認してみてください。お札だけ抜かれた例がありますから」

優子は懸命に食い下がった。久保刑事はすでにヨーコの身柄を押さえているはず。簡単には引き下がれない。

「札だけ、抜く？　そんな手品みたいなまね……ほら、やっぱりあなたの見間違いですよ。全然減ってないもの」

男性が鼻でわらいながら札入れを開く。片側に一万円札が二枚、もう片側に千円札が三、四枚。さらに、中央のファスナーを開け、中の小銭まで見せてくれた。

顔から血の気が引くのを意識する。とんでもないことになってしまった。

（でも、確かに何か黒い物体を……待てよ。じゃあ、あれはひょっとすると……）

その時、三号車との間のドアが開き、相棒が戻ってきた。彼の右手は被疑者のカーディガンの左袖をしっかり握っている。電車はちょうど田町駅ホームへ到着するところ。久保が軽く顎を動かし、進行方向に対して右側のホームを示す。

「あの、まことに申し訳ありません。ここでいったん電車から降りていただけますか」

とにかく、落ち着いて、もう一度確認してもらうしかない。男性は不快そうに眉を寄せ、口を開きかけたが、結局苦情は言わず、シートから腰を上げた。

久保刑事を先頭に、四人連れ立って電車から降りる。並んでみると、男性は優子よりも五センチ以上背が高かった。

ふと振り返ると、車内に定九郎の姿がなかった。内縁の妻が心配で下車したのか、それとも身の安全を図るため、他の車両へ移動したのか、判然としないまま、電車は去っていってしまう。

「ねえ、ちょっと、いいかげんにしてよ」

その直後、ヨーコが全身を揺すって抗議した。

「こう見えても、あたし、忙しい体なの。濡《ぬ》れ衣《ぎぬ》なんて迷惑なのよ」

若奥様風の外見とは裏腹に、その口調は品がなく、やや舌足らずだった。

「濡れ衣かそうでないか、調べればすぐにわかる。おとなしく捜査に協力しろよ」

久保が穏やかな声でそう諭したが、これに対し、ヨーコは突然大声を出し、

「痴漢よ、痴漢！　この男です。誰か、助けて！」

何とも稚拙なやり口だが、たぶん以前、この手を使って逃走に成功した経験があるのだろう。まだ周りに乗降客が残っていたから、興味本位で介入されると面倒だ。このために呼ばれたようなものだから、久保に代わって優子が制圧した。両腕をつかんで軽くひねると、それだけで完全に身動きが取れなくなる。

「……手間をかけさせるなよ、まったく」

ようやく抵抗がやんでから、久保が言った。

「ほら、決着をつけちまおうじゃねえか。どこかにブツを隠し持ってるはずだから、早いとこ、調べて……ん？」

勢い込んで優子に指示を出しかけた久保が絶句し、いぶかしげに辺りを見渡す。

「おい、お前。被害者《マルヒ》はどうした。電車から降りてもらったんだろう」

「はい。もちろん、一緒に……あれ？　あの……」

優子は狼狽《ろうばい》した。ついさっきまでそばにいたはずなのに、例の男性がどこにもいない。

「関わり合いになるのを嫌って、姿を消しちまったんだな。まったくこのドジが……ちゃんと見張ってなきゃだめじゃねえか！」

「も、申し訳ありません。ただ、その、車内で確認したところ、本人は被害に遭っていないと言っていて……」

ヨーコから少し離れた位置で、声を潜め、事情を説明する。気配を察したらしく、女スリはもう逃げようとはせず、腕組みをして二人の様子を見守っていた。

「……やられたな。そりゃ、典型的なカラ打ちの手口だよ」

久保が顔をしかめ、忌ま忌ましげに舌打ちをする。

「自分の財布を隣の男の服へ出し入れして、わざと逮捕され、真打ち役の身の安全を図ったんだ。今頃、定九郎は誰にもじゃまされず、やりたい放題やってやがるぜ」

「本当に、申し訳ありません。私の経験不足で、とんだご迷惑をおかけしてしまいました」

細心の注意を払っていたつもりだったが、眼の動きから刑事だと見抜かれたのだろう。

「ねえねえ。何をこそこそ話してるのよ」

ヨーコは腕を組んだまま、勝ち誇ったように顎を上げる。

「何の証拠もなしに他人《ひと》を泥棒扱いして、この落とし前はどうつけてくれるのさ」

　父さん、母さん、お元気ですか。二人とも、きっと一生懸命僕を捜してくださっているのに、運命の悪戯《いたずら》のせいで今日まで会うことができず、つらい思いをされていることでしょう。それを考えると、僕もつらいです。

　去年の三月九日、夕方から強い風が吹き始めました。「もしこんな日に空襲があったら大変だ。明日は陸軍記念日だから、よけいに気になる」と、父さんが険しい顔でおっしゃっていたのをよく覚えています。

　あの晩は少し遅い時刻に警戒警報のサイレンが一度聞こえ、防空頭巾《ぼうくうずきん》を被せられて、寝《ね》ぼけ眼《まなこ》で浅草《あさくさ》の家の床下に掘った防空壕へ入りました。当時はほぼ連日サイレンが鳴っていたので、もう慣れっこになっていたし、実際、その時の警報もしばらくして解除されました。

　そして、再び寝入った真夜中過ぎ、異様な物音と多くの人の声で跳ね起きると、いつの間にか窓の外が真っ赤になっていて、荷物を抱えた近所の人たちが猛烈な勢いで道を走っていました。

　驚いて玄関から出てみると、まず目に入ったのは信じられないほど低空を飛ぶB二九の姿でした。しかも、一機や二機ではなく、それまで見たこともないほどの数が飛んでいたのです。ただ、不思議なことに警報のサイレンはまったく聞こえませんでした。

父さんと母さんもすぐに起きてきて、常備してあった非常用持ち出しリュックを背負い、僕は父さんに手を引かれて避難を開始しました。

戸外はまるで真昼のような明るさで、あちこちに警防団員が立ち、人の流れを誘導していました。そして、まずは僕が通っていた富士《ふじ》小学校の校庭を目指したのですが、そこも危ないと言われ、隅田《すみだ》公園へ行くよう指示されましたね。

その間にも、空はますます赤みを増し、焼夷弾《しょういだん》の火の粉が降りかかってきます。それでも、公園に着いてみると、充分に広さがあり、家々からも離れているため、ほっと一息つくことができました。「これで一安心だわ」と言ったお母さんの声が、今でも耳に残っています。

けれども、そんな状態も束の間、次から次へと避難民が押し寄せてきて、公園は人であふれてしまいました。何千人いるのか、見当もつきません。そのうちに降り注ぐ火の粉が服や頭巾を焼き始め、そこから炎がかたわらに立つ人の服へ移り、そしてまたと、たちまち、炎に包まれて地面へ転がる人が続出しました。

もう誰も助けることができません。広い公園に数知れない悲鳴が飛び交い、それはまさに地獄でした。

そんな時、父さんが「川に入ろう。助かる道はほかにない」と言い、三人で隅田川を目指すことになりました。父さんは僕に「手を離すなよ。ほら、急いで」と言いましたが、周りは人だらけなので、あっちで押され、こっちで押され、なかなか前へ進むことができません。

やっと言問橋《ことといばし》のたもとまでたどり着きましたが、その時、突然僕の頭巾が燃え始めました。そして、あっという間に上着にも。あまりに熱かったので、僕はつないでいた手を離してしまい、ほとんど上半身が火だるまの状態で川へ飛び込みました。

今でもはっきり覚えていますが、川面には何十、何百もの人の頭が、周囲の炎に照らされ、浮かんでいました。僕はその上へ、無我夢中で身を投げたのです。

4

「えー、世の中にそそっかしい人はたくさんおりますが、御徒町《おかちまち》の古着屋で太兵衛さんて え方が大変にそそっかしい。そこに同居人が来まして、武兵衛という名前で同《おな》し商売なんですが、こいつもそそっかしい」

翌日。新宿区神楽坂にある寄席・神楽坂倶楽部の高座に黒紋付姿で上がっているのは、八代目林家《はやしや》正蔵《しょうぞう》師匠。時刻は午後三時半を少し回っていた。

「二人《ふたあり》で古着の市へ買い出しに行きましてね、代金を払い、買った品物を風呂敷包みにして、名札をつける。一服吸って、さて立ち上がるってえと、どっちか先に立った方が相手の分を背《しょ》負ってしまう。

武兵衛が太兵衛の買った古着を背負って、太兵衛が武兵衛のものを……だけど、帰《かい》るところは同し家《うち》なんですから、そこで取り換えっこをすりゃあいい。大変に都合がよくできております」

落語界最長老である師匠は、御年《おんとし》八十四歳。人情噺や怪談噺を得意とする昭和の名人の一人で、歌舞伎と同様の書き割りや三味線、太鼓などの鳴り物を用いた道具入り芝居噺の唯一の継承者でもある。

「申し遅れましたが、このお噺の舞台は本来、夏でございます。ですから、一月の晦日《みそか》に演《や》るってえのは変なんですが、本日はこういう特別な会でございますので、あえて申し上げることにいたします」

一年三百六十五日、演芸を鑑賞できる、いわゆる定席《じょうせき》では、一日から十日の興行を『上席《かみせき》』、十一日から二十日までを『中席《なかせき》』、二十一日から三十日を『下席《しもせき》』と呼び、それぞれの興行を『芝居』と称している。すると、必然的に大の月の三十一日が空いてしまうので、その日に各寄席が趣向を凝らし、特別な番組を作成するのが『余一会《よいちかい》』だ。

今日、優子が足を運んだのは神楽坂倶楽部一月余一会昼の部、題して『ニュース落語の世界』。主な出演者と演目は以下の通りだ。

花山亭喜円《かざんていきえん》　『初雪』（正岡容《まさおかいるる》作）

林家正蔵　『永代橋』

湊亭文太楼《みなとていぶんたろう》　『大丸屋《だいまるや》騒動』

優子自身は寄席通いを始めてから、まだ間がないのでわからなかったが、この会に誘ってくれた先輩刑事の話によると、どれも珍品揃いだそうで、昨日と今日、急な出張が入り、来られなくなった彼は地団太《じだんだ》を踏んでいた。

「『ねえ、太兵衛さん』

『何だい』

『ほら、深川《ふかがわ》の八幡《はちまん》様の祭りが雨に祟《たた》られて、満足に御輿《みこし》も出せないというので、もったいないから日延べをしたろう。今日が一番終《しま》いの日なんだよ。あたしはこれから八幡様へ行って、祭りを見てこようと思うんだ。だから、一日、家にいないよ』

『えっ？　出かけんのかい。そりゃ、かまわないが……そそっかしいからなあ、お前は。

どうか落ち着いとくれよ。落ち着けば一人前なんだから。

じゃあ、とにかく気をつけて。今日は天気がいいから、足駄《あしだ》ぁ履いてきな』

『うん。もちろん、そのつもりだ』

……てんで、草履《ぞうり》で出かけていく。大変によくできております」

とぼけたクスグリに、客席から笑い声が起こる。『クスグリ』は楽屋符牒《ふちょう》でギャグのこと。ちなみに、雨の日など道悪《みちわる》用の高下駄が『足駄』である。

(確かに、相当珍しい趣向の会みたいね。平林《ひらばやし》さんが悔しがるのも無理ないわ)

満員御礼の客席の中央付近の椅子に腰を下ろし、優子は心の中でつぶやいた。平林定吉《さだよし》が件《くだん》の落語マニアの同僚の名前。階級は巡査部長で、殺人、傷害、強盗、放火などを担当する捜査一係の所属だが、署内では誰もが『サダキチ』という名だと信じている。『寝床』や『茶の湯』、さらには名字と同じ『平林』にも登場する小僧の名前に、つい引きずられてしまったらしい。

(そういえば、ついさっき聞いた噺にもサダキチが出てきたわね。こっちは刑事じゃなくて、強盗犯だけど)

演者自身の解説によると、『初雪』の主人公である清水《しみず》定吉は明治十年代に東京中を震《しん》撼《かん》させた日本初のピストル強盗犯で、五人もの人間を射殺した。

その後、定吉本人は死刑に処せられたが、人々の記憶の中に長く残り、彼をモデルにした新作落語、さらには映画まで作られた。

（つまり、今回は実在の事件に取材した噺ばかりを集めた会だったのね。マニアの平林さんにとっては垂涎《すいぜん》の的だろうけど、こういう特殊な会ではおのろけ豆なんて、ちょっと取り出しにくいわ）

寄席は基本的に場内での飲食が自由なので、食いしん坊の優子はここの中売り、つまり売店で売っている七味唐辛子の利いたその商品にはまってしまい、それをかじりながら演芸を楽しむのが習慣になっていた。

ちなみに『おのろけ豆』とは、ピーナッツを醬油味のおかきで包み、ノリやゴマをまぶしたお馴染みの菓子で、昔は衣に醬油を絡める工程で二粒がくっついてしまうことがよくあり、それが仲のいい男女の様子に似ているというのが命名の由来だそうだ。

深川八幡の祭り見物に出かけた武兵衛は永代橋の手前で、雑踏に阻まれ、前へ進めなくなってしまう。

「『おやおや。大変な人だねえ。どっから、こんなに出てきやがるかなあ。人間だからいいけれど、犬なら嚙み合いが始まるよ。

みんな、橋を渡って向こうへ行くやつばっかりだ。歩いてる連中《れんぢゅう》の頭を踏んづければ、早く渡れるが、踏まれたやつが怒るだろうから、それもできねえ。何にしろ、こうやって待ってるてえのは……い、痛《いて》え！　おい。気をつけろ』」

　師匠が突然、苦悶の表情になり、両手で胸元を押さえる。

「『ちくしょうめ。他人《ひと》の向《む》こう脛《ずね》……そうか。こんなとこに向こう脛はねえや。もっと下だ。だったら、ここは胸か。胸へ突きあたりやがって、そそっかしいやつがあるもんだ……おやあ？』」

　首を傾《かし》げながら、右手で自分の懐を探り、突然、はっと息を呑んで、

「『……さあ、大変だ。紙入れを盗《と》られちまった。弱ったねえ。金は二両に足りねえほどだが、仕切り帳が入ってる。偉《えれ》えことになっちゃったなあ』」

　それを聞いて、優子は愕然となった。一席めに登場した犯罪は強盗殺人で、今度はスリ。さすがに、この展開はまったく予想していなかった。

5

　せっかく寄席に来たのだから、なるべく思い出さないよう努めていたが、こうなっては否《いや》も応《おう》もない。昨日、女スリ・ヨーコの子供だましに幻惑させられ、優子は田町駅の山手

線ホームで完全に進退きわまってしまった。

スリ犯逮捕に必要な三要件のうち、被疑者の身柄だけは確保したものの、カラ打ちなのだから犯罪の証拠品などあるわけがないし、被害者と思しき人物にはいつの間にか逃げられてしまった。そんな状況では身体検査など到底できない。尻尾を巻いて引き下がるしかなかった。

『警察官が善良な市民を犯罪者扱いしていいと思ってるの？　濡れ衣だったんだから、そこに両手をついて謝んなさいよ！』

逮捕されないとわかったとたん、ヨーコは居丈高《いたけだか》な態度で二人を糾弾し始めた。

スリの常習者としてマークされてはいるものの、彼女自身に前科がないのが大きな強みだ。久保刑事がうまく対応してくれたおかげで土下座こそ免れたが、大勢の人が見ている前でとんだ醜態をさらしてしまった。

嵐が去ったあとで、久保は憮然とした表情で『二度とこんなドジは踏むなよ。明日一日休んで、頭を冷やせ』と言い、その場から去っていった。優子が激しく落ち込んだことは言うまでもない。

（昨日の件で、久保さんもやつらに顔を知られてしまい、今後の捜査がやりづらくなった。逮捕して面割《めんわ》れするのはやむを得ないけど、取り逃がしてというのは……いや、もうやめ

よう。きりがない）

　軽く首を振って、つらい記憶を振り払う。優子は改めて高座へ眼をやった。

「『おう。そこにいるのは武兵衛さんじゃないか』

『へい。武兵衛でございます。お久しゅうございますなあ。すっかりごぶさたしまして……で、あなた、どなた？』

『何だい。知ってるような挨拶をして、〈どなた〉はよかったね。あたしは山田屋《やまだや》だよ』

『山田屋さん！　だったら知ってます。何だい。つまらねえ』

『つまらないはひどいな。それより、お前さん、なぜこんなところにいるの』」

　問われて、武兵衛が事情を説明すると、相手は深くうなずき、

「『突きあたったやつに紙入れを盗られた……そりゃ、〈頭突き〉という巾着《きんちゃっ》切《き》りだよ。おでこでぶつかってきただろう。気の毒になあ。そんなことがあったんじゃあ、祭りへ行ってもおもしろくなかろう。家《うち》へ来て、一杯やったらどうだい』

『へい。ありがとうございます。お宅に行って一杯……どうか、ご遠慮なさらず』

『何を言ってるんだい。お前がお客になるんだよ』」

『粗忽《そこつ》の釘』『粗忽の使者』『堀《ほり》の内《うち》』など、あわてものが登場する落語は数多いが、そんな中でも武兵衛さんは相当重症だ。昨日からの屈託も忘れ、優子はつい笑ってしまった。

（こんなにそそっかしいのに、商売なんかしていて大丈夫かな……って、私が心配するのは変か。まさか自分が刑事になるなんて、ついこの間までは考えてもいなかったんだから）

優子の卒配、つまり警察学校卒業直後の配属は交通課指導係で、その後、防犯課少年係なども経験したが、昨年九月、丸の内署《まるのうち》から神楽坂署へ異動し、配属が刑事課と聞かされた時には心底驚いた。

三カ月間の、いわゆる刑事講習も未受講という異例の人事だったから、意外に感じるのは当然だ。それ以来、本人は懸命に頑張っているつもりだが、課内の評判はあまり芳しくない。

雑念に囚《とら》われているうちにも、噺は先へ進んでいく。自宅に客を招いた山田屋は刺身と酒で歓待する。これに対して武兵衛は相変わらずで、ワサビを誤って盃《さかずき》の酒で溶いてしまい、困ったあげくに『お前さんにあげます』などと言い、笑われていたが、そのうち、家の外で騒ぎが起きる。

一体何事かと思い、尋ねてみると、祭りへ向かう群衆の重さに耐えきれず、永代橋が落ちてしまったという。

「『……へえ、そうかい。ねえ、武兵衛さん。お前さんがあたしに会わないで、あの人込みを渡っていけば、今頃、橋の真ん中あたりだよ。命拾いをしたね』

『ええ。まあ、そういうことになりますねえ』

『大勢の人が川へ落ちたって？　本当に気の毒……うん。お侍が制止したが、あとから来る者が言うことを聞かないで、川へ飛び込んだのか。そうだろう。

そいで、そのお武家が人助けのため、腰の物を抜いて振り回した？　なるほど。刀なら驚くが、〈引き返せ〉なんて言ったって、聞いてるやつは一人もない。いきなり刃物を振り回せば、みんな後退《あとずさ》りするよ。偉い方だなあ。武兵衛さん、聞いたかい』

『聞きました。あのう、年の若い侍でしょう。で、長い刀を持って……実はあたし、心安いんです』

『えっ？　本当かい』

『ええ。よく知ってますよ。佐々木小次郎《ささきこじろう》』

『何を言ってるんだよ』」

一歩間違えば命を落とすところだったのに、武兵衛はあくまでも呑気《のんき》である。

（まあ、あれくらいお気楽でいられたら、私も悩む必要なんてないんだけど……）

そんなことを考えながら、優子は次第に正蔵師匠の高座に惹きつけられていった。

あの時から、僕の世界は一変してしまいました。

父さん、母さんの慈愛を受けながら、楽しく過ごした家庭の団欒《だんらん》、毎年心待ちにしていた三社祭《さんじゃまつり》、月に一度はお参りに行き、帰りには仲見世《なかみせ》を歩いたり、花屋敷《はなやしき》に寄って遊んだりと、さまざまな思い出が心に焼きついていますが、何もかもが暗転してしまいました。

隅田川へ身を投げてからしばらく、僕は気を失っていたらしいです。やがて耐えがたい寒さに襲われ、目を覚ましました。

夏ならともかく、春まだ浅い季節に何時間も水に浸かっていれば、体の芯まで冷えきってしまいます。まして、大空襲の数日前には東京でも雪が降り、当日も残雪は消えていませんでしたから、凍死しなかったのが不思議なくらいです。

「父さん、母さん、どこにいるの」。まずはそう呼びかけてみましたが、応えてもらえません。ふと気づくと、周りは人でいっぱいのようで、身動きが取れません。「すみません。どいてください」と言っても、誰も動かないし、返事さえしない。そこで初めて、自分の周囲が死体で埋め尽くされているらしいということに気づきました。

辺りには人の脂《あぶら》の焼けるにおいが漂っていて、呼吸さえ満足にできないほどです。冷たい水と吹きつけてくる川風のせいで、次第に体の感覚もなくなり、自分もこの人たちと同様、命が終わるのかと諦めかけたその時、男性の声が聞こえたのです。

「おい。この中で、誰か生きている者はいないか。もしいたら、返事をしてくれ」

あとでわかりましたが、声の主は救助のために付近を回っていた兵隊さんで、僕が返事をすると、すぐ岸へ引き上げ、「頑張った。よく生きていたな」とほめてくれました。

そして、連れていかれたのは言問橋の下。たくさんの人が集まり、焚き火をしていました。僕はそこで暖を取らせてもらい、焼け焦げ、濡れねずみになった衣服を乾かすことができました。

やっと人心地ついたものの、父さん、母さんを捜すといっても、この状態ではどうしていいかわかりません。

すると、しばらくして、ある人が僕にこう言ったのです。

「坊主、途方に暮れてばかりいないで、上野へ行ってみたらどうだ。駅の近辺に親とはぐれた子供たちが大勢集まっているらしいぞ。一人で行くのは無理だろうから、連れていってやろう」

僕はその言葉に甘え、上野まで同行してもらうことにしました。そういう場所にいれば、父さんや母さんを捜しやすいと思ったのです。

　上野に着いてみると、駅前で炊き出しが行われていて、そのにおいを嗅いだ時には心が震えました。また、広場には人の声、特に子供の声があふれていたので、自分だけじゃないと思い、ほんの少しだけ安心しました。

　連れていってくれた親切なおじさんと一緒に長い列の最後尾に並び、ごった煮を食べることができましたが、その人と別れたあとは、もうどうしていいかわかりません。

　夕方になり、また途方に暮れていると、集まっていた子供たちが同じ方向へ移動し始めたのに気づきました。何だろうと思ってあとを追うと、着いた場所は地下道。こうして、僕の地下道暮らしが始まったのです。

6

　神楽坂の毘沙門《びしゃもん》様と呼ばれ、古来、人々の信仰を集めてきた日蓮宗《にちれんしゅう》の名刹《めいさつ》・鎮護《ちんご》山善《さんぜん》國寺《こくじ》。神楽坂倶楽部はそこから坂を下り、最初の角を右へ折れてすぐの場所だが、その小道の入口の向かい側に小ぢんまりした喫茶店があった。店名は漢字で『檸檬《れもん》』。カウベルを鳴らし、扉を開けると、店内は落ち着いた雰囲気で、煉瓦造《れんがづく》りを模した柱に焦げ茶色のフローリングの床。黒光りするテーブルを挟んで、優子の向かいのソファに正蔵師匠が腰を下ろしていた。

「いやあ、奇遇でしたねえ。まさか今日、三崎さんにここでお会いできるなんて」

熱いおしぼりで手を拭きながら、師匠が言った。

「寄席においでいただいたそうだけど、何しろ、もう眼が悪くなっちゃって、高座から客席なんぞ見えやしねえ。耳なし芳一《ほういち》もかくやといった心境ですよ」

師匠は過去に両眼の白内障手術を経験され、普段は分厚いレンズの眼鏡をかけているが、高座に上がる時には裸眼なので、やはり不自由もあるらしい。それにしても、周囲の様子がわからずに語る状況を『耳なし芳一』とは言い得て妙だ。

「ご挨拶もせず、失礼しました。平林と一緒なら楽屋に寄らせていただいたでしょうが、あいにく、急な仕事が入ってしまったものですから」

優子が知遇を得たのはごく最近だが、正蔵師匠と平林の縁は深い。だいぶ尾ひれがついてはいるものの、落語刑事・平林定吉は若い頃、師匠の元で前座修業をしたというのが署内での定説になっていた。

そして、現在でも元弟子は稲荷町《いなりちょう》にある師匠宅へ足しげく通っているが、その目的は落語談義でも昔話でもない。実は、正蔵師匠はあのシャーロック・ホームズが裸足《はだし》で逃げ出すほどの名探偵で、捜査に行きづまった際の知恵袋的存在なのだ。

ひげ面のマスターが注文したメニューを運んでくる。師匠がキリマンジャロで、優子がレモンパイと紅茶だが、三十分ほど前に入店していた優子はどちらもお代わり。この店の名物であるレモンパイはカスタードクリームの甘味と酸味がほどよく、その上に載っているメレンゲの焦がし具合も上々。誘惑に負けて一度に三個食べ、体重に響くと後悔したことがある。

　ここは先月、優子が見つけた店だが、グレーのオーバーにハンチング、右手にステッキという姿で正蔵師匠が入ってきた時には、さすがに驚いた。尋ねてみたところ、師匠はずっと以前からここの常連で、しかも、業界誌にインタビューが載るほどのコーヒー通。ただ、不思議なことに、『コーヒー』を『コーシー』と発音した。たぶん、江戸なまりだと思う。

「今日の会の演目は、どれも珍品ばかりだそうですね」

　香り高い紅茶を口に含んでから、優子が言った。

「『永代橋』というお噺も初めて伺って……まあ、平林とは違って、私が知らないのはあたり前ですけれど」

　優子が落語に興味をもつようになったきっかけは、警察学校の寮にいた時期に書店で講談社文庫版『古典落語』の上巻を見つけ、何気なく手に取ってみたことだった。それ以来、活字で読む落語に夢中になり、ほぼ暗記している演目もたくさんあるが、初めて寄席の木戸を潜《くぐ》ったのは先月十日。それから、まだ二カ月も経っていなかった。

「平林さんは病膏肓《やまいこうこう》に入るてぇクチでね、ああいう人を物差しに使っちゃいけない」

　コーヒーカップを手にした正蔵師匠が笑いながら首を横に振る。そして、うまそうに一口すすってから、

「今日の催しにわざわざあたしが招かれるくらいだから、推して知るべしさ。戦後、あの噺を演《や》ったのは圓生《えんしょう》さんとあたしだけ。まあ、向こうはちょいと呼びにくいだろうしね」

『ちょいと』というのは言葉の綾で、出演は絶対に不可能だ。六代目三遊亭圓生師匠は去年九月に急逝されている。

「そんなに珍しい噺だったのですか。特に後半が意表をつく展開で、とても面白く聞かせていただきました」

『永代橋』の後半は以下の通り。深川八幡の祭礼へ行く途中、財布を掏られた武兵衛は見物を諦め、知り合いの家で酒をご馳走になり、泊めてもらう。

　そして、翌朝、帰宅しようとすると、途中で太兵衛にばったり会い、『お前は溺れ死んだんだ。死骸を引き取りに行くから一緒に来い』と言われ、落ちた橋のたもとまで無理やり連れていかれる。

現場に到着して、問題の死体を前にした武兵衛は『これは俺じゃない。死ぬなんて間《ま》尺《しゃく》に合わない』などと言い、『お前の死骸だ』と主張して譲らない太兵衛と、ついには殴り合いの喧嘩になってしまう。

そこへ役人が止めに入って事情を聞き、『武兵衛の書きつけが懐に入っていたので、人違いをした』と説明するが、武兵衛は腹の虫が治まらず、『殴られたのが悔しいから、お白洲《しらす》で白黒をつけてほしい』と言うと、役人が『いや、太兵衛に武兵衛はかなわない』。最後のサゲ、いわゆるオチは『多勢に無勢』の地口《じぐち》、つまりシャレだ。

「永代橋が落ちたのは、文化四年八月十九日の午前十時頃だそうだよ」

ソーサーにカップを載せてから、師匠が高座と同じ、ゆったりとした口調で語り出す。

「噺の中にも出てきた通り、深川の八幡様の祭りは本来十五日なんだが、この年は雨に祟られてねえ。その日、ようやく晴れたから、日延べ日延べで待ちくたびれていた見物客がどっとくり出した。

しかも、身分のある方が下を船でお通りになるというので、半時《はんとき》ばかり橋止めをしたから、それが解けたとたん、両側から普段の何十倍もの人数が一気に橋へ殺到して……で、とうとう落ちてしまったというわけさ。死者の数は千五百と聞いたが、役人の帳面に漏れた人もかなりいたと思うよ」

「ははあ。『ニュース落語』と銘打つくらいですから、実際の事件に取材したはずだとは思いましたが、本当に悲惨な出来事だったんですね」

「圓生さんは、今並べたような蘊蓄《うんちく》をマクラで喋ってたけど、あたしは根が無精な質《たち》だからねえ」

師匠は白い歯を見せたが、おそらくそれは謙遜で、知識をひけらかすことを潔しとしないのだろう。

「ついでに言うと、武兵衛のモデルになった男も実在していて、稼業は古着屋じゃなくて、麴屋《こうじや》。二両二分入った財布をスリに盗られ、命拾いをしたと聞いたな」

「財布を……あ、ああ。そうでしたか」

この時、優子はフォークでレモンパイを切っていたが、『スリ』という言葉を聞いて、手の動きが止まってしまう。

そして、思わず小さなため息をついていると、師匠が優しい調子でこう言った。

「何か心配事があるみたいだねえ。もしよかったら、差し障りのない範囲で話してみちゃくれないかい」

7

「……こりゃ、驚いた。スリの世界にも真打ちがいたのかい。噺家ばかりじゃなかったんだねえ」

優子の説明が終わった時、正蔵師匠は大きく眼を見開いた。

「それにしても、その女スリの技量は敵ながらあっぱれだ。あたしなんかと違って、三崎さんの視力は……ああ、右が一・五で、左が二・〇。それだけの能力をもつプロの眼を欺くなんて、信じられないほどの腕の冴えだよ」

「あの、刑事といっても、私なんか新米も新米。素人も同然ですから。プロなどと呼んでいただくと、穴でもあったら入りたくなってしまいます」

優子はあわてて首を横に振ったが、それでも、話を聞いてもらえたことで胸のつかえが下りた気がした。もちろん、捜査に関わることなので、あとで問題になるような内容は話していない。

「今日のお噺の中に『頭突き』というスリが出てきましたが、あれは本当にある手口なのですか」

「まあ、あたしも心安いスリの親分がいるわけじゃないから、ただの耳学問だけど、実際にいるらしいし、もっとひどいのになると、『ツバメ返し』なんてのもある」

「えっ？　まさに佐々木小次郎ですけど、それはどういう……」

「狙った獲物にバンと強く突きあたって、向こうが仰向けに倒れると同時に財布を奪い取り、身を翻して逃げる。たぶん、そのあたりが名前の由来だろうな」

「ははあ。だから……それにしても、師匠は何でもよくご存じですねえ」

「こんなことばかり知ってても自慢にはならない。とにもかくにも、頭突き、ツバメ返しなんてえのはスリの中でも下の下だよ。相手を傷つけるわけだもの。そこまでいかないにしても、近頃は無闇に刃物なんぞ振り回して、鞄《かばん》や服のポケットを切る手合いが多いと聞いた。嘆かわしいねえ。昔のスリはもっと芸があった。釈迦《しゃか》に説法で恐縮だけど、三崎さんは『縫い目破り』なんて手口をご存じかな」

「え、ええと……聞いたことがあるような気もしますが、よくは知りません」

「仮に電車に二人《ふたあり》並んで腰を下ろしているとしようか。スリは腕組みしたまま右手をカモの上着の内側へと伸ばして、中指、人差し指の二本で内ポケットの底の糸を切り、抜き取ってしまう。そして、地球の重力で落ちてきた財布を裾のあたりですくい取るわけだ」

「へえ！　まるで手品ですね。確かに、相手に傷を負わせたり、服を切り裂いたりするよりはましだと思います」

「そうだろう。ポケットは別な糸で縫い直せば元通りになるからね。悪党をほめそやしちゃいけないが、ここまでいくと名人芸としか言いようがない。もっとすごいのになると、これはあたしたちの仲間の噺家が被害に遭ったんだけど、懐に入れておいた金時計の中身だけ抜かれたなんてことが実際に……」

言葉がとぎれたのはカウベルの音がして、誰か入ってきたためで、すぐに会話が再開されると思ったのだが、

「これはこれは、稲荷町の師匠。どうも、ごぶさたいたしました」

意外なことに、向こうから声がかかった。

「え……ああ、ロクスケさんか。本当に久しかったねえ」

親しい間柄らしく、正蔵師匠がにこやかに応じる。そして、「あなたにも紹介しておきたい人だから」とことわってから、手招きして、その人物を自分の隣の席に座らせた。

身長は優子より五、六センチ低いが、肩幅の広い、がっしりとした体付きをしている。浅黒い肌、きれいにはげ上がった頭。半白の長いひげを蓄えている様子は禅宗の僧侶を思わせた。ただし、服装は衣《ころも》ではなく、グレーのジャンパーに黒ズボンだ。

正蔵師匠の紹介によると、名前は鈴木《すずき》六助《ろくすけ》さんで、年齢が七十二歳。顔の色つやがよく、

眉も黒かったので、実際よりも若く見えた。

注文が済むのを待ってから、師匠は優子が警察官であることを明かし、

「実はねえ、三崎さん、六さんはあなた方の大先輩なのさ。だから、この機会にお引き合わせしたいと思った。上野署に長く勤務され、あたしもいろいろとお世話になったんだ」

「ああ、なるほど。神楽坂署刑事課捜査三係の三崎優子と申します。よろしくご指導のほど、お願い申し上げます」

頭を下げると、鈴木さんは優子の顔をしげしげと眺め、

「ほほう。女性の泥刑《どろけい》さんですか。時代ですなあ。ご苦労も多いでしょうが、ぜひ頑張ってください」

にこやかな表情で励ましてくれた。『ドロケイ』は泥棒刑事の略で、本庁の捜査三課と所轄署の捜査三係の刑事を指す符牒だ。自分たちを卑下してそう言う場合もあるが、泥刑一筋に誇りをもっている者も少なくない。

「……あっ、そうだ。思い出した」

運ばれてきたコーヒーを口に含んでから、鈴木さんがポンと膝を叩く。

「神楽坂の刑事課といえば、平林さんがいらっしゃるでしょう」

「はい。係は違いますが、お世話になっています。どこかでご一緒でしたか」

「いや、同じ署で働いたことはありません。私は武蔵野《むさしの》近辺の駐在所勤務が長かったもので、あまり顔が広い方ではないんだが、現役時代、平林さんには研修会などで何度かお会いしました。もう三十年近く前の話ですがね。夜の懇親会では、一同を前に落語を一席演ってくれましたよ」

「あ……はい。私は去年の秋に赴任したばかりなので、まだ聞く機会がありませんが、酔うと、始まるらしいです。まあ、時には素面《しらふ》でも演っちゃう人ですけど」

落語刑事・平林定吉の伝説は数多いが、最も有名なものは、頑《かたく》なに黙秘を続けていた窃盗常習犯を前にして、おもむろに扇子を取り出し、『双蝶々《ふたつちょうちょう》』という人情噺を熱演して容疑者を泣かせ、自白に追い込んだという逸話だろう。盗賊になった息子が老いた父親と再会するというストーリーだと聞いた。

「私もその頃は落語にあまり興味がなかったので、変わった人がいるなとしか思いませんでしたが……まさか、自分のせがれが落語家になるとはねえ」

「えっ？　息子さんが……へえ。そうでしたか」

芸名を尋ねたところ、松葉家扇吉《まつばやせんきち》。この名前は初耳だった。二十歳の時に入門して、現在は四十三歳。いわゆる中堅真打ちという位置付けらしい。

「神楽坂の次の芝居にも、夜のクイツキで出るんだよ」と正蔵師匠に教えられ、きょとんとしてしまったが、『食いつき』とは中入り後最初の出番のことだそうで、つまり、扇吉師匠は明日から始まる神楽坂倶楽部二月上席夜の部に出演するわけだ。

「高校卒業後、旋盤工になり、工場の社長にも筋がいいとほめられていたんだが、それから二年後、ひどく思いつめた表情で『どうしても落語家になりたい』と言われ……あまりにも唐突でびっくりしました。何しろ、やつは私と同様、それまで落語なんてほとんど聞いたことがなかったんですから。まあ、本人に任せるしかないと思い、最後は賛成しましたが、今でもその点は不思議だなと感じています。

　そんなわけで、特に自分が退職して以降、せがれの高座を追いかけて寄席通いをするようになり、平林さんにもちょくちょくお目にかかります。親ばかチャンリンですがねえ」

　鈴木さんは苦笑を浮かべながら、コーヒーを飲み干し、

「『六助』という名前は南無阿弥陀仏の六文字を表すそうで、昔はひ弱で育ちそうもない赤ん坊を死んだものと諦めて、親がそう命名することがよくありました。私の場合がまさにそのケースなんです。

　それが何かの都合で運よく成人して、女房をもらい、『せがれ』と呼べる相手まで一人できた。あいつは私とは違って、丈夫一点張りでしてねえ、子供の時から病院通いなんてしたことがありません。残念ながら、家内は四年前に病気で亡くなりましたが、その時に

もトミオは懸命に看病してくれましたよ」

「トミオさん……ああ、ご子息のご本名ですね」

「ええ。ほら、春日八郎《かすがはちろう》の歌にあるじゃないですか。あれに『夫』です」

『富夫』さんと書くらしい。話に出た『お富さん』は誰もが知る大ヒット曲で、歌詞は歌舞伎の『与話情浮名横櫛《よわなさけうきなのよこぐし》』、通称『玄冶店《げんやだな》』がもとになっている。

「なぜか本人は自分の名前があまり気に入らないみたいなので、ここ数年はプライベートでも扇吉と呼んでますがね。話を戻しますが、せがれは新宿の百人町《ひゃくにんちょう》にアパートを借りてるんです。私の自宅は八王子《はちおうじ》の在で、電車とバスを乗り継いで一時間半近くかかりますが、それでも、家内が床についている間、三日に一度は必ず見舞いに来てくれましたよ」

「そうでしたか。親孝行なんですねえ」

「ありがたいことです。では、三崎さん、平林さんにくれぐれもよろしくお伝えください」

　会釈をすると、鈴木さんは立ち上がり、そのまま二人に背を向けた。

「……最初《はな》は、父子《おやこ》して、あたしの家に来たんだよ」

　カウベルの音がやんでから、正蔵師匠が言った。

「二十三年前のお話ですね。入門を希望して、二人で稲荷町のお宅を訪ねてきたというわけですか」

「だけど、ちょうど別の弟子を取ったばかりでね、義理が悪いなとは思ったが、お断りをした。で、とど、常吉《つねきち》さんのところへ入門したというわけなんだ」

四代目松葉家常吉師匠なら、優子も知っていた。大看板《おおかんばん》と呼ばれる落語界の重鎮の一人で、味噌のテレビコマーシャルなどにも出演し、全国的に知名度が高い。

「だけど、あたしもその時の不義理が気になったから、前座の頃から稽古に呼んでやった。おかげで、今ではうちの身内みたいなものさ。芸筋もよくて、結構人気もある。三崎さんもご贔屓《ひいき》に。ぜひ引き立ててやってください」

　地下道には何とも言えない異臭が立ち込めていて、ノミやシラミもひどかったですが、外気が入らないし、焼け残った家の柱などで焚き火をする人もいたので暖かく、「ここなら、とにかく凍死せずに済む」と、安心できました。

　ただし、問題は食べ物です。国や都による炊き出しが行われていましたが、とても全員には行き渡りません。その頃、僕が何とか飢え死にせずに済んだのは、地方から親族の安否を確かめに上京してきた人たちが食べ物を恵んでくれたことが大きかったです。

　やはり、田舎は食料が豊富だったのでしょう。そういう人たちの前で『お腹が空いて死にそうです』と言うと、おにぎりやイモ、時にはお饅頭《まんじゅう》などがもらえました。『娘と孫のために持ってきたけど、見つからないから、代わりに食べて』と泣いていたお婆さんもいました。僕は特に気の毒がられたらしく、もらった回数が多かったです。

　しかし、それも戦争が終わるまでの話で、戦後は未曽有《みぞう》の食糧難となり、炊き出しは中止。誰からも食べ物をもらえなくなりました。

地下道を住みかにしていた仲間たちはやくざの使いっ走りや闇市の手伝い、新聞売りに靴磨きなど、それぞれが懸命に食《く》い扶持《ぶち》を稼ぎましたが、どれも僕にはできません。これでは飢え死するしかないと覚悟を決めかけた時、ツヨシ兄ちゃんに会ったのです。

「お前は死んだ弟に顔が似ているから、放っておけない」。ツヨシ兄ちゃんはよくそう言い、とても親切にしてくれました。兄ちゃんは浮浪児たちの中ではかなり豊富にお金を持っている方で、僕に恵むだけの余裕があったのです。

　お巡りさんにつかまって養育院に入れられ、ろくに食べ物も与えられず、特に僕は手がかかるからと邪魔にされ、つらい思いをしていた時、連れて逃げてくれたのも兄ちゃんでしたね。あそこは本当に地獄でした。竹刀《しない》や木刀で殴られるのはあたり前だったし、雪の夜に裸で庭に追い出され、凍え死にしそうになったこともありました。それに比べれば、地下道で暮らす方がはるかにましです。

ただ、困ったことに、ツヨシ兄ちゃんは汽車に乗って遠くまで出かけ、一週間か十日帰ってこないことがよくありましたので、その間、僕の面倒を見てくれる人がいません。

それで、兄ちゃんが紹介してくれたのが高橋さんでした。高橋さんは南方の戦線で名誉の負傷をし、両方の足を失った軍人さんで、白い患者服を着て上野の駅前でハーモニカを吹き、往来する人たちから施《ほどこ》しを受けていました。

傷痍軍人《しょういぐんじん》の皆さんはほかに何人も知っていますが、戦争の犠牲者という点が僕たちと同じ立場なので、共感するところが多く、中には余った食べ物などがあると渡して、その代わりに読み書きを教えてもらっている者もいたようです。

高橋さんは木の箱の両脇に車をつけ、その台車を使って移動していましたが、それを指示通りに押すのが僕の役目です。やさしくしてもらい、また「お前が脇にいてくれると、もらうお金が増えるからありがたい」などと言ってくれたので、とてもうれしかったです。

でも、そんな日々はあまり長くは続きませんでした。

8

神楽坂警察署の住所は新宿区神楽河岸《かぐらがし》。坂下《さかした》の信号から外堀《そとぼり》通りを北東へ進み、都の飯《いい》田《だ》橋《ばし》庁舎の隣にある。

四階建ての本館と二階建ての新館、そして、留置場。本館の玄関を入ってすぐ右が最も人の出入りの多い交通課で、優子が所属する刑事課は玄関の正面から左手に広がる細長い部屋だ。

課内は四つの捜査係に分かれ、それぞれ十人ほどがスチールデスクを向かい合わせた『島』を作り、その奥に課長と課長代理の席があった。

二月一日、金曜日。京浜東北線と山手線での警戒乗車を終え、優子は午後六時過ぎ、この部屋に戻ってきた。

とんだ醜態をさらした一昨日とは違い、今日は久保刑事の足を引っ張ることもなく、若い女のスリを二人、現行犯で逮捕することができた。その旨を捜査三係長の海老名《えびな》敬七《けいしち》警部補に報告すると、「これで、うちの社長の顔も立つな」と言ってくれた。

普段は叱られてばかりなので、たまにほめられれば悪い気はしない。『社長』はもちろん署長のこと。優子はスキップしたい気分で、刑事《デカ》部屋の隅の応接スペースへと向かった。一係の島に平林の姿が見当たらなかったので、もしかしたらここではと思ったのだ。

「あっ、主任。やはり、こちらにいらしたのですか」

金属枠に布を張った衝立《ついたて》で仕切られた殺風景な空間。応接セットの三人掛けのソファに平林が腰を下ろし、マグカップのコーヒーをすすっていた。

年齢は五十一歳だが、オールバックの髪だけでなく、眉毛まで真っ白。額のあたりのしわも深いので、還暦過ぎに見られることもあるらしい。優子よりも少し背が低く、服装は常にグレーのスーツだ。

「おう。どうした？　今日はうまく網にかかってくれたかい」

三日ぶりに会った平林は少し疲れた表情をしていたが、優子が今日の首尾について語ると、眼を輝かせ、「そりゃ、お手柄だ」と喜んでくれた。

「いや、そんな……私は単なるサポート役で、一昨日みたいなミスをせずに済んだだけです」

「ああ、聞いてるよ。カラ打ちに引っかかったんだって。それくらいで落ち込むな。相手はみんな海千山千。お前さんのようなヒヨッコは手玉に取られて当たり前さ」

「その通りですよね。今回は女だからという理由で呼ばれましたが、本来であれば、私などには到底務まらない大役ですから」

あっさり断言され、優子はかえって気が楽になった。去年九月に赴任して以降、係の違う平林とは挨拶を交わすだけの関係だったが、十二月に入り、管内で起きた昏睡強盗事件の捜査を二人ペアで担当したことから、急速に親しくなった。

新たな職場になかなかなじめず、人間関係に悩んでいた優子にとって、たとえ相手が年下でもきちんと意見を聞いてくれる平林のような先輩は得がたい存在であり、さらに、落語が好きという共通点もあった。

「ところで、主任、定九郎というスリの常習者をご存じですか。年齢は一応、四十五歳と聞きましたが……」

「知ってるとも。京浜東北、山手、常磐《じょうばん》。そのあたりの路線を稼ぎ場にしている長箱師《ナガバコシ》だ」

『ナガバコシ』も車内で乗客の懐を狙うスリを指す。その昔は、『箱師』が路面電車やバス、『長箱師』が列車という住み分けがあったらしい。三十代後半に警視庁捜査三課に六年間在籍した経験をもつだけあって、平林は盗犯に関する知識が豊富だった。

「ガキの時分からこの道一筋だが、すばしっこいらしくて、前科《マエ》は少ない。やつとは古くてね、十四年前、初めてお縄になった時、取り調べを担当したのがこの俺なんだ」

「えっ？　そうでしたか。では、よくご存じなのも当然ですね」

「その世界ではかなりの有名人だな。逮捕後の取り調べから裁判、懲役まで、全部名なしの権兵衛《ごんべえ》で押し通すなんて、なかなかできることじゃないもの」

「ああ。その話は久保さんから伺い、驚いてしまいました」

　十四年前、初めて現行犯逮捕された定九郎は、警察や検察の取り調べにおいて、身元を一切明らかにしなかったのだ。調べてみると、確かに氏名不詳でも起訴は可能だし、犯罪の事実が立証できれば裁判で有罪になり、刑務所へ送られることもあり得る。その場合、起訴状には留置場の管理番号と写真が添えられると聞いた。

「お前さん、稲荷町の『中村仲蔵《なかむらなかぞう》』を聞いたことがあるかい」

「あ、はい。ついこの間、ラジオの番組で聞いたばかりです」

「だったら、話は早い。定九郎というのは仲間内でつけられたあだ名で、我々もそれを拝借しているに過ぎない。たぶん、陰気ですごみのある風貌からついたんだろうな」

『中村仲蔵』は正蔵師匠の十八番《おはこ》の一つで、忠臣蔵《ちゅうしんぐら》五段目の斧《おの》定九郎役を振られた役者・仲蔵が、苦心の末に新たな形《かた》を工夫するまでを描いた人情噺だ。定九郎は家老のせがれだが、放蕩《ほうとう》の末、山賊になり、山崎街道でお軽《かる》の父・与市兵衛《よいちべえ》を殺して五十両の金を奪い取る。

「まあ、スリという仕事柄、別人のような愛想を見せたりもするらしいけどな。やつはもともと戦災孤児だったんだよ」

戦災孤児とは、主に本土への空襲によって両親を失った子供たちを指す。太平洋戦争の結果、彼らを含め、十二万人以上の孤児が生まれて、大きな社会問題となった。

「自分の名前さえ言わないくらいだから、詳しい生い立ちは誰も知らないが、とりあえず生まれは東京で、大空襲で家族を失い、終戦後、しばらくは上野の地下道にいたらしい」

昭和二十年三月十日未明の東京大空襲により、下町は一面の焼け野原と化したが、山のふもとにあったことが幸いして、かろうじて上野の駅舎だけは無事だった。そのため、翌朝から大勢の罹災者が駅周辺、特に現在の京成《けいせい》上野駅から国鉄上野駅へ通じる地下通路に身を寄せる事態となったのだ。

「あそこには似たような子供たちが大勢いたが、何かで稼がなければ飢え死にしちまうからな。米兵相手の靴磨きなんてのはましな方で、闇屋やくざの使いっ走り、エロ写真売り……女ならもちろん売春だ。そんな中、手先が器用そうな子はスリの親方に見込まれることがあって、定九郎もそのうちの一人だった。

さっき出た四十五というやつの年齢はスリ仲間からの情報なので、ある程度は信頼できる。上下関係の厳しい社会だからな。もしそれが正しければ、スリの修業を始めたのは十一歳ということになる」

「なるほど。一匹狼の泥棒はいくらでもいますが、スリの場合はまれで、たいていはどこかの組織の一員なんだそうですね」

　犯罪に使用する特殊技術の伝承という側面もあるが、盗んだ品物を故買屋へ売り払う際、足がつかないようにするため、組織の力を借りる例が多いのだ。

「定九郎を拾ったのは浅草で三代続く一家の親分で、ガキの時分から厳しく仕込まれたので、技術に関しては一流だ。お前さん、縫い目破りなんて手口を知ってるか」

「それならば、昨日、稲荷町の師匠に教えていただきました」

「えっ……？　楽屋に寄ったのか」

「いいえ。終演後、檸檬という喫茶店に寄ったら、あとから師匠もいらっしゃいました」

「そうかい。じゃあ、『永代橋』にもスリが出てくるので、その関係で話題になったのかな。とにかく、定九郎は縫い目破りの若き名人と言われたんだよ。今はそんな面倒なことはやめちまったかもしれないが……それにしても、うらやましいなあ、お前さんは」

「はい？　あのう、もしかして、今日、二人逮捕したからですか」

「よしてくれ。新米デカの初手柄をねたんだりするもんか」

「も、申し訳ありません！　そうですよねえ。でも、だとすると、一体……」

「決まってるだろう。もちろん、昨日の余一会さ」

平林は顔をしかめながら、ぐっと身を乗り出した。

「野暮用のせいで行けなかったのは残念至極だよ。ちょいと疲れてるから短めでいいが、せめて感想を聞かせてくれ」

9

落語刑事・平林定吉にとって、やはり最大の関心事は聞き逃した高座なのだ。なるほどなと思い、優子は主な出演者三人の高座について、それぞれ手短に感想を述べた。

「……そうか。稲荷町の『永代橋』も、しばらく聞いてなかったから、絶好の機会を逃しちまったなあ」

平林は渋い表情で、口から吐息を漏らすと、

「『初雪』も口演される機会が少ない噺だが、やっぱり、昨日の会の目玉は三席めだな。上方落語ということもあって、東京ではめったに聞けない」

「『大丸屋騒動』ですね。これも実話がもとになっているそうですが、その点に関する解

説は特にありませんでした」

「安永《あんえい》三年というから、西暦一七七四年七月三日、京都烏丸通《からすまどおり》に店を構える材木商の息子が乱心して、手代を殺害。そのまま往来へ飛び出し、結果、二十数人が死傷した」

「えっ？　そんなことが……何とも恐ろしい事件ですねえ」

具体的な蘊蓄が即座に口から飛び出すのは、さすがと言うほかない。落語では殺人を犯すのが伏見《ふしみ》の呉服商大丸屋の次男になっていて、名前が宗三郎《そうざぶろう》。祇園《ぎおん》の芸妓のお時《とき》といい仲になったのを親戚にとがめられ、別宅に閉じ込められてしまうが、辛抱できなくなり、家に伝わる村正《むらまさ》の刀を携えて会いに行く。

お時は店の番頭からしばらく会うことを禁じられていたので、追い返そうとするが、それを見た宗三郎が立腹して刀を振り回すと、鞘《さや》が割れ、抜き身になってしまう。

「妖刀・村正のせいで、たちまちお時の体は真っ二つ。半狂乱になった宗三郎は下女や様子を見にきた番頭を殺して、祇園界隈を徘徊《はいかい》。最後はお茶屋の踊りの輪に乱入し、次々に踊り手を切り殺していく。そこが一番の見せ場だな」

「おっしゃる通りでした。本人には切る意思などないのに、手に持った刀が勝手に動き出す場面がすごい迫力で、見ていて背筋が震えました」

「そうだろう、そうだろう。文太楼師匠は四十五、六だが、若手の時から将来は名人の器だと眼をつけていたから、彼の大丸屋をぜひ聞いてみたかったんだ。悔しいなあ。お囃子の鳴る中、正気を失った宗三郎が血まみれの刀をぶら下げ……うーん、そうかあ」

「えっ……？　あの、主任、どうかされましたか」

大好きな落語の話題になると、我を忘れてしまうのが通例だっただけに、いきなりブレーキがかかった理由がわからず、優子は困惑した。

「どうもこうも……まったく、二日間の出張がしみじみ恨めしいよ」

平林が深いため息をつき、右手で顎のあたりをなでる。

「本来であれば、昨日は珍品三席を堪能したあと、寄席の裏手の焼鳥屋で一献傾け、余韻を楽しむつもりだったのに、予定が完全に狂っちまった。それでも、帰京後、すぐ家へ帰ればまだましだったんだが、十一時を過ぎてデカ部屋に顔を出したのが運の尽き。とたんに電話が鳴り出し、刃物をちらつかせた強盗《タタキ》の捜査に駆り出されたってわけさ」

『タタキ』は強盗を指す隠語だ。窃盗が『ウカンムリ』、放火が『アカイヌ』、詐欺が『ゴンベン』など、捜査上の符牒はたくさんある。

「今朝は東京駅集合で、そのあと、一日中電車に乗っていたので、昨夜のことは何も知りません。で、現場は……わらだな？　そうだったのですか」

善國寺から神楽坂通りを上り、次の角を左へ折れたあたりが通称『わらだな』だ。漢字で書けば藁店で、住所は神楽坂五丁目。地名の由来はその昔、わらを商う店が軒を連ねていたためで、ここから袋町《ふくろまち》まで急な上り坂が続き、その半ばまでをわら坂、左手にある浄土宗の古刹《こさつ》・光照寺《こうしょうじ》から先を地蔵坂《じぞうざか》と呼んでいる。

一月三十一日、午後十一時二十分頃、一一〇番通報してきたのは、神楽坂五丁目三十二番地に住む住人で、内容は強盗に金を奪われたというものだった。

被害に遭ったのは普通の民家で、六十二歳になる未亡人が一人暮らしをしていたが、三年前に亡くなった夫は元銀行員で、現在でも懐が温かいらしい。そんな噂が誰かの耳に入り、狙われた可能性があった。

事件発生当時、被害者の女性は就寝中で、犯人の男は台所の窓ガラスを破って侵入。ナイフのような刃物で彼女を脅し、現金十八万円を奪って逃走したが、幸いなことに、体は無事で済んだ。

「なるほど。でも、とにかく、けががなくて何よりでしたね」

「うん。もし深手を負っていれば、今頃、ここでお前さんと呑気に落語談義なんかしていられなかった」

カップのコーヒーをすすりながら、平林が苦笑する。

「で、主任、犯人《ホシ》の風体《ふうてい》については……？」

「身長百七十五から八十センチくらいで、やせ型。服装は紺のアノラックにグレーの作業ズボン、黒い毛糸の帽子を被り、サングラスにマスク、黒の革手袋……このあたりはお約束だな。年齢については、声の感じから三、四十代じゃないかと言っていた」

通報を受けた神楽坂署は現場周辺の道路に速やかに緊急配備を行ったが、すでに逃走したあとらしく、不審者を発見することはできなかった。

「二十万円弱を奪い、さっと逃げたところを見ると、タタキの常習者ではなく、金に困った何者かが思い余って犯行に及んだ可能性が高いですねえ」

「おっ！　出たな。いつものご高説が。貧《ひん》の盗みの出来心……まあ、確かにそういう見方もあり得るだろうな」

優子は何だか恥ずかしくなってしまった。思いついたことをそのまま口に出す性格は子供の時からの悪い癖で、意識はしているのだが、なかなか直らない。

「だけど、ホシの目撃情報はなかったんですよね。手袋をしていたのでは指紋は期待できないし、すぐに姿を消したわけだから、遺留品だって――」

「ところがどっこい。ホシの遺留品なら山ほどあるんだ」

平林がそう言い、口元をほころばせる。

「え……あの、山ほど、あるのですか」

「少し前に地取りの班から情報が入った。品物《ブツ》があったのは地蔵坂の手前の寺だよ」

事件発生後に現場周辺で行われる聞き込みが『地取り捜査』。これに対して、被害者の交友関係を洗うのを『鑑取《かんど》り』と呼ぶ。平林の説明によると、捜査員たちが光照寺の住職に話を聞いたところ、昨日の午後十一時半頃、境内で異変があった事実が判明した。

突然、女性の大きな悲鳴が聞こえ、あわただしく走り去る足音がそれに続いた。何事かと思い、確かめに行くと、墓地の入口付近に脱ぎ散らかした服が残されていて、人の姿は見当たらなかった。

「地面に落ちていたのは女物の下着……捜査情報だから、有《あ》り体《てい》に言うと、白のパンティ。それに、こっちは男物で、アノラックに作業ズボン、そして、毛糸の帽子だ」

「ええっ？　それが全部……パ、パンティもホシの遺留品なのですか」

「そんなわけないだろう。パンティ以外だよ。ちょうど犯行直後の時間帯だし、衣類の色や特徴も合っている。まず間違いないだろうな」

「……一体、何があったんでしょうね。訳がわかりません」

「住職も戸惑ったらしいが、おそらく若い男女が人気《ひとけ》のないところでけしからん行為に及んだのだと思い、『この寒空の下、ご苦労なことだ』と、朝になって現れたら一言意見をして返すつもりで服を預かることにした。

　ところが、実際には墓地に入り込んでいたのはタタキのホシで、非常線を突破するため、犯行時に使用した服を始末にかかっていたが、偶然、すぐそばに濡れ場真っ最中のアベックがいて、彼らはてっきり覗きだと勘違いし、女の方が悲鳴を上げた」

「なるほど。それで、狼狽したホシはその場に服を残して逃走し、男女二人も下着を拾うのも忘れ、あとに続いた……そういうことですか」

「よほど驚いたんだろうなあ。ただし、残念ながら、財布や免許証、保険証の類いはなかった。衣類以外の小物はアノラックの胸ポケットの中にケース入りの眼鏡があっただけ。家屋へ侵入する直前、変装用のサングラスにかけ替えたんだろうな。

サングラスとマスク、手袋は落ちていなかった。最後まで手袋を外さなかったとすれば、指紋が出ない可能性もあるが……まあ、眼鏡ケースあたりから一つ、二つは出るだろう」

　指紋を採取しやすい素材はガラスやプラスティック、紙、木材などで、衣類、特に編み目の粗い布からは難しい。今回の場合、アノラックからは採取可能かもしれないが、作業ズボンからは望み薄、毛糸の帽子となるともはや絶望的だ。

「よくわかりました。それにしても、何だか、落語に出てきそうなドジな犯人ですねえ」

「まあ、そのおかげで、こっちは助かったんだけどな」

　平林の様子を見ていると、疲れてはいるものの、多少余裕が感じられた。その理由は人的被害がなく、犯人を特定する手がかりがすでに得られたためらしい。

「あっ、忘れてました。喫茶店で主任のお知り合いに会ったんです。鈴木六助さんとおっしゃって、くれぐれもよろしくというご伝言でした」

「そうかい。彼は元うちの社員で、もう七十を少し超えただろうな」

『うちの会社』で警視庁を指し、本庁の所在地を取って、『桜《さくら》田《だ》門《もん》株式会社』などと言うこともある。

「向こうが現役時代から顔見知りだったが、しみじみ話をするようになったのはここ数年だ。結構、顔を合わせる機会が多い」

「伺いました。息子さんが落語家なんだそうですね」

「うん。芸名が松葉家扇吉。ただ、親子といっても、あそこは養子だけどな」

「……ああ。そういえば、『せがれと呼べる相手』とおっしゃってました。変わった言い方だなと思い、耳に残っています」

「実の息子さんがいたんだが、赤ん坊の時に亡くなったらしい。その後一向に授からなかったので、遠い親戚から十歳くらいの子を養子に迎えたと聞いた。今は鈴木富夫だが、元の姓はたしか『月原《つきはら》』。珍しいので、覚えているんだ。奥さんもいい方で、よく連れ立って落語会へいらしてたんだが、残念ながら、四、五年前に亡くなってしまった。

扇吉君は明るい芸風だし、勉強熱心なのが最大の取り柄だ。寄席の行き帰りに何度か出会ったが、毎回噺をさらっていたよ」

その言葉の意味がわからなかったので尋ねてみると、歩きながらや電車の中などで落語の稽古をすることらしい。漢字で書けば『復習《さら》う』。当然、周囲の人たちに聞こえないよう小声でつぶやくわけだ。

「本人の話では、寄席や落語会の高座を終えたあと、よほど出来がいい時を除いて、必ず同じ噺をさらうそうだ」

「本当に熱心なんですねえ。神楽坂倶楽部の夜の部に今日から出演されるそうなので、十日間のうちに一度は行ってみるつもりです」

「ぜひ応援を頼むよ。研鑽の成果が表れ、もちネタも多いんだ。中でも『野ざらし』『寝床』『たがや』『あくび指南』なんてあたりが十八番《おはこ》……ん？　ちょっと待ってくれ」

立て板に水で演目名を並べていた平林がふと言い淀む。

「……主任、どうかされましたか」

「いや、大したことじゃないんだが、ふと思い出したことがあってね」

平林が首を傾げ、少し考えてから、口を開く。

「扇吉君て、左の頬に傷跡があるんだよ。子供の時についた傷らしいが……マルガイによると、マスクとサングラスのせいで顔の特徴はよくわからなかったが、昨日の強盗事件のホシも同じ場所に傷があったそうなんだ。もちろん、偶然の一致に決まってるけどな」

10

坂の上に大勢の人たちが集まっていた。

刀を腰に差した侍、杖をついた老人、幼子《おさなご》を背負った女性。前後に盤台《はんだい》を吊した天秤《てんびん》棒《ぼう》を肩に担いでいるのは、落語の『芝浜《しばはま》』でおなじみの魚屋だろうか。

そして、そこから坂を見下ろすと、一番奥にあるのが江戸城外郭の門である牛込見附《うしごめみつけ》だ。

(三代将軍家光《いえみつ》の時代にこの門を起点として開通したのが牛込御門通《ごもんどお》りで、現在の神楽坂通りのルーツ……たしか、そうだったわよね)

下りている緞帳《どんちょう》を眺めながら、優子は心の中でつぶやいた。彼女がいるのは客席の中央よりやや左寄り、前から六列めだ。

(この前、一緒に来た時、平林さんに教えてもらったけど、稲荷町の師匠ほどではないにしても、彼も相当な博識だわ)

神楽坂倶楽部二月上席初日の夜の部。ちょうど演芸の前半が終わり、中入り休憩中だ。

この寄席の緞帳の図柄は歌川広重《うたがわひろしげ》の『東都名所坂つくし』から『牛込神楽坂之図』。これももちろん平林から聞いた蘊蓄だ。

（でも、私って結構神経質なのかもしれない。何もあれくらいのことで、今日、寄席へ来なくてもよかったのに。しかも、夜の部の途中からだなんて）

売店で買った缶入りオレンジジュースを飲みながら、優子は自嘲した。『あれくらいのこと』とは、平林から聞いた捜査情報で、昨夜、わらだなの民家へ押し入った強盗犯の頰に傷跡があったという事実だ。

（同じ傷が扇吉師匠にもあるらしい。平林さんが言う通り、ただの偶然に決まっているけど……でも、なぜか気になるのよね）

十日間のうち必ず一度は足を運ぶつもりでいたので、どうせならと思い、やってきたわけだが、退勤前、平林にその旨を告げると、今晩が当直勤務の彼は『お前さんも物好きだなあ』と笑っていた。

太鼓が鳴り、三味線が陽気なメロディを奏で始める。高座下手《しもて》に置かれたメクリには『扇吉』の文字。『メクリ』とは出演者名を記した縦長の紙で、木製の台に貼られている。

同じ側の袖からクイツキの出番が登場すると、客席の後方から「待ってました！」と声がかかる。ねずみ色の着物に茶の羽織。『背の高い人だな』というのが第一印象だった。

高座中央の座布団に膝を揃えて座り、前に扇子を置いて、丁寧にお辞儀をする。

「ええ、お寒い中、ご来場賜りまして、まことにありがとうございます」

明るく、張りのある声音《こわね》だった。

「寄席では中入りのあとは若い者が務めるのが慣例でございまして……松葉家扇吉と申します。一席おつき合いのほど、よろしくお願い申し上げます。落語にはよく泥棒が出てまいりますが、これは我々の方の縁起担ぎでして、お客様方のご贔屓を盗《と》り込むという意味合いがございます。ですが、噺の中には石川五右衛門《いしかわごえもん》とか熊《くま》坂長範《さかちょうはん》なんて大物は絶対に出てこないことになっておりまして……」

軽快な調子でマクラが語られていくが、優子の耳にはほとんど入らなかった。名状しがたい奇妙な違和感に囚われてしまったのだ。

（……何なの、これ？　なぜこんなに胸のあたりがモヤモヤするのかな）

戸惑いながら、高座を見上げる。丸顔に太い眉、やや下がり眼、頭は角刈り。

（いや、顔立ちは、とりあえずどうでもいいのよ。肝心なのは頬の……しまった。見る方向が逆だった）

口の中で舌打ちをする。少しでも高座から近い席をと思って探したが、平日のわりに入りがよく、途中入場ということもあって、ここが精一杯だったのだ。

しかし、考えてみれば、平林ははっきり『左の頬』と言っていた。優子の席からだと、そちら側は見ることができない。

(困ったな。噺の最中に席を移動するわけにもいかない。でも……まあ、何とかなるか)

通常、マクラの間はほぼ正面を向いている演者も、本題の噺に入れば、右と左へ交互に顔を向け、登場人物を演じ分ける。これを符牒で『上下《カミシモ》を切る』と呼ぶそうだ。

それを期待し、待っていると、マクラを終えた師匠が羽織の紐を解いて、背後へ落とし、

「『ええ、こんにちは』

『来たか。こっちへ入《へえ》れ。お前《めえ》、仲間内で評判がよくねえぞ。先行き見込みがねえから、一人前になるのはもう諦めて、今のうちに堅気《かたぎ》になったらどうだ』

『いや、そんな……だったらあたしも心を入れ替えて、一生懸命悪事に励みますから、どうか今まで通り置いてやってください』

『そうか。お前が真人間に立ち返って、泥棒稼業に励むのなら、置いてやらねえこともねえけれど……』」

ネタは『出来心』。講談社版『古典落語』上巻に収録されている。優子の好きな噺だし、冒頭の親分と子分の会話だけで、客席が沸いたが、優子は笑うどころではなかった。

寄席の高座を見ていると、身振りの大きい人、小さい人、本当にさまざまだが、扇吉師

匠の場合、カミシモの幅が狭く、首を傾げる程度にしか動かさない。したがって、優子のいる位置からは完全に左頬が隠れてしまっていた。

（私って、本当にドジねえ。もうこうなったら、高座から下りる時、しっかり見定めるしかない。まさか後退《あとずさ》りはしないでしょうから）

優子はそう心に決めた。『出来心』のストーリーは単純で、いつまで経っても仕事を覚えない子分の泥棒に親分が空き巣のやり方を説明し、『もし万一つかまったら、〈貧の盗みの出来心でございます〉と涙ながらに謝れ』と教える。これが演目名の由来だ。

「『……なるほど。よくわかりました。早速出かけますから、風呂敷を貸してください』

『そんなもの借りなくたって、向こうの家の風呂敷を使えばいい』

『でも、返しに行くのが面倒くせえから』

『ばか野郎。返さなくていいんだよ』

『えっ？　親分、そいつは質《たち》がよくねえ』」

ここで、場内が大爆笑。軽妙な語り口が笑いの量を増幅させていた。

「『何を言ってやがるんだ。この間抜け！　さっさと行け』

『すみませーん！　じゃあ、空き巣狙いに出かけてきます』

『おいおい。そんなことを大声で言うやつが……』」

今のやり取りの中で、『すみません』と子分が叫んだ時、かなり大きく首を右へ向け、左頰に薄く残る傷跡が優子の目に入った。

次の瞬間、優子は強い衝撃に見舞われ、頭の中が真っ白になった。途方もなく重要な事実を見逃していたことに、やっと気がついたのだ。

11

（……一昨日、山手線の車内で会った彼が、松葉家扇吉その人だったんだ）

女スリ・ヨーコの被害者だと優子が思い込み、説得して田町駅で下車してもらったのにもかかわらず、いつの間にか姿を消してしまったあの男性だ。もともと優子は記憶力には自信をもっていて、ある特殊な能力で捜査に貢献したこともある。人の顔と名前を覚えるのも得意だったが、高座着だと雰囲気が違うし、眼鏡もかけていないので、すぐにはわからなかった。

（驚いたわ。こんな形で再会するなんて、信じられない偶然……ちょっと、待って。本当に、そうなのかな）

深い淵の底を覗き込んだ時のような、不気味な恐怖を感じた。

（だけど、もしたまたまでないとしたら、どんな可能性が……一応、考えてみなくちゃ）

こうなると、高座に集中するのは無理だ。優子は必死で頭を回転させ、自らが置かれている状況の解明に努めた。

（今夜、私がここへ来た理由は扇吉師匠の左頬の傷を確認するため。そして、間違いなく、傷跡はあった。だから、乱暴なようだけど、昨夜、わらだなの民家へ侵入した強盗犯が扇吉師匠……いや、鈴木富夫だと仮定してみよう。すると、どういうことになる？

要するに富夫は、表の顔は落語家だが、裏へ回れば密かに悪事を働いていて、ヨーコや定九郎も彼の仲間……）

荒唐《こうとう》無稽《むけい》な気はしたが、そうとでも考えない限り、すぐ眼の前の現実を合理的に説明できそうにない。義父である鈴木六助さんの話によると、富夫の現在の住まいは新宿区百人町。わらだなの現場から自宅へ向かって逃げれば、脱ぎ散らかした服が残っていた光照寺はその途中にあたる。方角は間違いなく合っていた。

（もしそれが事実だとしたら、あの時、富夫はスリ団の一員として電車に乗り込み、ヨーコがカラ打ちを演じる際、たぬき寝入りで協力したことになる。だけど、そんなことが本当にあり得るだろうか？）

「『大家さーん！　来てください。泥棒が入《へ》りました。大家さん、泥棒……泥棒大家』

『おい。この野郎！　泥棒大家とは何てことを言いやがる』

『いえ、違います。〈大家さん、泥棒が入りました〉と言おうとしたら、〈入りました〉が抜けたんです』

『そんなもの、抜くやつがあるか』」

ふと気がつくと、『出来心』はすでに後半にさしかかっていた。

（稲荷町の師匠などとは頭の構造が違うから、推理をこの先へ進めるのは無理だけど、鈴木富夫の身辺をきちんと洗ってみる必要がありそうね。その結果、すべてが私の妄想だとわかれば、それはそれで問題ない）

さて、間抜けな子分は貧乏長屋に押し入り、ふんどしを一本懐に入れたが、その家の住人の八五郎《はちごろう》が帰ってきたため、大あわてで縁の下へ逃げ込む。

八五郎は泥棒の被害をたまった家賃を待ってもらう口実にしようと企み、大家を呼んで、次から次へと口から出任せで盗まれた物を並べ立てる。すると、これを耳にした泥棒が腹を立て、飛び出してきて、その場は大混乱。人のいい大家は『貧の盗みの出来心』という言い訳を聞き、泥棒を許すが、自分をだました店子《たなこ》は勘弁できない。

「『やい、八公《はちこう》！』

『え……あの、すいません』

『今度は手前《てめえ》が縁の下へ潜ろうとしてるな。早くこっちへ来い。この泥棒は何も盗ってないそうじゃねえか。ふざけやがって……なぜあんな嘘をついた？』

『大家さん、これもほんの出来心でございます』」

サゲを言ってお辞儀をすると、場内から盛大な拍手が起こった。

扇吉師匠が立ち上がり、脱いであった自分の羽織を手にして、高座下手へ引っ込む。もう一度、顔を確認してから、優子も腰を上げた。

この芝居の夜の部の主任《トリ》は松葉家一門の総帥・常吉師匠だが、すでに聞く気が失せてしまっていた。お囃子に送られるように通路を歩いて、客席の後方の扉を押す。

ロビーへ出てすぐの場所にソファが置かれていたので、そこに腰を下ろし、深いため息をつく。さすがにこの展開は予想外で、戸惑うのも当然だった。

優子は背もたれに体重を預け、しばらくの間、ぼんやりしていたが、

(とにかく、これから署へ戻って、平林さんに話をしよう。このままだと支離滅裂な報告になってしまうから、少しは自分なりにまとめないとな)

常に持ち歩いている手帳とペンを取り出すため、がま口式のバッグを膝の上に載せる。

今日はいつものショルダーバッグのファスナーが壊れたため、休日などに使う方を持参していた。しかし、それを開ける前に、

「あのう、三崎様、お電話が入っておりますが……」

「えっ？　あ、はい。ありがとうございます」

声をかけてきたのは、紺色の法被《はっぴ》を着た表方《おもてかた》と呼ばれる従業員の男性。訪れた回数は少ないが、すでに優子の職業は彼らに認知されている。彼女が今日、寄席見物をしているのを知っている者は一人だけ。誰からですかと尋ねる必要はなかった。

「はい。もしもし」

『おう。ロビーにいたってことは、ちょうど今、中入りか』

「いいえ。違います。クイツキが終わったところですけど……何だか、疲れてしまって」

言葉を濁したのは、現在の状況を電話で説明するのが不可能だと思ったからだ。

『だったら、お疲れのところ、申し訳ないが、扇吉君に任意同行《ニンドウ》をかけたいんだ。早い方がいいから、すぐに身柄を押さえて、連れてきてくれ』

「ええっ？　だって、そんな……はい。承知しました」

そうなった訳をぜひ知りたかったが、最前の表方の男性がすぐ近くにいたので、質問は控えるしかなかった。

「ただ、それをお願いする際に、理由を説明する必要はありませんか」

『署に着いたら俺から話すよ。平林がちょっとご足労願いたいと言っている。それだけでいい。ただ、お前さんには最低限の説明をしておくべきだろうな。今回はお前さんの勘が大あたりだったみたいで、ヤマは昨夜のタタキさ。慰留品からアシがついたんだ』
「イリュ……へえ。それは……あっ！　あの、主任、では、またのちほど」
唐突に会話を打ち切った理由は、木戸口の向こうを背の高い男性が左から右へ横切るのが見えたからだ。この寄席の楽屋は通りから木戸に向かって右手の路地の奥。確かにそろそろ着替えが済んでもよさそうな頃合だ。
優子は電話の取り次ぎの礼を言うと、すぐ表の通りへと駆け出した。

12

バッグの紐を右肩に掛け、勢いよく飛び出した優子は、その直後、息を呑んで立ち止まる。何と、いったん坂下をめざしていた扇吉師匠が不意に踵《きびす》を返し、自分がいる方へ近づいてきたのだ。

あわてて体の向きを変え、木戸の右脇の招木《まねき》に見入っているふりをする。『招木』は出演者名を寄席文字で記した板で、現在の芝居の分が昼夜二段に掲示されていた。

何とかやり過ごし、そっと視線を送ると、師匠は優子の挙動に不審を抱いた様子もなく、坂を上っていく。着ているのは一昨日と同じオーバーだが、セーターの色は白から茶に変わっていた。

時刻は午後八時半を過ぎたが、まだかなりの人数が通りを行き来していた。まるでＵＦＯのような形の街灯が等距離に設置されているので、姿を見失う心配はない。

（危ないところだったわ。それにしても、なぜＵターンしたんだろう）

十メートルほど距離を取って、あとを追いながら、優子は首をひねった。

百人町の最寄り駅は大久保だが、総武線を使えば、飯田橋からは十五分程度。当然、それが帰路と思ったのだが、何らかの理由で気が変わったらしい。

（確かに歩いて歩けない距離ではないわね。大久保通りとの交差点を左折して、三・五キロくらい直進すれば着く。ただ、わからないのはなぜ急に……おや？　あれは……）

善國寺の右隣の店の前で、扇吉師匠がふと立ち止まる。そこは田原屋《たはらや》という洋食屋で、夏目漱石《なつめそうせき》や菊池寛《きくちかん》、永井荷風《ながいかふう》などが足しげく通った名店だと聞いたが、安月給の下《した》っ端《ぱ》刑事には高級すぎて、興味は惹かれたものの、まだ入ったことがなかった。

しかし、その店で食事を摂るわけでもないらしく、道端にたたずんでいる。普通に歩けばすぐに追い越してしまうので、ちょうど本堂の真ん前だったのを幸い、毘沙門様にお願いするふりをして、何とかごまかした。

（ひょっとすると、私の尾行に感づいたのかも……いや、どうやら違うみたいね）

両手を合わせたまま、恐る恐る横眼で見て、優子はようやく事情を理解した。

扇吉師匠の唇が微かに動き、首も左右へ交互に向く。街灯の明かりの下、ほんのわずかだが、両手で身振りをしているのも確認できた。

　師匠は高座を終えたあと、帰り道で同じ噺をさらうと、平林が言っていた。つまり今、『出来心』の稽古の最中なのだ。

（よほどいい出来の時はやらないらしいから、最初はそのつもりで駅へ向かいかけたけど、たぶん、歩いているうちに何か反省点が見つかったんだわ）

　電車の中で噺をさらうのも不可能ではないが、周囲に気を遣うし、カミシモも切れない。そのため、徒歩に変更したのだろう。

（よし。そうとわかったら、できるだけ早く身柄を確保しなくちゃ。でないと……あっ、まずい）

　行動を起こす前に、扇吉師匠が歩みを再開してしまう。神楽坂署から離れれば離れるほど事が面倒になるので、走り出そうとした時、優子のすぐ右脇を誰かが早足で通り過ぎていった。

（え……ええっ！　そ、そんな、まさか……）

その人物の姿が目に入った瞬間、全身が金縛りに遭ったように動かなくなる。

彼女を追い越していったのは長身の男性で、服装は紺のスーツにグレーのコート。顔は面長で色白、切れ長の眼……箱師の定九郎だ。

(なぜあいつが、このタイミングで神楽坂に現れたの？　もしかして、これも偶然……いや、いくら何でも、それはあり得ない)

ただならない気配を察知し、優子も急いで二人のあとに続いた。

田原屋から坂を少し上ると、昨夜の事件現場となったわらだなへ通じる小道が左手に現れる。

(さっき、定九郎は私を気にかけている様子がなかった。一昨日、車内で出会った刑事だという認識がないらしい。その点はラッキーだったけど、ただ、このまま三人で鬼ごっこを続けるわけにも……)

「おい、富夫！　ちょっと待て」

足を速めた定九郎が低く鋭い声で呼び止めると、先を行く人影がぎょっとしたように立ちすくむ。仰天した優子はとっさに、すぐそばにあった電柱の陰へ隠れた。

(『扇吉師匠』と呼ばずに本名を……スリの定九郎と鈴木富夫は相当深い関係なんだな。これは、私の妄想じみた推理が案外的を射ていたのかもしれないぞ)

優子は激しい興奮を覚えた。

声をかけられた時点で、富夫は小道への角を曲がりかけていたが、そこからうつむき加減で二、三歩戻る。

「ふふふ。さしずめ芝居なら、『いやさ、お富』なんて台詞になるところだな。与三郎《よさぶろう》じゃなくて申し訳ねえが」

定九郎の言葉に対し、富夫はしばらく無言でいたが、そのうちに、

「……俺に、何の用なんだ」

抑揚のない、まるでロボットのような声だった。

定九郎が顎の先で左方向を指し、二人は連れ立って例の脇道へと姿を消した。

優子も大急ぎで角まで走り、首を突き出して様子を窺うと、二人はほんの数メートル先で立ち止まり、向かい合った。ここは街灯がまばらなため、表情を見定めることができない。

「ほら、見てみろ。あそこだよ」

定九郎が道の右側の一軒を指差す。

「玄関の格子戸から明かりが漏れているだろう」

「……あの家が、どうかしたのか」

「昨夜《ゆうべ》、強盗が入ったんだ。ナイフで婆さんを脅して、二十万近くを奪って逃走した。犯人は何と月原富夫。いやあ、芯から悪党なんだなあ」

いきなり想定外の展開になり、優子はうろたえた。定九郎の宣言も唐突だったが、それにも増して驚いたのは断罪された側の態度だ。一切反論せず、否定する素振りも見せない。その様子は、相手の言い分を肯定しているとしか受け取れなかった。

（それに、定九郎は元の名字の『月原』で呼んだ。ということは、その頃からの古いつき合いのはずだ）

「犯行時刻は午後十一時過ぎだが。その頃、お前、どこで何をしてた？」

「……自分の家で、噺の稽古をしていたさ」

「百人町のアパートで、か。そのアリバイを、誰か証言してくれる者は？」

「それは……そんな遅い時刻に来客はなかったし、俺は独り身だ」

「だろうなあ。そんな都合のいい相手はいないに決まってる。だったら警察の捜査に協力するしかないが、取り調べを受ければ、お前、当分の間は刑務所《ムショ》暮らしだぜ」

「……いくら、ほしいんだ」

「口止め料か。さて、どれくらいにするかねえ」

優子は耳を疑った。いったんはアリバイの話になったから、やはり無実なのかとも考えたが、結局、言外に認めてしまった。要求の金額を尋ねる行為はそうとしか解釈できない。

（こうなると、私は責任重大だわ。絶対に取り逃がすわけにはいかない。とにかく、富夫が独りになるのを待って……だけど、弱ったな。肝心の手帳を持ってないぞ）

警察手帳の管理には厳しい制約があり、警部以上の階級の者しか常時携帯を許されていない。警部補以下は、帰宅する際、表紙に自分の名刺を載せ、ナスカンと呼ばれる紐で巻いてロッカーに保管する決まりになっていた。

（まずいな、これは。電車の中で手帳は見せたけど、私の顔を覚えているとは限らないし、しかも、辺りは薄暗い。これでは……いや、何とかごまかせるかもしれない）

バッグを両手で持ち、留め金を外す。メモ用に持ち歩いている手帳の表紙がたまたま黒だった。辺りは暗いし、一昨日のこともあるので、堂々と提示すれば疑われない可能性が高い。

（あざとい手だが、仕方ない。すぐ取り出せるようポケットに……ん？　何だ、これは）

財布、キーホルダー、ハンカチ、ティッシュなどが詰め込まれているほかに、まったく見覚えのない茶封筒を見つけたのだ。中に紙が入っている感触があるが、街灯から離れた位置では確認のしようがない。

（一体、どういうこと？　こんなもの、入れた記憶ないのに……）

「よし。三百万でどうだ。それなら、手を打とうじゃないか」

定九郎の台詞に驚き、思考が中断させられる。口止め料だそうだが、それにしても、法外な額だ。

「三百万だって？　そ、そんな大金……冗談はよせ」

「冗談なんて言ってない。みっともねえなあ。稼いでるくせに。いやあ、本当にびっくりしたよ。知らない間に、富夫が人気落語家になってたなんてなあ。それに比べて、俺は世間の泥水に首まで浸かり、悪の世界から抜け出せそうもない。身から出た錆とはいいながら、あまりにも不公平だぜ、これじゃよお！」

激昂したあと、定九郎は地面にペッと唾を吐く。

「こうなったら、お前に食らいついて離れねえぞ。三百万はあくまでも当座の小遣いだ。生涯まとわりついて、しぼれるだけしぼり取ってやるから、そうおも……おい。何をするんだ。ううっ！　く、苦しい」

優子は眼を見張った。黙って聞いていた富夫が素早く定九郎の背後へ回ると、いきなり右腕で喉を扼《し》めたのだ。

こうなると、手帳どころではない。優子は夢中で二人の前へ飛び出した。

「警察です！　やめなさい。二人とも署へ同行してもらいます」

もちろん、現行犯逮捕ではない。争っている二人を任意で呼び、傷害などの犯罪行為がなかったかどうか確認する。せいぜいその程度の話で、拒否されればそれまでだったが、当事者にとっては女性刑事の出現が予想外だったらしく、富夫は意味不明な大声を上げると、定九郎の体を地面へ放り出し、猛烈な勢いで坂を駆け上がっていく。

「あっ！　待って……待ちなさい」

背中に声はかけたものの、足は動かなかった。この状況では、たとえ追いつくことができたとしても任意同行など到底できない。いたずらに刺激することで、事態がさらに悪化する恐れがあった。

道路に尻餅をついていた定九郎はゆっくり立ち上がると、優子の方を見て、意味ありげに笑い、悠々と去っていく。

その場に残された優子は深いため息をつきながら、冬の夜空を仰いだ。

13

「……というわけなんです。恥をお話しするようで、心苦しいのですが」

説明を終えた優子は眼の前に置かれていた湯飲みからお茶をすすった。

「せめてあの時、躊躇《ちゅうちょ》せずに、月原富夫……いえ、扇吉師匠を追いかければよかったんです。頑張れば追いついたかもしれません」

一夜明けて、二月二日土曜日の午前十時過ぎ。優子と平林は正蔵師匠の自宅を訪れていた。住所は台東区東上野五丁目だが、旧町名の稲荷町は今でも地下鉄の駅にその名を残している。

浅草通りから一本北側の小道に、戦火を逃れた昔ながらの四軒長屋があり、間口《まぐち》が二間《にけん》で、板壁に覆われた二階建て。そのうち東の端が師匠の住まいだ。

居間兼客間の六畳は神棚や縁起棚のある芸人らしいたたずまいの空間で、小さな机を前にして、師匠が座っていた。安楽椅子探偵《アームチェアディテクティブ》ならぬ座布団探偵《フロアクッションディテクティブ》だというのは平林の弁である。

「別に気に病まなくていいよ、三崎さん。事の次第は呑み込んだがね、いくらあなたが柔《やわら》の達人でも、身の丈《たけ》六尺の大男を押さえつけるとなると大変だ。しかも、逮捕じゃないから、けがでもさせたら一大事。深追いしなかったのは賢明な判断さ」

「お言葉はありがたいのですが、まさか扇吉師匠が失踪してしまうなんて……まったく想像もしていませんでした」

わらだなから署へ引き返した優子は、当直の平林に事情を報告。それを受け、捜査一係はすぐに松葉家扇吉こと鈴木富夫の身柄確保に動いた。定九郎との会話の中身から、前夜の強盗事件について容疑が深まったと判断したのだ。もちろん、逮捕状を請求する時間的余裕がないので、任意での取り調べが前提だった。

しかし、百人町のアパートに到着してみると、部屋は真っ暗で、いくらチャイムを鳴らしても応答がない。結局、平林と相棒は玄関を見張り続け、そのまま朝を迎えた。

それだけなら、どこかで酔いつぶれていた可能性だって考えられるが、今朝の九時過ぎ、富夫は自らが所属する東京落語協会の事務所へ連絡を入れ、『今日から、しばらくの間、寄席・落語会をすべて休演したい』と申し出た。体調不良がその理由だが、詳細については語らず、あわただしく電話を切ったという。

この情報が神楽坂署にもたらされた直後、平林と優子はここへ駆けつけてきた。もし指名手配するような事態になれば、落語家一人の醜聞では済まず、協会全体が社会から非難を浴びかねない。そうなる前に、最高顧問でもある正蔵師匠に相談しようと考えたのだ。

「あのねえ、平林さん」

正蔵師匠の右手に長火鉢があり、その脇にいたおかみさんが言った。師匠よりも九歳下で、黒いひっつめ髪がよく似合っている。

「扇吉は前座の頃からちょくちょく顔を出してくれたから、どんな気性かは呑み込んでるつもりだけど、他人様《ひとさま》の家へ刃物を持って押し入るなんて……そんな大それたことができるとはとても思えないんだけどね」

「はい。ごもっともですが、三崎から説明のあった通り、本人が強盗犯であるという事実を否定しなかったそうですし、容疑を裏づける物証もありますから」

「物証……？　そこはまだ聞いてなかったなあ」

平林の言葉に、正蔵師匠が即座に反応した。

「すると、やっぱり、地蔵坂の寺に残されていた犯人の衣服のうちのどれかだね」

「いいえ。服や帽子ではありません。お見せしようと思って、持参しましたが……」

畳の上にあぐらをかいていた平林がバッグから透明なチャック付きのビニール袋を取り出す。表には大きく赤で『証拠品』と書かれ、その下に番号、日時、品名が記載されていた。

中に入っていたのは黒縁の眼鏡で、袋からは出さず、ツルを開いて師匠に手渡す。

「あ、そうか。服以外に、これもあったんだ。忘れていたよ」

「はい。革製の眼鏡ケースに入っていたのですが、ケースから出し入れする際、誰かの指紋がつくと困るので、裸のまま証拠品袋に収めてあります」

師匠は分厚いレンズ越しに、しばらくじっと眺めていたが、ふと首を傾げ、

「あたしゃ、眼も悪いし、こんなものを渡されてもさっぱりわからない。ここから、どうやって持ち主の身元を調べるんですね」

「まあ、そこは、餅は餅屋と申しまして……」

　再び袋を手に取った平林は薄く笑いながら、右耳にかかる方のツルを示す。

「まず、ここにメーカー名と型番が刻まれていて、これが福井県の鯖江《さばえ》で製造されたフレームであることがわかります。普通は鯖江市の製造元に問い合わせて、卸売一覧表から流通経路を割り出し、都内やその近郊の小売店をしらみつぶしにあたるのですが、よく見ると、型番のさらに右に『NWT』という別の刻印があり、こいつのおかげで、今回は手間が省けました」

「ほほう。おもしろい。つまり、その三文字は眼鏡屋さんが入れたんだ」

「はい。調べたところ、その三文字を打刻したのは、新宿区西早稲田《にしわせだ》にある高野《たかの》眼鏡店でした。そこではアフターサービスの充実を図るため、店独自に行っているそうです。

　眼鏡屋にはどこでもカルテと呼ばれる綴りがあって、顧客名とフレームの型番、左右のレンズの種類、さらにはレンズ幅や鼻幅などが記載されています。過去の販売記録とカルテを照らし合わせた結果、光照寺境内で発見されたアノラックのポケットにあった眼鏡は昨年十一月四日、松葉家扇吉師匠に販売されたものであることが判明しました」

「なるほど。いやあ、立て板に水だねえ。感服しました」

そう言ってから、正蔵師匠が口元を少しゆるめ、

「お前さん、刑事よりも、講釈師の方が向いてたんじゃないかい」

「茶化さないでくださいよ、師匠。話を戻しますが、店の主の話によると、扇吉師匠は十年以上前からの常連だそうで、『どうも度数が合わない』と言って、二年に一度は眼鏡を新調しているそうです」

「ああ。そういえば、あの子、老眼の気《け》があるんだよ。本を読む時にはそれ専用の眼鏡が要ると聞いたけど、若いのに、なぜそんな――」

「おばあさん、今はいいよ、その話は。とにかく、そこまで調べがついていれば、容疑を固めるための有力な物的証拠になるね」

「はい。残された衣類からは指紋が出ませんでしたが、眼鏡ケースからは扇吉師匠の指紋がいくつも検出されました」

今朝早く、アパートの大家に連絡して、部屋に入れてもらい、採取した指紋と照合した結果、一致が確認されたのだ。

「何しろ、扇吉師匠が定九郎と交わした会話の内容が内容ですから、三崎から報告を受けた時点で、内心、これで決まりだなと思いました。それに加えて、その後、本人が失踪し

たとなれば疑う余地などないはずなのですが……」

「ですが……何だね。あたしゃ、強盗事件は扇吉の仕業だと観念して、そろそろ師匠の常吉さんに電話しようかと考えてたところだよ。扇吉の犯行を否定する何か拠りどころがあるのなら、こっちとしては大助かりさ」

「ご期待に沿えるかどうか微妙ですが、ここに来る途中、電車の中で三崎からある文書を見せられまして、少し考えが変わりました。ほら、師匠にもご覧に入れなさい」

「あ、はい。あのう、これなのですが……」

優子が縦長の茶封筒を取り出し、師匠に手渡す。

「本当は昨夜《ゆうべ》のうちに平林さんに見てもらいたかったのですが、あわただしく出かけたので、今朝になってしまいました。実はこの封筒、いつの間にか、私のバッグに入っていたんです」

「いつの間にか？　そんなことあるわけが……ははあ、そうか。ひょっとすると、一瞬の隙を窺い、定九郎が放り込んだんじゃないのかい」

「いや、さすがですねえ。私もきっとそうだと思います」

平林が感嘆の声を上げる。

「三崎の右脇を追い抜いた刹那《せつな》、がま口式の金具を開け閉めして、中へ忍び込ませたのでしょう。縫い目破りの神業に比べれば、それくらい造作《ぞうさ》もありません」

この件について、優子はまだ半信半疑だったが、確かにほかの可能性は考えにくい。

「で、これ、文書と聞いたけど、その中身は何なんですね」

そう質問され、平林と優子は顔を見合わせた。自分たちもそこがまだ充分に把握できていないので、すぐに返事ができなかったのだ。

「……まあ、内容は手紙というか、一種の手記ですね」

しばらく経ってから、平林が言った。

「遺書と呼ぶべきかもしれません。ぼろぼろのわら半紙《ばんし》に鉛筆で書かれていますが、見たところ、かなりの達筆です。戦後、間もない頃に書かれたようで、当時の世相を反映した内容に特に目新しいものはないのですが……最後の署名で仰天しました。とりあえず、お読みください」

促された正蔵師匠は眼鏡をかけ替えると、封筒の中から茶色く変色したわら半紙を引っ張り出し、机の上に広げた。

年が明けて二月の半ば、空襲を避けて疎開していた高橋さんの娘さんと連絡がつき、埼玉の方へ移ることになりました。

ちょうどツヨシ兄ちゃんも上野を離れている時期だったので、高橋さんはとても心配して、しきりに養育院へ行くよう勧めてくれましたが、僕はあんな地獄のような場所へは二度と行きたくありません。

そこで、無理にお願いして、この手紙を代筆してもらうことにしました。今後、僕独りで生きていけるかどうか不安ですが、これを預かり、ツヨシ兄ちゃんに手渡すことを請け合ってくれた人がいるので、とりあえず安心することができました。もし万一の場合にも、この手紙は回り回って、きっと父さんと母さんの手元に届くでしょう。

この季節の地下道は本当に寒いです。それに、このところ、風邪でも引いたらしく、体が熱っぽい。でも、いつかお二人にまた会える日が来ることを信じて、生きていきます。

昭和二十一年二月二十三日

月原富夫

14

「あたしも上野駅は毎日のように利用してたから、数えきれないほどの戦災孤児たちに会ったよ。今でも、その姿が目に焼きついている」

読み終えた手記を机の上に置くと、正蔵師匠が言った。

「戦後、しばらく……昭和二十三年くらいまではたくさんいたなあ。浮浪児なんて呼ばれてさ。手前《てめえ》が好きでフラフラしてる子なんていやしないんだから、理不尽な命名だがね。

都の民生局の職員が無理やりつかまえて、収容所に入れても、窮屈な暮らしを嫌って、また地下道へ舞い戻ってきちまう。だけど、そこも安住の地じゃなくて、餓死や凍死、病死、自殺も多かったと聞いたよ。かわいそうだとは思ったけど、こっちも食うに困ってた時代だから、何もしてやることが……いや、感傷に浸ってる場合じゃなかったね」

眼をしょぼつかせ、外した眼鏡を茶色く変色した紙の上に載せる。

「扇吉の義理の親父の六さんからは『遠縁の子を養子にして、名字が月原から鈴木に変わった』とだけ聞いてたんだ。事前に平林さんからヒントはもらっていたけど、あの署名を見た時にはさすがにびっくりしたよ。でも、まあ、とにかく、これで材料は全部揃った」

「全部揃った……それって、つまり、パズルのピースが、ということですよね」

優子は思わず身を乗り出した。普段ならにっこり笑い、『奇抜なもんだねえ』と決め台詞を言う場面だが、今回は師匠の身近な人物に嫌疑がかかっていることもあり、そんな気分にはなれないらしい。

「事件の真相がおわかりになったのであれば伺いますが、扇吉師匠……月原富夫は上野の地下道で定九郎と知り合い、スリの仲間になった。そう考えてよろしいのでしょうか」

「うん。たぶん、『ツヨシ兄ちゃん』と呼ばれているのが定九郎だよ。絶対とまでは言えないが、この手紙を後生大事に持っていたところをみると、その可能性が高い」

「となると、扇吉師匠は一度は遺書まで書いたものの、鈴木六助さんの養子に迎えられたことで何とか生き延びた。けれども、悪い仲間との関係を断ち切ることができず、現在でも、カラ打ちの手伝いや、さらには強盗までも――」

「まああ。ちょいと、お待ち。そう急《せ》いちゃいけない」

優子の言葉を、正蔵師匠が右手を振って遮る。

「確かにめのないノコギリてえやつで、昔の悪縁は切るに切れないものではあるがね」

勢い込む優子をいなすように、師匠が言った。これは、いわゆる見立て言葉。刃もないノコギリでは切れるはずがない。

「扇吉と定九郎が古なじみだったのは事実だとしても、その後、ずっと会ってなかったんじゃないかな。だって、定九郎は扇吉に向かって、『いやさ、お富』と言ったんだろう」

「はい。最初は『富夫』と声をかけましたが、そのあとで、さしずめ芝居ならこんな台詞だと言って……あっ、もしかすると……」

　歌舞伎の舞台は見ていないが、人気狂言である『玄冶店《げんやだな》』はテレビドラマやコントなどで、優子にもなじみがあった。与三郎の名台詞は『ご新造《しんぞう》さんぇ、おかみさんぇ、お富さんぇ。いやさ、お富。久しぶりだなあ』である。

「なるほど。関係がずっと続いていたにしては言い方が変ですね。すると、扇吉師匠が現在、スリ団の一員だというのは、私の考えすぎでしたか」

「だと思うよ。もし本当にカラ打ちに協力するのなら、三崎さんに被害を確認された際、『財布がない』と騒ぎ出しそうなものだ。そして、駅のホームへ降りてから、『やっぱりあった』と言えば、完璧に捜査する側を翻弄できる。そうだろう」

「おっしゃる通りです。あの時、被害を認めない状態では、私たちが電車から降りない可能性もありました。それでは真打ちのサポート役として失格です」

　いつもながら理路整然とした推論で、自説の矛盾点が瞬時に理解できた。

「ですが、もしそうだとしたら、問題の二人の関係は何なのでしょう。扇吉師匠は定九郎の言うことを否定しなかったばかりか、その直後に失踪してしまったんですよ。これから先の寄席の出番をすべて辞退して」

「何か後ろ暗いことがあるとしか思えないね。ただ、最前の口振りだと、その件に関して、平林さんに何か考えがありそうだから、まずはそれを拝聴しようじゃないか」

「え……あ、はい。ご期待に沿える自信はありませんが、ご指名とあらば申し上げます」

膝を揃えて座り直した平林が上着の内ポケットから扇子を取り出す。落語家が高座で使用するのと同じもので、符牒では『カゼ』。ちなみに、手ぬぐいを『マンダラ』と呼ぶ。

平林は高座扇を両手でもてあそびながら、

「先ほど師匠が否定された三崎の見解ですが、私もいったんはそれが真相だと信じ込んでしまいました。疑問を抱いたのは、先ほども申し上げた通り、その手記を読んでからで、その時、すぐ頭に浮かんだのは師匠の『永代橋』でした」

「ほう。あたしの噺を……そりゃまた、どうしてだね」

「だって、もしも太兵衛が悪人ならば、あの噺の後半の展開はまるで違っていました。そう思いになりませんか、師匠」

15

「えっ？　もし太兵衛さんが悪人ならって……」

唐突に話が飛んでしまい、優子は困惑した。

「なぜ、急に落語の話題になるのです？」

「まあ、黙って聞いてなよ。あとでちゃんとつながるから」

平林は自信あり気に笑ったが、すぐ真顔になると、

「武兵衛は懐の紙入れをすり取られたせいで水死人に間違えられ、死亡した旨を伝える奉行所からの差し紙が長屋に届いた。そこで、同居人である太兵衛が事故現場へと向かうが、その途中、知人宅で一泊した武兵衛にばったり出くわす」

「はい。おっしゃる通りですが……」

「この時点で、長屋の連中は全員、武兵衛が死んだと思い込んでいるし、公の機関が認めた証明書もある。もしも太兵衛が残忍な悪党なら、これ幸いと武兵衛を殺し、根こそぎ財産を奪うんじゃないかな」

「ええっ？　まさか、いくら何でも……」

　確かにそうだが、そんなこと、まるで考えてもいなかった。

「永代橋の事故による死者は少なく見積もっても千五百人。東京大空襲となると、桁が二つ違い、十二万人以上が亡くなった。その陰で何が行われていたか、真相は誰にもわからない。実際のところ、数えきれないほどの背乗りがあったと言われている」

「ハイノリ……ああ、なるほど。そういうことでしたか」

『背乗り』とは、外国の工作員や犯罪者などが行方不明者の戸籍を乗っ取り、その人物になりすますことだ。

「では、扇吉師匠と月原富夫は別人で、富夫はこの手記で予告された通り、すでに亡くなっていると――」

「おいおい。そう焦らずに、まずは終《しま》いまで話を聞いてくれよ」

　平林が苦笑しながら、手に持った扇子を左右に振る。

「俺の考えだと、こいつは単純な背乗りではなく、かなり手が込んでいる。順を追って話をするが……まず、かねがね私が腑に落ちなかったのは、逮捕された定九郎が自分の氏素《うじす》姓《じょう》を最後まで明かさなかった点です」

　ここで、平林が自説を開陳する相手が優子から正蔵師匠に変わる。

「殺人や放火などの重罪を犯したのならともかく、定九郎がお縄になった原因は単なる窃盗。それなのに、名前さえ言わず、管理番号で起訴・裁判されたなんて例はやつ以外に聞いたことがありません。

　そして、もう一つ。これも前から引っかかっていたのですが、扇吉君はこちらのお宅を訪ねて入門志願するまで、ほとんど落語を聞いたことがなかったそうですね。しかし、六助さんの話によると、当時、彼はひどく思いつめていた様子だった」

「ああ、そうだよ。あたしが断った理由は、新たに弟子を取る余裕がなかったせいだけど、仮にあったとしても、迷っただろうね。嘶そのものに興味があるようには見えなかったから。それなのに、なぜか、怖いくらい真剣な眼をしていた」

「あの……と、いうことは、ですよ」

　師匠のこの発言を受け、優子が口を開いた。声がかすれてしまったのは、内心の動揺のせいである。

「つまり、今回の場合、背乗りではなく、入れ替わりなのでしょうか。本物の月原富夫は定九郎の方で、扇吉師匠はまったくの別人……だから、定九郎は自分の正体を隠さざるを得なかったし、赤の他人の名で呼ばれることに耐えられなくなった偽の富夫は別の名前を手に入れるため、芸人を志した。

　あっ、そうだ！　鈴木六助さんがおっしゃっていましたよ。『せがれ本人は富夫という名前が気に入らない様子なので、ここ数年はプライベートでも芸名で呼んでいる』と。父子《おやこ》の間で、それは不自然です。あと、それに……」

　昨夜、わらだなで聞いた二人の会話が脳裏に蘇ってきた。

「改めて振り返ってみると、定九郎は扇吉師匠に『お前が強盗犯だ』とは言っていません。『犯人は月原富夫……いやあ、芯から悪党だなあ』。そのすぐあとに『犯行時刻の午後十一時過ぎ、お前はどこで何をやってた？』。

　頭の中で両者を勝手につなげていましたが、定九郎が、月原富夫本人だとすれば、意味が変わってきます。『本物の強盗犯は俺だが、疑われるのはお前だぞ』という意味だと解釈すべきでしょうし、扇吉師匠は自分の罪を認めていないことになります」

「それで合っていると思うよ。おそらく、定九郎は仲間の誰かに百人町のアパートを見張らせ、アリバイを証明できない状況であることを確認した上で犯行に及んだんだろうな」

「定九郎が提示した口止め料は強盗事件とは無関係で、出自を偽っていることを公開しない代償だったのですね。確かに、事実が公になれば扇吉師匠も無傷ではすみません」

　優子は法律にあまり明るくないが、戸籍を偽る行為は公正証書原本不実記載罪にあたるし、その場合、これまでの人生において別人名義で作成したあらゆる書類が偽造文書になってしまう。同様に、建物の賃貸借をはじめとするすべての契約に関して詐欺罪に問われる可能性が出てくるので、今後の人生に及ぼす影響は計り知れない。

「だから、思い余って、扇吉は定九郎を扼め殺そうとしたのか。まあ、本気か脅しかはわからないがね。そして、その場面を三崎さんに目撃され、もうこれまでと観念して、姿をくらましたってわけだ」

正蔵師匠が難しい顔で両腕を組む。すると、平林が膝を少し前へ進め、

「ただ、師匠、私は定九郎の真の狙いは口止め料などではなく、扇吉師匠を社会的に葬り去ることだったと思います。たとえ強盗については冤罪だとしても、取り調べの過程で最前の戸籍の問題が明らかになれば世間が騒ぎます。だから、事件の直後、前もって手に入れていたこの眼鏡を現場近くに残し、扇吉師匠に容疑がかかるよう仕向けた。住職が聞いた女の叫び声の主はおそらくヨーコでしょうね」

「ちょっと待ってください。眼鏡の件、意図はわかりましたが、定九郎は扇吉師匠の眼鏡をいつ、どうやって手に入れたのですか」

「おいおい。いまさら、そんなことをきくなよ。とっくにお見通しだと思っていた」

優子の質問を聞き、平林が呆れ顔になる。

「入手時期は三日前の晩、場所は山手線の車内だ。要するに、お前が見たのはカラ打ちなんかじゃなかったんだよ」

「えっ？　それ、どういう意味……あっ！　では、あの時、ヨーコは財布と間違えて、この眼鏡が入ったケースを抜き取っていたのですか。革製とは聞いていましたが、柔らかい感触だったので間違えたのですね」

「その通り。その直後、久保君にカラ打ちだと決めつけられたので、疑ってもみなかったんだろう。つまり、これは扇吉師匠の普段使いの眼鏡で、お前さんが最初に会った時にかけていたのは読書用だったんだ」

「……なるほど。そういうことでしたか」

「偶然再会はしたものの、定九郎は扇吉師匠が昔の知り合いかどうか確信がもてなかったはずだ。何しろ、三十年以上が経過している。車内から姿が消えたのは、おそらくホームに降り、こっそり師匠のあとをつけたんだろうな。最後は頬の傷が決め手になったのかもしれない。

その結果、自分……本物の月原富夫は盗人《ぬすっと》稼業にどっぷり浸っているのに、偽者が人気落語家として脚光を浴びている。それを妬む気持ちが芽生えたところへ、内縁の妻のヨーコが件《くだん》の人物の眼鏡ケースを手に帰ってきた。そこで、定九郎はそいつを利用し、扇吉師匠を陥れることを思いついたんだ」

「そのために、私のバッグへ例の茶封筒を滑り込ませたのか。定九郎が上野の地下道にいたことは我々にとって周知の事実ですから、扇吉師匠の本名で署名のある手紙を見れば、二人が仲間ではないかと疑うに決まっている。そして、定九郎は私の盗み聞きを承知の上で、あんな会話をしたわけですね」

これまで得た情報を総合して、優子にもようやく今回の事件の全貌がつかめてきた。

16

「いやあ、実に見事な推理だねえ。さすが、平林さんだ。快刀乱麻《かいとうらんま》を断つというのはこのことだよ」

「いえいえ。滅相もありません。しかし、師匠からおほめの言葉をいただくなんて、身に余る光栄です」

名探偵から絶賛され、平林が珍しく照れた。

「だから、恐れ入りましたと言えばいいんだけど……何か思いつくと、黙っていられない因果な性分でねえ。ほんのちょいとだけ、つけ加えさせてもらっていいかな」

「もちろんです。どうぞ、どうぞ。よろしくお願いいたします」

「じゃあ、お言葉に甘えさせてもらうよ。あたしの考えだけど、たぶん月原富夫という名前は、定九郎の方から進んで扇吉にくれてやったんだろうね」

「ほう。正直なところ、私はそこまで考えてはおりませんでしたが……」

「あの頃、上野駅周辺に住み暮らした人間にはよくわかるんだ。進駐軍からの指示もあって、終戦の翌年の春から上野の浄化作戦なるものが始まった。それ以前にも強制収容は行われていたが、より徹底することになったんだね。午前三時か四時、数十台ものトラックで乗りつけて、地下道の入口をすべて封鎖した上で、浮浪児たちの寝込みを襲う。一度に四千人保護したこともあるそうだから、今となっては信じられない話だよ。で、警察はこれを『狩り込み』と称した」

「カリコミ？　ええと、そういえば……」

　二人の会話に、ためらいがちに優子が口を挟んだ。

「電車のシートで熟睡していた扇吉師匠を揺り起こし、『警察です』と告げたら、寝ぼけ眼で『狩り込みですか』と尋ねられました」

「つらい体験というのは、そう簡単には忘れられない。いまだに夢に見るんだろうな。かわいそうに。狩り込まれた浮浪児たちの行き着く先は養育院とか感化院と呼ばれた施設だけど、子供たちからはひどく毛嫌いされていて、脱走者が絶えなかったんだ」

「そのことは手記にも書いてありましたが、私、それを読んで、ショックを受けました。

ろくに食べ物も与えず、竹刀や木刀で殴ったり、雪の晩に裸で庭へ出したりと……公立の施設で、本当にそんな虐待が行われていたのでしょうか」

「何もかも事実だろうね。食糧事情が極端に悪かったせいもあって、国から配給された物資の大半は職員が食っちまうか、横流ししちまうかで、子供たちの口にはほとんど入らなかったと聞いた。

その上、当時は浮浪児みたいな連中は殴らなきゃわからないという風潮があって、体罰もひどかったらしい。だから、子供たちの多くはカリコミに遭って調書を取られても決して自分の本名は明かさず、まるっきりのデタラメを言ったり、知り合いの名前を口にしたりする例が多かったんだ」

「あっ、なるほど！　そういうことですか。よくわかりました」

師匠のその言葉に、平林が小膝を打って反応する。

「手紙の日付にある昭和二十一年二月当時、一応、扇吉師匠は九歳、定九郎は十一歳だったと考えられます。定九郎の方はすでにスリとしていっぱしの腕前になっていたので、遠縁の鈴木六助さんが自分を捜していると知っても、わずらわしいとしか感じなかった。そこで、かわいがっていた扇吉師匠を身代わりにして、自分という存在を消したのですね」

的を射た推理だと優子は感心したが、予想に反して、正蔵師匠は気の毒そうに首を振る。

「そこだけは平林さんの意見に同調できないな。真相はこいつをよく読めばわかる」

師匠が眼鏡を鼻に載せ、机の上から例の手記を取り上げると、

「これを書いた人物は扇吉じゃないね」

「え……ええ、まあ。九歳の子供の字でないことは一見してわかりますし、難しい単語も見受けられます。ただし、その点に関しては『代筆してもらう』と明記されていますが」

「いや、そうじゃなくて、口述筆記する際の語り手がまったくの別人だと言ってるのさ。こいつを注意深く読めば、本物の月原富夫は焼夷弾の直撃を受け、眼が見えなくなってしまったのがわかる。六さんが『丈夫一点張り』と言っていた子供と同一人物であるはずがない」

「ええっ？　そ、それは全然気がつきませんでしたが……」

平林が顔色を変え、師匠から手記を受け取り、視線を落とす。優子も脇から覗き込んだ。

(火が防空頭巾から上着へ燃え移り、そのまま川へ飛び込んで……ここで眼をやられたのか。そして、そのあとに『何もかもが暗転してしまいました』とあるのは比喩ではなく、本当に暗闇の世界で暮らすことになってしまったんだ)

確かにそれ以降、視覚的描写が一切消える。脂のにおい、兵隊さんの声……上野に着いても、風景には一切触れず、子供の声や炊き出しのにおいだけが記されていた。唯一、

『白い患者服』という文言があるが、これは実際に見たとは限らない。おそらく、会話の中から情報を得て、そう書いたのだろう。

「……師匠のおっしゃる通りで、そう思って、改めて読むと、気づかなかったのが不思議なくらいです。上野に行って以降、地方から上京してきた人たちから特に同情されたのも、養育院で手がかかるからと邪魔者扱いされたのも、すべて障害のせいでしょうし、『高橋さん』という足の不自由な傷痍軍人の台車を押していたのは、視覚を失ってもできる仕事がそれくらいだったからなのですね」

「月原富夫君というのは気持ちのやさしい子だったんだよ。だから、自分の負った障害についてははっきり述べることを意図的に避けた。読んだ親御さんを悲しませてしまうと思ったんだろうな」

「なるほど。すると、やはり、この『ツヨシ』というのが……」

「間違いなく、定九郎だと思うね。金回りがよかったのはスリかその手先として稼いでいたせいで、汽車に乗って遠くまで出かけたのは長箱師ならあたり前さ。本物の月原富夫君は、もちろんそう思いたくはないけれど、亡くなってしまったんだろうな。たぶん、上野の浄化作戦の前にね。で、定九郎が口から出任せでそれを名乗り、その後、扇吉に引き継がせたわけだ」

「すると、師匠、定九郎が逮捕後、名なしの権兵衛で押し通した理由は……」

「それは、あたしにはわからないよ。想像するしかないが……定九郎てえのは仲間内でつけられたあだ名だろう。だったら、過去に誰かを手にかけたことがあるんじゃないかな」

「人を殺したことがあるから、定九郎……ははあ。確かに考えられますね」

平林がうなる。いかにもありそうなことだと、優子も思った。定九郎はまさにそういった役柄だし、そんな過去をもし抱えていたとしたら、警察の取り調べに対して貝のように口を閉ざすのは当然だ。

「でも、師匠、もし定九郎が本物の月原富夫でなかったとすると、昨夜の二人の会話の内容と矛盾しませんか。扇吉師匠は明らかにそう信じ込んでる様子で……ああ、なるほど。それで、別に問題ないか」

質問するつもりが、その直前で挫折してしまった。確かに、亡くなった少年の名を騙《かた》った定九郎が扇吉師匠の前で嘘をつき通したと仮定すれば、昨夜の会話を振り返ってみても特に不自然な点はない。きっと師匠は今でも、定九郎が月原富夫だと思い込んでいるのだ。

「あのう、あと一つだけ、不思議なことがありまして……わらだなの強盗事件に関してなのですが、犯人の左頰に傷跡があったというのは――」

「たぶん、セメダインか何かで頰の肉をくっつけたんだろうな」

質問の途中、平林にあっさりそう断言され、優子は絶句してしまう。彼女にとって未経験なだけで、おそらく、特に珍しくもない手口なのだろう。

平林は渋い表情になると、小首を傾げながら、

「すると、師匠、定九郎だけでなく、扇吉師匠も正体不明ということになりますねえ」

「その通りだね。戸籍を偽った件についてはできるだけ穏便に済ませてやりたいが……やっぱり、難しいかな」

「いや、そうとも限りません。何しろ、当時の状況が状況でしたから。本人が素直に罪を認め、正しい戸籍に戻ることを選択すれば、情状が酌量され、起訴猶予になる可能性があります」

「そうかい。それなら、よかった。六さんのためにも、早く高座に戻れるようにしてやらないとね」

正蔵師匠はほっとした表情になると、

「まったく、戦争なんてするもんじゃないねえ。あれから三十何年も経ってるのに、まだこんなことがあるなんて」

小机の引き出しを開け、一冊の古びたノートを取り出す。手記と同様、茶色く変色した表紙には艦隊と航空機、そして日章旗の絵があり、『記録』と書かれていた。

「こいつは、あたしの戦時中の日記帳なんだがね、いい機会かもしれないから、大空襲があった日の分を読んでみようか」

頁をめくって、眼鏡を直し、視線を落とすと、

「ええと、昭和二十年三月九日。『尾灯をつけて悠々と飛ぶ敵機を睨む。金春《こんぱる》の帰りにお㐂美《きみ》で湯に入れてもらい、松村《まつむら》報道部長の陸軍記念日の講演を聞いて、ビールを飲んでいい気持ちで帰宅して寝ると間もなく警報発令。侵入の三機の中、二機は海上へ去り、一機は房総半島へと情報の終わらぬうちに皇都頭上へ来て投弾した。発火場所をめがけて次から次へとB二九が飛来して投弾だ。しかも低空だ。十一時三十分からの出来事だ。あわただしい戦場は十日になる』。

そして、その翌日。『三月十日。見渡す限りの焼け野原、さあ、強くなるのだ。四方に火の手上るも、敵機しきりに来るので防空活動の意のごとくならず。夜明ける……』」

そこで、師匠は読むのをやめ、ゆっくりと顔を上げる。そして、遠くを見るような眼になると、静かな口調で言った。

「扇吉が戻ってきたら、やつにはぜひこの言葉を贈りたいね。『さあ、強くなるのだ』。あの焼け野原に立った時のことを思えば、たとえ何があろうと、人生やり直せるよ。ねえ、そうだろう、平林さん」

第二話　三人の香典師《でんし》

「……どなた？　あら、嫌だよ。羅宇屋《らおや》のおじいさんじゃないか。何か忘れ物かい」

「へい。これをこちらのご新造《しんぞう》さんにご覧に入れたいのでございますが」

「何だね。あたしは字が読めないから……二十四文の受け取りかい」

「いいえ。違います。お見せ申さばわかります」

「そう。じゃあ、ここで待っててちょうだい。あの、ご新造《しん》さん。何ですか、羅宇屋のじいさんがこんな書き付けをよこしました」

「ちょっとお見せなさい。あら、見事なお筆跡ねえ。いいお手だこと。ええと、『牛若《うしわか》の、ご子孫なるかご新造が、我を武蔵《むさし》と思いたもうて』……うまいわねえ。あたしがさっき『汚《むさ》い年寄りだ』なんて言ったから。

もらいっぱなしじゃ、気が利きませんね。硯《すずり》を持ってきてちょうだい。あたしも一つ、お返しを……こんなものでいいでしょ。これをおじいさんにあげて」

「嫌でございますよ。あんな汚《きた》なじいさんとお文《ふみ》のやりとりなんぞして。旦那様に見《め》っかるとお小言です」

「そんなことありませんから、安心して、持ってらっしゃい」

「さようでございますか。では……おじいさん、お前さん、幸せ者《もん》だよ。ご新造《しん》さんからご返事が来たよ」

「おう。これはこれは、思いもかけませんことで。ああ、これはよいお手だ」

「あら、言うことが同《おんな》しだねえ。わかるかい」

「何々、『弁慶《べんけい》と見たは僻眼《ひがめ》か背に負いし、のこぎりもあり才槌《さいづち》もあり』……おもしろいなあ。わしの道具でお詠《よ》みなさったか。それでは……と、こんなところで……」

「おやおや。冗談じゃない。用も何もできやしないんだから……ご新造《しん》さん、およしなさい。あのじいさん、よほど暇人と見えましてね、またよこしました」

「そう。お見せなさい。『弁慶にあらねど腕の万力は、煙管《きせる》の首を抜くばかりなり』……うまいわねえ。ええと、『古木《ふるき》』……ええっ、古木？　大変だよ。あの方は紫檀楼《したんろう》古木という狂歌の宗匠で、元は立派なお店の旦那様だったんだが、風流の道にお凝りになすって、あんな……まあ、稼業を今はしてらっしゃるんだ。あんなものをご覧に入れて、本当に決まりが悪い。それはそうと……」

1

「お寒い中、ご来場を賜りまして、まことにありがとうございます。間《あいだ》に挟まりまして、お馴染みのところを一席申し上げます」

神楽坂倶楽部二月中席二日め昼の部、ヒザマエの出番は山桜亭馬八《さんおうていうまはち》師匠。主任《トリ》の前の出番を『ヒザ』と呼び、もう一つ前が『ヒザ前』。今日は木曜なので、場内には空席が目立っている。

「『無学者は論に負けず』なんてことを申しますが……なるほど、自分で気がつかなければ、生涯言い負かされることはないに決まっております」

馬八師匠は三十八歳の若手真打ちだが、以前、楽屋を訪ねた際、正蔵師匠から紹介され、優子も面識があった。えらの張った輪郭にギョロ眼、太い眉、左頰に大きなほくろがある。白っぽい小紋の着物に博多帯《はかたおび》、茄子紺《なすこん》の羽織。少し派手な感じの衣装がよく似合っていた。

「『ねえ、先生。よくうわばみなんて言いますが、ありゃ、何です』

『ばかだなあ、お前は。そんなことも知らないいんじゃ、人にわらわれるぞ』

『だったら、教えてくださいな』

『それは、つまり……世の中にはうわってものがある。これがばむから、うわばみだ』

『へえ。うわなんてのは、ばむもんですか』

『ああ。ばむとも』……ってんで、さっぱり訳がわかりません」

ここで、思いがけないほど大きな笑い声。テレビなどでよく顔を見かける人気者なので、ほかの出演者とは明らかに反応が違っていた。

（ウワが食《ば》むからウワバミ、か。文庫ではたしか、ツゴが漏るからツゴモリだったな。それはいいとして、マクラでこの小噺を振るってことは、もしかすると……）

「『先生、こんにちは』

『よう。八《は》っつぁん。しばらく顔を見せなかったが、元気かい』

『それが、あんまり元気じゃねえんですよ。夜逃げしようかと思ってね』

『お前さんが夜逃げを？　穏やかじゃないな。どんな訳があるんだ』

『実は、うちの娘が近頃、おかしなものに凝っちまいましてね。ほら、正月になると、よくやるでしょ。何人かでとぐろを巻いて、眼の前に札を並べてさ。一人がおかしな節をつけて読んで、残りの連中で札をふんだくり合うという……』

『ふんだくるは乱暴だな。百人一首か』

『そうそう。それなんです』

（よおし。やった！　『千早振《ちはやふ》る』だ）

『古典落語』上巻の『千早振る』は優子のお気に入りの一席だが、寄席で聞くのは初めてだ。登場人物はおなじみの八五郎《はちごろう》と『先生』。先生の素性《すじょう》は不明だが、横丁のご隠居さんと同様、学者然とした人物らしい。

今回の八っつぁんの相談事は、彼の娘が百人一首に凝り、在原業平《ありわらのなりひら》の有名な歌『千早振る神代《かみよ》も聞かず竜田川《たつたがわ》、から紅《くれない》に水潜《くぐ》るとは』の意味を尋ねられたので、教えてほしいというもの。答えられずに恥をかくと、夜逃げせざるを得なくなるという。

「『ねえ、先生、あれはどういうことなんです』

『どういうって……だから、つまり、千早振る、だろう。千早振るというから、神代も聞かずと来て、竜田川となる。で、から紅ならば、自然に水潜るとは、となるさ』

『歌の文句を切れ切れに言っただけじゃないですか。もっと、ちゃんと教《おせ》えてください』」

知ったかぶりが登場する落語は数多い。『やかん』『転失気《てんしき》』『つる』……探せばもっとあるはずだが、中でも『千早振る』の先生は相当面《つら》の皮が厚い。

「『ねえ、八っつぁん。お前さんは、この竜田川というのを何だと思う』

『わからないから、きいてるんじゃありませんか』

『いや、だからさ、神田川《かんだがわ》とか隅田川《すみだがわ》みたいに川の名前だと思うだろう』

『そうなんですかね』

『じれったいなあ。川だと思いなよ』

『じゃあ、思います』

『そこが畜生のあさましさだ』」

ここから先生の珍解釈が始まるが、それによると、江戸時代に女と酒を断って大関昇進を果たした竜田川という力士が、ある日、吉原《よしわら》へ出かけ、当時全盛の千早太夫《だゆう》という花魁《おいらん》に一目ぼれするが、『相撲取りは嫌でありんす』と袖にされてしまう。

それではと、少し面差《おもざ》しが似ていた妹女郎の神代に声をかけてみたが、『姉さんが嫌なものは、わちきも嫌でありんす』と断られる。

「『……ははあ、なるほどね。で、どうなりました？』

『振られ続けた竜田川はすっかり相撲が嫌になり、故郷《くに》へ帰って豆腐屋になった』

『ええっ？　そりゃ、変ですよ。大関まで張った相撲取りが、何も豆腐屋なんぞにならなくたってよさそうなもんだ』

『別にいいじゃないか。竜田川の実家が豆腐屋だったんだから。さあ、年老いた二親《ふたおや》は大喜び。〈せがれや、よく帰ってきてくれた〉〈はい。これからは親孝行をいたします〉というので……』」

（実家が豆腐屋……そういえば、昭《あき》おじさんは元気かな）

優子の脳裏に、ふと篠原昭人《しのはらあきと》の顔が浮かんだ。『千早振る』は後半に聞きどころが多く、今は仕込みの段階なので、ついよけいなことを考えてしまう。

（おじさん手作りのお豆腐は本当に美味《おい》しかった。できることなら、もう一度、冷奴か湯豆腐で味わってみたいなあ）

2

来月五十二歳になる優子の母・珠代《たまよ》の実家は中央区日本橋馬喰町《にほんばしばくろちょう》で四代続く老舗の『桜《さくら》寿司』で、現在の主《あるじ》は春日征義《かすがまさよし》、六十一歳。征義は珠代にとって三歳上の姉・咲子《さきこ》の夫、つまり婿養子である。

征義には二歳下の弟がいて、名前が篠原昭人。優子はこの二人をそれぞれ『征伯父さん』『昭おじさん』と呼んでいた。優子は春日征義に気に入られ、月に一度は店へ招かれ、旬の魚介類をご馳走になっているが、以前はむしろ弟の昭人にかわいがられていた。

この兄弟の実家は北区王子本町《おうじほんちょう》一丁目に店を構えていた篠原豆腐店。場所が落語『王子のキツネ』にも登場する王子稲荷のすぐ南側にあたり、参詣人たちが神前に供える油揚げがよく売れたし、豆腐の味も評判で、わざわざ遠くから買いに来る客も多かった。

だが、長男の征義は豆腐屋を嫌い、中学卒業後、寿司職人としての道を歩み始めた。その修業先に選んだのが桜寿司で、それから十五年後、咲子と結婚し、店の跡継ぎとなった。夫婦の間には一人息子の俊男《としお》がいて、現在二十八歳の彼は金沢《かなざわ》市内の寿司店で修業中だ。

そんな訳で、弟の篠原昭人がとりあえず家業を継ぐことになったのだが、彼も十八歳の時、板前を志し、関西地区の料亭で働き始めた。その後、王子稲荷の近くの豆腐店は老夫婦が切り盛りしていたが、やがて加齢による体調悪化が原因で廃業することになった。

(店仕舞いしたのは私が二、三歳の時らしいから、お店で売っていた豆腐の味はもちろん知らない。私が覚えているのは、昭おじさんがたまに家《うち》へ持ってきてくれたあれ……もうしばらく食べてないけど、あんなに豆の味が濃厚なお豆腐はほかになかったわ)

優子は幼い頃からとにかく食べることが大好きで、好物の数も多いが、中でも豆腐は五本の指に入るほどの大好物だ。

都内をはじめ各地の名店での修業を終えた篠原昭人は十五年ほど前、大塚《おおつか》に『腰掛け割烹　しの原』を開いた。カウンターだけの小さな店だが、板前の腕が評判を呼び、大繁盛した。昭人が三崎家へ届けてくれたのは、店で客に出す分だけ作る自家製豆腐だ。

「『……さあ、月日の経つのは早いもので、竜田川が故郷に帰ってから、早五年が夢のごとくに過ぎ去った』」

追憶に浸っている間にも噺は先へ進んでいく。

「『ある日の夕暮れ、明日の分の豆をひき終えて、竜田川が一服つけていると、ぼろを身にまとった女乞食が竹の杖にすがりながらひょろひょろとやってきた。〈お願いでございます。もう三日三晩、何も食べておりません。どうか、ご商売物の卯の花をいただかせてくださいまし〉

もとより情け深い竜田川、〈こんなものでよければ、どうぞおあがんなさい〉と言って、大きな手でおからを握って差し出す。〈ありがとう存じます〉と受け取ろうとする女乞食。見上げ、見下ろす顔と顔……イヨッ！　チョチョンチョンチョン、チョチョン』」

浪花節の口三味線が入り、大きな濁声《だみごえ》で、

「『タガイニ、ミカワスゥー、カオトォ、カオー』

『恐《お》っそろしく、ひどい声だね。どうも』」

八五郎が耳をふさぎ、顔をしかめると、客席から笑い声が起きた。

「『ところで、八っつぁん、この女乞食を誰だと思う？　何と、千早太夫のなれの果てだ』

『先生の話は変だね。大関がいきなり豆腐屋になっちまったり、全盛を極めた花魁が五年経ったら、乞食になってたりさ』

『人間、なろうと思えば何にでもなれる。とりわけ乞食は簡単だ。お前さんもどうだい？』

『嫌ですよ、あたしは』」

正体を知った竜田川が五年前の出来事を思い出し、『お前なんかにやるものか』と言って突き飛ばすと、女乞食はよろけた拍子に井戸へ落ち、死んでしまう。

「『こいつはおもしろくなってきたね。それから、どうなったんです』

『これでおしまいだ』

『いや、そんなわけねえでしょう。ここから夜な夜な千早の幽霊が現れ、竜田川を悩まして――』

『そんなことにはならない。本当におしまいなんだ。いいかい。吉原で千早が竜田川を振ったろう。だから、〈千早振る〉だ』

『はい……？　するってえと、さっきのは全部、歌の訳《わけ》だったんですか！　あんまり長えんで、別の話だと思ったよ』」

場内からは拍手と大爆笑。筋を知っている優子も釣られて笑ってしまった。

それに続き、先生は『妹女郎の神代も言うことを聞かなかったから、〈神代も聞かず〉、竜田川が卯の花をやらなかったから〈からくれない〉だ』と説明する。

（すごいなあ。一体誰が考えたのか知らないけど、よくもここまでこじつけたものだわ）

高校の古文で習ったが、『千早ふる』は神にかかる枕詞《まくらことば》で、竜田川は奈良県を流れ、紅葉の名所として名高い川。だから、本来の意味は『神々の時代でも聞いたことがないほど不思議なことだ。竜田川の川面《かわも》が一面真っ赤に染まっているのは』。

（ただ、前から気になってたんだけど、この歌の読みが授業で聞いたのと少し違っているのよ。本当は、どちらが正しいんだろう？）

「『おからをくれないので、からくれない……本当かねえ。で、あとは？』

『井戸へドブンと飛び込んだから、水潜るとはじゃないか』

『なるほど。どんだけ軽い女だって、井戸へ飛び込めば一度くらいは水を潜りますね。だけど……ちょっと待ってくださいよ。だったら、〈みずくぐる〉でいいじゃないですか。そのあとの〈とは〉ってな、何なんです』

『うるさいなあ。それくらい、まけときなよ』

『いいえ。まかりません』

『だから、それは……うーん。よおく調べてみたら、〈とは〉が千早の本名だった』」

サゲを言い、頭を下げる。盛大な拍手に送られて、馬八師匠は高座下手へ。サゲについてだが、最後の『とは』は『神代も聞かず』につながり、こういう形を倒置法と呼ぶらしい。

（ああ、おもしろかった。馬八師匠の口演はさすがだわ。若いだけに勢いがあって……それにしても、食べ物が出てくる落語って本当に数が多いわよね。例えば豆腐だったら『こうふい』とか、上方落語の『でんがく食い』とか）

どちらも『古典落語』の『大尾《たいび》』に収録されているが、優子はまだ聞いていない。

（それはそうと、昭おじさんはあのお豆腐、今でも店で出してるのかしら？　私ももう大人なんだから、お客として独りで行けばいいんだけど、近くまで行く機会が何度かあっても、結局、暖簾《のれん》を潜る勇気が湧かなかった。まったく、征伯父さんと昭おじさんが喧嘩なんかしなければ、気を遣う必要なんてなかったのに……）

3

柾《まさ》の通った白木の一枚板のカウンターに朱塗りの半月盆がずらりと並び、割り箸の袋には『小料理　平《へい》ちゃん』。それ以外には、四人座れば満席の小上がりが一つあるだけ。

優子の前の盆には、すでに突き出しが置かれていた。麻雀牌よりも一回り大きな物体が二個で、下半分が赤く、上が白い。まさに芸術的な仕上がりだし、店内の雰囲気も彼女の行きつけの店に比べ、格段に上品なので、箸をつける前からわくわくしてしまった。

「すごくきれいですけど……これ、何ですか」

「うちはいいかげんだから、お通しは品書きの中から適当に一品出すんですよ」

厨房の中で、店主の平ちゃんが笑いながら答えた。年頃は三十代半ば。長身で坊主頭、作務衣《さむえ》に白い前掛け。お寺の料理番のような風貌だ。

「今日はこれ。ほら、ここに書いてある」

天井から縦長の紙がずらりと垂れ、指差した先の一枚には『寄せ鱈子』とあった。

「ええと、魚偏に雪で……思い出した。タラですね。つまり、タラコか」

「大したもんだね。鯛や鮭、鰯くらいは誰でも読めるけど、鱈は難しいよ」

優子の左脇で、山桜亭馬八師匠が突き出しをつついていた。主の解説によると、ゼラチンを溶かし込んだ昆布ダシでほぐしたタラコを固め、上に細かく叩いたヤマイモを載せたもの。口へ運ぶと、淡雪のごとく溶けるゼリーにタラコのプチプチした食感、さらにはヤマイモの粘りが加わって、何とも不思議な美味しさだった。

同じ日の午後五時半。場所は神楽坂から枝分かれした本多《ほんだ》横丁の一角だ。今夜は馬八師匠からのご招待。非番の優子は約束の時刻に到着したが、平林はまだ来ていなかった。

「まあ、こんな狭っ苦しい店だけど、ここはこの界隈で知る人ぞ知る名店でね」

冷や酒のコップを傾けながら師匠が言い、優子のグラスにビールを注いでくれた。

「何しろ、平ちゃんは三十そこそこの若さで、東京でも指折りと言われた赤坂《あかさか》の料亭の脇板まで行ったんだから。あとちょいと我慢すれば板長になれたのに、辞めちまって――」

「もういいかげん、その話はよしてくださいよ、師匠」

途中で言葉を遮り、平ちゃんが顔をしかめた。

「いいじゃねえか。隠さなくたって……まあ、とにかく、板前の腕だけはあたしが保証します。どうか期待してくださいな」

平林の話では、店主は馬八師匠が卒業した中学の二年後輩。ちなみに本名は山梨要《やまなしかなめ》で、『山がないから平ら』があだ名の由来。それをそのまま店名にしてしまったらしい。

馬八師匠は四年前に亡くなった五代目山桜亭馬春《ばしゅん》師匠の弟子だが、現在は林家一門の客分のような形になっているらしい。

「さて、喉を潤したところで、料理を決めねえとな。三崎さん、好物は？」

「ええと、私の場合、食欲が旺盛すぎて困ってるくらいなので、何でも頂戴します」

「だったら、ぶる下がってる品書きを見て、遠慮なくそう言ってくださいな」

「え……あ、はい。では、お言葉に甘えて……どれにしようかな」

こうなると、宝の山に分け入ったようなもので、優子は遠慮しない。『鴨《かも》の芹《せり》巻《ま》き』『河豚《ふぐ》煮凍《にこご》り』『平貝の木の芽揚げ』『百合根豆腐』などなど。さすがは本格の修業をしただけあって、優子がまったく未経験の凝ったメニューがずらりと並んでいた。

どれもこれも試してみたかったが、結局、迷いながら指差した一枚には流麗な筆文字で『干子雪花菜和え』。まったく正体不明なので、ぜひ試してみたくなったのだ。

「ん？　ああ、そいつか。ふふふ。さすがは、平林さんの後輩。やることが粋《いき》だねえ」

師匠はしきりに感心してくれたが、優子にはその理由がまったくわからない。

「ちゃんと今日のあたしの噺になぞらえて、肴を選ぶなんてさ。よし。平ちゃん、これとフグの皮ポンを二人前ずつ。あと、何かうまいものをみつくろいで頼む」

（フグの皮は子供の時からの大好物だからよかったけど、その前の台詞……今日の噺って、『千早振る』のことよね。それになぞらえてって、どういう意味かしら）

その点を質問しようとした時、馬八師匠は優子に向かって深々と頭を下げ、

「三崎さんにはとんだご迷惑をおかけしました。本来であれば協会会長が一席設けるのが筋なんだが、とりあえず、下っ端からの酌で我慢してください」

「いいえ。そんな……とんでもありません」

優子はうろたえながらビールグラスを差し出す。

「迷惑も何も、私はただ自分の職務を遂行しただけですから」

「謙遜しなくたっていい。あなたと平林さんのおかげで、例の一件はどうにか表沙汰にな

らずに済みそうだ。一門は違うが、あの兄《あに》さんには前座の頃からかわいがられてね、ずいぶん酒も飲ましてもらいました。陽気で開けっ広《ぴろ》げな人なんだけど、なぜか入門前の話題になると、口が重くなる。自分の生い立ちに触れられるのを極度に嫌ってたから、何かあるなとは感じてたが……案の定だったね」

「まあ、とにかく、よかったですよ。一週間経っても行方が知れなかったので、何かあったのではと心配していましたから」

松葉家扇吉師匠は失踪して九日めの一昨日、知人につき添われ、神楽坂署へ自ら出頭してきた。潜伏先は栃木県の藤原町《ふじはらまち》。鬼怒川《きぬがわ》温泉を抱えるこの町で、贔屓客の一人であるホテルの社長に『湯治がしたい』を嘘を言い、泊めてもらっていたが、日数《ひかず》を重ねるにつれて怪しまれ、真実を白状するはめになった。

事情を聞いた社長は知り合いの弁護士に相談し、その結果、『戸籍を偽った件については未成年の時の行為であり、情状が酌量される可能性が高いので、一刻も早く名乗り出るべきだ』と諭され、本人もようやく決心がついたのだそうだ。

神楽坂署での取り調べは現在も続いているが、強盗事件への関与については完全にシロ。戸籍偽装の問題については弁護士の言う通りで、まずは本来の戸籍へ復帰させることを重視し、起訴までは必要ないというのが大方の意見のようだ。

ちなみに、定九郎は全国に指名手配されたものの、まだ逮捕はされていない。

「協会内でも同情論が大勢で、誰も表立ってはこの件に触れません。まあ、事情が事情だからね。この分だと、少し時間はかかるかもしれないが、噺家を廃業せずに済みそうです」

「それを伺って、安心しました。お義父様《とうさま》……鈴木六助さんのためにも、ぜひ早く高座に復帰してほしいです」

昨日の午後、署へ挨拶に来た姿が浮かんできた。扇吉師匠は出頭直前に彼と会い、すべてを告白していたのだ。六助さんは平林や優子に丁重に礼を述べたあとで、『戸籍が訂正されれば養子縁組もなかったことになるでしょうが、一緒に過ごした時間が消えてなくなるわけではありません。その後はせがれ次第です』と言った。彼がまだ『せがれ』と呼ぶ以上、二人の関係が切れることは決してない。優子はそう信じていた。

「へい、お待ち遠！　クチコノキラズアエです」

威勢のいい声とともに、山梨さんが小皿を二つ、カウンターに置く。『干子雪花菜』は『クチコノキラズ』と読むらしいが、それでもまるでチンプンカンプンだった。

皿には、縦に長い三角形の板が二枚。白い粉がまぶされ、緑の菜の花が添えられている。早速箸を伸ばし、舌に載せてみると、濃厚な磯の香りが鼻へ突き抜けた。

（これはスルメ……にしては上品ね。甘酸っぱい粉の正体もまるで見当がつかないわ）

「クチコは初めてですか。能登《のと》の名産で、ナマコの卵巣を干したものだよ」

しきりに首を傾げている優子に、山梨さんが解説してくれた。

「ナマコは何度か食べましたけど、卵巣は初体験です。それと、この白い粉は？」

「オカラさ。水嚢《すいのう》に入れて水の中でこし、晒布《さらしぬの》に取って水気を絞ります。それからボウルへ移し、湯煎にかけて小一時間くらい束ねた箸でかき回す。味つけは塩と砂糖、酢」

「すごく手間がかかってますねえ。それだけに美味しいですし、『千早振る』になぞらえてと師匠がおっしゃった理由もわかりました。それと、メニューにあった雪花菜《ゆきはなな》って、菜の花のことだったんですね」

「えっ……？　あははは。違う違う。そいつはただの添えもの」

優子の言葉を聞いて、山梨さんが笑い出した。

「そう書いて『キラズ』と読むんですよ。当て字だけどね」

「上方の噺だが、『鹿政談』なんて聞いたことねえかな」

と、これは馬八師匠。いつの間にか酒をお代わりしていた。つい『講談社の文庫の中にないから知りません』と言いそうになったが、さすがに恥ずかしくなり、黙って首を横に振る。

「奈良に住む豆腐屋の与兵衛《よへえ》が神様の使いの鹿を殺してしまい、死罪になるはずのところを、町奉行の機転で命を助けられる。サゲは奉行と与兵衛の会話で、『そちの商売は豆腐屋じゃのう。キラズにやるぞ』『はい。マメで帰れます』」

「首を斬らずに、まめで帰れる……そうか。お豆腐と違って包丁で切らないので、豆腐の絞りかすをキラズと呼ぶというのは聞いたことがあります。ですが、同じような符牒なら『ウノハナ』の方が一般的では？」

「その通りだけど、今の時期はそう書けないんです」

「えっ？　書けないって……なぜですか」

　優子が問いを重ねると、山梨さんが困った顔をした。そこで、あとを師匠が引き取り、

「蘊蓄を語るのは噺家の職分だから、あたしから説明させてもらいましょう。陰暦の卯月に白くて小さな花を咲かせるウツギに似てるから『卯の花』てんだけど、そこらの居酒屋ならともかく、本格の修業をした板さんの店では真冬に『卯の花和え』とは書きづらいから、『雪花菜和《きらずあ》え』」

「なるほど。季節にふさわしい字を使っているのですね。やっとわかりました」

「悩ませて申し訳ありません。修業中、師匠・先輩からうるさく言われたもんで、身についちまってるんですよ」

カウンターに小鉢を置きながら、山梨さんが苦笑した。

「近頃は、だいぶいいかげんになってきましたけどね。例えば、昔は品書きに納豆の文字を使えたのは十月から二月まで。三月になると、別の言葉に置き換えたもんです。本来は正月に神様へ納めるので納豆なんだから」

「でも、納豆を、どう置き換えるのですか」

「そこは料理屋だから、納豆をそのままでは出さない。必ず何か加えるでしょう。ネギとかオクラとかノリとか。だから、たいていは『巣ごもり』。そこにウズラの卵を落として『ウズラの巣ごもり』なんて言ってました」

「噺家と板前ってのは共通点の多い稼業。これが、昔っからのあたしの持論でしてね」

フグの皮ポンをつまみながら、馬八師匠が言った。ほどよく酒が回り、舌の回転が滑らかになってきている。

「酒の肴になるかどうかわからねえけど、例を一つ、ご披露させていただきましょうか」

4

「この間、稲荷町が『永代橋』をかけたそうだけど、あれは特別な会ならではでね、ちょうど今頃なら『うどんや』『夢金《ゆめきん》』『親子酒』『二番煎じ』『ねずみ穴』『鰍沢《かじかざわ》』……なんて噺が旬だし、反対に真夏なら『青菜』『船徳《ふなとく》』『夏泥』あたりかな」

「なるほど。つまり、それだけ季節を大切にされているわけですね」

「その通り。日本料理の世界はさらに敏感でね、よく『旬の食《く》い物《もん》』なんてことをいうが、旬てな十日間のことだ。野菜でも魚でも本当に味がいいのは一年に十日だけという意味で……どうぞ、飲み食いしながら聞いてください」

「あ、はい。ありがとうございます」

勧められ、小鉢へ箸を伸ばす。久しぶりに味わったが、フグの皮のコリコリした感触がポン酢によく合い、ビールの肴に最高だった。

「ねえ、平ちゃん、そうだよな。俺の言うことは間違ってねえだろ」

「はい。ただ、なかなかニンガシという具合にはいきませんでね」

ガス台に向かっていた山梨さんが背中を向けたままで言った。

「あんまり目まぐるしく変えると、骨が折れちまう。だから実際には走りだ、旬だ、名残りだなんて言って、結構長い間、品書きに載せてますよ」

「そりゃあ、商売だもの。俺たちだって、いくら旬の噺を演《や》ったところで、ウケなければどうしようもねえ」

「ですがね、師匠、偉そうなことを言いますが、怒らないでくださいよ。ついさっき伺った冬に旬の落語。肝心な噺が一つ抜けちゃおりませんか」

「えっ？　肝心な……そんなもの、あったかな」

「極めつきをお忘れです。ほら、フルキですよ。フルキ」

それを聞いた師匠が「あっ」と声に出し、大げさに両手で頭を抱えた。

「こいつは俺としたことが……平ちゃんに一本取られちまった。あれだけ普段世話になっておきながら、稲荷町の十八番《おはこ》中の十八番を忘れちゃいけねえ」

（えっ？　そんな噺があったのか。そもそも、フルキって、どんな字を書くんだろう）

師匠に尋ねてみると、『古い木』という答え。正確には『紫檀楼古木』だそうだ。

「いわゆる狂歌噺ってやつでね、江戸の昔にはたくさんあったらしいが、今ではもう数えるほどしか残ってねえ。稲荷町もここぞという時以外高座にかけないから、めったに出会うことは……そうだ。家《うち》にテープがあるから、明日にでも署の方へお届けしましょう」

「ええっ？　そんな……そこまでしていただいては申し訳ありません」

「いえいえ。どうせ寄席への通り道だから、気にしないでください」

「でも、やっぱりご迷惑でしょうし……」

押し問答をしていると、山梨さんがひょいと振り返り、

「師匠、いけませんよ。別嬪《べっぴん》を見ると、すぐに口説きにかかるのは悪い癖です」

「何だと？　そりゃ、確かにこちらは、とても警察官には見えねえほどのトテシャンだけどさ」

(別嬪にトテシャン……社交辞令にしても極端だわ。絶対にそんなわけないのに)

優子は心の中でつぶやく。いわゆる男顔で、目鼻立ちは一応整っているものの、色気は微塵《みじん》もない。ちなみに『トテシャン』とは昭和初期の流行語で、『とてもシャン』、つまり『すこぶる美人』。『シャン』はドイツ語で『美しい』という意味だそうだ。

自分の容姿の話題になるべく深入りしたくないので、テープを借りるかどうかも曖昧なままで終わってしまった。

眼の前に新たな皿が置かれる。湯気の立つだし巻き卵に大根下ろしが添えられていた。

「季節を大事にする以外にも、実は落語と料理には共通点があるんですよ」

山梨さんが最前の話題を引き継いで言った。

「板前の世界って、案外しゃれっ気《け》が必要でしてね、食べ物や料理に関する符牒にも、落語家さん顔負けの言葉遊びが結構あります。例えば、それなんか」

山梨さんが指差したのは、優子の前の小鉢だった。

「……フグ皮のポン酢和えが、ですか」

「フグの皮って、三枚にむくことができて、外側からサメガワ、次がトオトウミ、一番身に近いのをミカワと呼ぶんです」

（漢字にすれば、鮫皮に身皮……トオトウミは『遠江』だろうな。昔の国名だ）

「皮ポンに使うのはこのうちの二つで、背側が黒いのがサメガワ、ホルモンのミノみたいなのがトオトウミ。見て、わかるでしょう」

「……確かに。何回も食べましたが、そこまでは意識していませんでした」

「だけど、トオトウミなんておかしな名前ですよね。命名の由来は何だと思いますか」

「命名の由来ときかれても、見当が……あれ？　あ、そうか！」

優子は小さく叫んでしまった。

「もしかして、ミカワのすぐ隣にあるからですか。つまり、三河の隣だから遠江」

「こりゃ、驚いた！　即座に正解へたどり着くなんて、さすが頭脳明晰《めいせき》だ」

「い、いえ、あの……違うんです」

師匠から絶賛され、優子はあわてて首を横に振った。

「今考えたわけじゃありません。ずっと昔、板前をしているおじから教えられていたのを、ふと思い出したんです」

「ほう。おじさんが私と同業。もし差し支えなければ、店名を教えてくれませんか」

「正確には義理の伯父の弟ですが……店の名前は『しの原』といいます」

「ええっ？　ひょっとして、それ……」

山梨さんが大きく眼を見開く。

「大塚の、篠原昭人親方の店ですか」

「はい。ご存じなのですか」

「食通にはかねて評判の店なので、知らなきゃモグリだけど、特に私は自分の師匠が篠原親方の兄弟子にあたり、我々の世界で言う叔父甥の関係なんです。だから、何度もお目にかかってますが……ただ、聞いた話では、親方が体を壊してしまい、しの原は三年前の十月に休業したそうですよ。どうやら、事実上の閉店らしいです」

「えっ？　昭おじさんがそんな重い病気なのですか。全然知りませんでした。もう十年以上前になりますが、かなり深刻な兄弟喧嘩があったみたいで、それ以来、昭おじさんは私の伯父夫婦と絶縁状態なんです」

「なるほど。実は私も、ちょいと顔を出しづらい事情がありまして……」

「おい。お前も商売人なんだから、話に夢中になるな。さっさと手を動かせ」

馬八師匠が二人の会話に割って入った。

「三崎さんも料理が冷めちまう前に箸をつけてくださいな」

促されて、今度はだし巻き卵を口へ運ぶと、濃厚なだしの味と塩かげんが絶妙で、思わず眼を見張るほど美味だった。

「平ちゃんの師匠はよく知ってますが、何とこのあたしと同姓同名で」

「えっ……？　馬八師匠と同じお名前なんですか」

「ええ。不思議な因縁でしてね、年は向こうが二十いくつも上なんだが……」

説明によると、師匠の本名が大山和雄《おおやまかずお》で、山梨さんの板前の師匠は大山一夫。五年前まで、赤坂の喜久甚《きくじん》という一流料亭の板長を務めていたが、五年前、店内でもめ事が起き、その責任を取る形で退職。その時、山梨さんも一緒に辞めたのだそうだ。

「喜久甚はあたしみたいな貧乏人には本来縁のない店なんだが、そこは芸人のありがたさでね、お客様のお供で出入りしているうちに、自分と同姓同名だということがわかり、それ以来、ずいぶんかわいがってもらいました」

「その方が、昭おじさん……しの原の店主の先輩にあたるわけですか」

「ええ。そうなんです」

山梨さんが刺身包丁を動かしながら、優子の問いに答えてくれた。

「若い頃、京都の名店で先輩・後輩で、年も二、三歳上のはずです。篠原親方もいい男だが、大山親方もあの高倉健《たかくらけん》にそっくりで……そうだ。写真がありますよ」

カウンターの真下から小さな写真立てを取り出し、見せてくれた。写っていたのは若き日の山梨さんと、眼光鋭く、精悍な風貌の男性。ちょっと手を伸ばせば届く場所にこれを置くところに、山梨さんの強い尊敬の念を感じた。

「親方は包丁以外に株でも儲けていたので、喜久甚を辞めたあと、しばらくは骨休めを兼ねて投資で食っていくなんて言ってましたが、ひょんなことから身を持ち崩して……」

「困ったもんだよな、あの親方にも。おい、平ちゃん。お代わりだ」

飲み干したコップをカウンターに置いた馬八師匠は、小さなため息を漏らすと、

「どん底まで落ちぶれるきっかけがあの紅茶キノコだってんだから、シャレにならねえ」

まるで亡霊のような単語を耳にして、優子はぎょっとなった。

「紅茶キノコって……たしか五年前に大流行しましたよね。よく覚えています」

茶褐色の液体に浮かぶ半透明のブヨブヨした膜が万病に効くと評判になり、日本中が熱狂するブームを巻き起こしたものの、わずか半年ほどで終焉を迎えた。

「すると、さっきの写真の男性もあれに関係していたのですか」

「いや。直接関わっちゃいませんが、あの頃は紅茶キノコに便乗して漢方薬も大ブームになったんですよ。ほら、その三年前が日中国交正常化でしょう。それもあってね。中でも高額で取り引きされたのがサルノコシカケ。癌の特効薬だなんて宣伝されたおかげで、あ

やしげなバイヤーやブローカーが暗躍し、薬《くすり》九《く》層倍《そうばい》そのものの商売をやったんです」

『薬九層倍』という言い方は落語にも登場するが、薬が原価に比べて売り値が高いところから、『暴利をむさぼる』という意味である。

「大山親方も小金を握っていたせいで悪い連中に見込まれ、クズ同然のサルノコシカケを一山つかまされたんですよ。それがけちのつき始めでね、巻き返そうとして変な話に乗り、さらに傷口を深くする。悔しさを酒が紛らしているうちに、包丁を握ると手が震えるようになって……あとは、坂道を転げ落ちるようなもんです」

「なるほど。詐欺は捜査二係の担当ですけど、似たような例は今でも耳に入ってきます」

「まったく、うまい儲け話なんてそうそうあるもんじゃないんだが……それにしても、平林さんは遅いねえ。もうそろそろ来てもいい時分だけど」

腕時計を見ると、午後六時二十五分。約束の時刻をすでに一時間近く過ぎている。

「出がけに何かあったのでしょうが、もし来られないのなら、連絡をくれると思います」

「まあ、あたしはこれで何の不足もありませんがね。こんなトテシャンとお酒をご一緒できる機会なんてめったにない」

「いえ、そんな……あのう、師匠、今日の高座についてですが」

容姿をいじられるのが嫌で、優子は無理に話題を転じた。

「落語では『からくれないにみずくぐるとは』ですけど、高校の授業では読みを『みずくくるとは』と習いました。『くくる』は括り染めの意味。布をまだらに染める技法なので、紅葉の間から川底が見えている景色を詠んだものだと、先生からは教えられましたが……」

「そいつは現代の解釈でしてね、古くは『くぐる』だったんですよ」

「えっ？　そうなのですか」

「はい。これは大学の偉い先生から聞いた話だから確かですが、『くぐる』と読む場合は、川面に浮いた紅葉の下を水が流れるという意味になり、昔はそう解釈していたそうです」

「あっ、なるほど。初めて伺いました。おかしなことを申し上げて、大変失礼を――」

その時、カウンターの一番端に置かれていた黒電話が鳴り出す。山梨さんが出て、すぐに優子が呼ばれた。

「すみません。お手数をおかけして……もしもし、三崎です」

『遅くなって申し訳ない。もうじき、出られそうではあるんだが……』

妙に沈んだ平林の声を聞いた時、優子は何かあったなと直感した。

「あのう、主任、もしかして、事件ですか」

『いや、違う。ついさっき、お前のお母さんから電話が入ったんだ。何でも親戚の方が亡くなったそうで、ええと、名前が篠原昭人さんとか……』

5

国電大塚駅南口を出て南西へ進むと、春日通りに出る手前になぜか本物の蒸気機関車が置かれている。そのあたりを左へ折れ、静かな住宅街の一角に『しの原』はあった。

小ぢんまりとした店構え。今夜は入口の行灯《あんどん》が暗いままで、代わりに『御霊燈《ごりょうとう》』の文字の入った提灯《ちょうちん》が白い光を放っていた。一階が店舗と厨房で、二階が住居。八畳と六畳の間の襖《ふすま》を取り払い、通夜会場が作られていた。

優子が訃報を聞いた翌日、時刻は午後十時過ぎ。午後六時半からの通夜、それに引き続いて設けられた酒の席もしばらく前に終了し、今は故人の親族だけが残っていた。

八畳間に細長い座卓が二つ並べられ、その片方を四人が囲んでいる。

「大して人が集まらなかったな。もっと多いと思ったんだが……」

壁際にあぐらをかいた春日征義が言った。

「焼香に来たのが四、五十人で、通夜振る舞いの参加者が十三人。いくら何でも、ちょっと寂しいよな」

還暦を過ぎ、角刈りした髪はすでに半分以上白いが、酒焼けした赤ら顔に大きな鼻と口が精力的な印象だ。服装はダブルの喪服で、すでにネクタイは外していた。

「仕方ないわよ。会場が狭いんだもの」

　その隣で伯母の咲子が言った。小柄で、顔もどちらかといえば小作り。黒紋付きに黒共《くろとも》帯《おび》と、一人だけ和装なのは、普段店で着慣れているせいだろう。

「だから、あなたの実家のご近所さんとかは、明日来てもらうようにお願いしたんでしょう。その方がお互いのためよ。あのお寺の本堂は充分すぎるほど広いんだから」

　告別式は明日午前十時から麻布《あざぶ》にある篠原家の菩提寺で行われる。

　卓上には、精進料理を盛り合わせた皿やのり巻きと稲荷寿司の入った桶。後者はもちろん桜寿司謹製だ。征義は瓶に残ったビールを自分のグラスへ注ぎながら、

「やっぱり、休業期間が長かったのが影響してるな。酒は本当に怖いよ。体もすっかり縮んじまって、昨日、病院の霊安室で久々に対面した時、最初《はな》は別人だとしか思えなかった」

「義兄《にい》さん、ビールを飲みながら『酒が怖い』だなんて。他人《ひと》が聞いたらわらいますよ」

　征義の真向かいで、そう言ったのは優子の母・珠代。顔立ちは咲子に似ているが、専業主婦で化粧が薄いせいか、印象は姉よりもかなり地味だ。

「これを昭人さんからの忠告だと思って、酒を控えてもらわないと、そのうちに……」

「よしてください。縁起でもない。あいつとは違って、私は飲むといっても晩酌だけ。まな板の脇にコップ酒を置いたりしないんだから」

この場に顔の見えない主な親族は三人で、優子の父・三崎勇武《いさむ》と弟の浩司《こうじ》、そして、伯母夫婦の一人息子である春日俊男。このうち、家電大手の労働組合の専従職員である勇武は出張先の大阪から、俊男は金沢から、それぞれ明日の告別式に間に合うよう戻ってくる予定で、高校二年生の浩司は来週から学年末考査が始まるため、すでに帰宅していた。

奥の六畳には布団が敷かれ、顔に白い布のかかった篠原昭人の遺体が横たえられていた。頭の両脇には枕花。その手前には白木の祭壇があり、香炉に鈴《りん》、火のついたろうそく、盛り切り飯、さらには位牌と遺影も置かれていた。

優子は、ふと黒いリボンのついた写真に目をやった。兄の征義とは違い、細面《ほそおもて》で優しげな顔立ち。背も兄より高く、高校時代はバスケットボールの選手だった。

(独りぼっちで亡くなるなんて……ごめんなさいね、昭おじさん。あんなにかわいがってくれたんだから、せめて私だけでもお見舞いに通えばよかった)

死因は肝硬変だった。酒飲みの宿命かもしれないが、店を休んで以降、入退院をくり返し、次第に症状が悪化していった。

終焉の地は千葉県館山《たてやま》市の病院。去年の夏頃から、篠原昭人はそこで療養生活を送っていた。院長がしの原の古いなじみ客で、無理を言い、入院させてもらったらしい。支払いがかなりたまっていたと聞いた。

「優子ちゃん、悪かったねえ、忙しいのに。さあ、何もないけど、もっと箸を出して」

「伯父さん、本当にご存じなかったのですか」

遺影を見つめている最中に言葉をかけられ、思わず口が動いてしまった。

「えっ？　俺が……何を知ってたってんだい」

「もちろん、昭おじさんの病気についてですよ。仮に本人から連絡がなかったとしても、噂はお聞きになっていたんじゃありませんか」

「そ、それは……まるで尋問みたいだな。姪っ子とはいえ、相手は刑事さんだし」

一瞬、言葉に詰まった征義ははぐらかすような笑みを浮かべると、

「確かに、噂は耳に入っていたさ。病気の件だけじゃなく、ほかにもいろいろとな。手を差し延べようとは考えたが、肝心の居場所が不明なんだから、どうにもならない。まさか館山の病院にいたなんて……今日、集まってくれたやつの友達に尋ねてみたが、結局、誰も知らなかったぜ。まあ、探偵でも雇えば話は違ったろうが——」

「だから、雇えばよかったのよ、探偵を」

夫の言葉を遮り、咲子が言い放った。彼女は日本酒を盃で飲んでいる。

「えっ？　だって、まさか、本当に……」

「あなたはいつも言い訳ばっかり。潔くないわ。十一年前の兄弟喧嘩だって、あなたがよけいなことさえ言わなければ起きなかった。非はこっちにあるんだから、昭人さんの窮状を耳にしたら、どんな手を使ってでも捜し出し、助けてあげるべきだったのよ」

征義は口の中で何かもごもご言っていたが、やがて蚊の鳴くような声で「ちょっと、トイレへ」とつぶやき、部屋から出ていく。一事が万事で、征義は完全に咲子の尻に敷かれ、見ていて気の毒になるほどだった。

十一年前の喧嘩については、王子にあった実家の近所の家のお通夜で、酔った征義が『お前が家を継ぐ約束だったのに』と弟をなじったのが原因だと聞いた。そこから激しい言い合いに発展してしまい、兄弟の仲が修復不可能になってしまったのだ。

しばらくしてから、階下で「ごめんください」という男性の声。こんな遅い時刻に弔問客がいるらしい。

腰を浮かせかけた咲子を両手で制して、珠代が立ち上がり、部屋を出ていった。

6

「誰かしらね。お灯明《とうみょう》を絶やせないから、朝まで誰かは起きているといっても、こんな遅くに来るなんて非常識だわ。珠代ちゃんがうまくあしらってくれるといいんだけど」

本音を漏らした咲子は瓶を取り上げ、優子のグラスへビールを注ぎ、

「さっきはありがとう。あれで、あの人も少しは身に染みたでしょう」

「え……いえ、その、出すぎたまねをしてしまったと反省しています」

「いいの。気にしないで。私も同じことを言ったんだけど、女房からの小言じゃ応えないのよ。まったく、兄弟でどうしてああも違うのか……はい。お世話様」

優子が銚子《ちょうし》を取って酒を注ぐ。この伯母さん、実はなかなかの酒豪なのだ。

「昭人さんは包丁を握るのが生きがいという人で、お酒で身を滅ぼしたのは事実だけど、賭け事も女遊びもやらない。ところが、兄貴の方は弟と違って、競馬と麻雀が大好き。女遊びだけはしないみたいだから我慢してるけど、もし尻尾を出したら、その時こそ夫婦別れしてやろうと思って……あら、どうも」

空の盃にまた酌をする。何だか穏やかでない話になってきた。

「酒に関してもだらしないわね。仕事中はなるべく飲ませないようにしてるけど、先週の月曜、稲荷町の師匠がご夫婦でおいでになった時なんか、へべれけに酔っちゃって始末に負えなかったわ。仕方なく、遅く来たお客様には帰っていただいたのよ」

「へえ。そうだったのですか。おかみさんと二人で……」

正蔵師匠の奥様のご両親が以前馬喰町で寿司屋を経営していて、桜寿司の一家とは仲がよく、伯父も伯母も師匠とは面識があった。その後、長い間、顔を合わせる機会がなかったのだが、姪の優子がお宅に出入りするようになり、征義手作りの塩辛を届けたりしたので、そのお礼も兼ねてご夫妻で来店したらしい。

「まあ、あの晩だけなら仕方ないと思うのよ。うちの人は師匠の熱狂的なファンだから」

「あ、はい。落語好きであることは知っていましたが、誰のファンかまでは……灯台もと暗しでしたね」

征義は交際が絶えている間にも師匠が出演する寄席や落語会に頻繁に足を運び、レコードやカセットテープの類いも大量に所有していた。旧知の間柄なのだから、それほど好きなら楽屋を訪ねればよさそうなものだが、江戸っ子らしいシャイな性格が邪魔したらしい。

「でも、仕事中に深酒したのはその時ばかりじゃないのよ。一昨日だって――」

「あのう、姉さん。すみません」

珠代が廊下から声をかけてきたため、会話が中断される。

「昭人さんのお知り合いの方が二人でお見えになって、お焼香させていただきたいそうなんだけど」

「えっ？　そんなこと言われても……困ったわねえ。取り散らかしたままだし。今日はもう遅いから、明日、お寺の方においでいただくよう、お話ししてちょうだい」

「私もそう言ったんだけど、『明日はあいにく都合がある。お焼香だけで、すぐ引き上げるから』と粘られちゃって……」

「そう。わかったわ。だったら、お通しして」

場合が場合だけに、拒絶するわけにもいかない。大急ぎで卓上を片づけ、何とか二人分の席を用意すると、やがて、足音が階段から廊下へと近づいてきて、

「はい。こちらでございます。どうぞ、お入りください」

案内の声とともに、襖が開き、男女二人が姿を現した。

最初に部屋へ入ってきたのはすでに六十代後半と思われる男性で、上背はあるが、それを差し引いてもかなりの肥満体だった。グレーのスーツに白ワイシャツ、黒ネクタイ、よれよれのコートという服装。頭はすっかりはげ、後頭部だけ白髪が伸び放題。肌は土色で、左右の頬が垂れ下がり、真冬なのに額には玉の汗をかいていた。

　これとは対照的に女性の方は小柄で、やや病的なほどやせていた。黒のワンピースにフォーマルコート、真珠のネックレス、肩にかかる長さの髪。目鼻立ちのきりっとした美人で、優子が思わずはっと息を吞むほどだったのだが……よく見ると、頰の肉が落ち、面《おも》やつれが目立つ。年頃もちょっと見は三十代だが、おそらく四十代の後半だろう。かなり化粧が濃いが、眼元の小じわや眼の下の隈《くま》が隠しきれていなかった。

　二人はコートを脱ぎ、並んで畳の上に正座すると、お決まりの挨拶とともにそれぞれ香典袋を差し出す。

「これはこれは、ご丁寧にありがとうございます。で、あのう……」

　お辞儀しながら受け取った咲子は何か言いかけて少し黙り、「まずはお焼香を」と促す。おそらく、故人との関係を尋ねようとして、いきなりでは不躾《ぶしつけ》だと考え直したのだろう。

　まずは男性が型通りに焼香を済ませ、続いて女性が遺族に一礼する。男性が沈痛そうに眉を寄せていたのに対し、こちらはずっと無表情のままだ。

　彼女はバッグから取り出した数珠《じゅず》を左手にかけ、遺影に向き合うと、香炉へ抹香をくべ、合掌する。その後、振り返って、再びお辞儀かと思ったら、半身の姿勢のままで、

「お顔を、拝見させていただいてもよろしいでしょうか」

「ええ。もちろん。どうぞ、見てやってください」

うなずいた彼女が立ち上がり、遺体の枕元へ。そして、顔の白布に手をかけようとして、

「あら？　これ……もしかして、包丁ですか」

「あ、はい。何しろ、板前ですからねえ」

普通は魔除けの守り刀だが、代わりに懐紙で巻いた刺身包丁を胸に載せたのは征義の発案だった。

「そうでしたか。本当に、アキさんは包丁を持たせれば超一流でしたから……」

その言葉を聞いて、優子はふと首を傾げた。

（『アキトさん』ではなく、『アキさん』か。どういう知り合いなんだろう。それに、この顔、どこかで見た覚えが……）

その時、突然、巨大な角をもち、壁から首を突き出す鹿の映像が眼の前に浮かんできた。

（えっ？　これは剝製……しかも、ヘラジカの剝製だわ）

北欧やロシア、アラスカなどに生息する世界最大の鹿で、雄の中には体重が八百キロに達するものもある。ヘラのように平たく大きな角が命名の由来だが、なぜそれを連想したのかは優子自身にも見当がつかなかった。

（ただ、意味はあるはずなのよ。何の理由もなく、ヘラジカなんて思い出すはずがない。これまでの経験からみて、それは間違いないけど……）

すぐ脇の畳に香典袋が二枚重ねられていて、表書きを見ると、『御霊前　樋口泰乃』。

（ヒグチ、ヤスノ……まるで女優みたいな名前ね。確かに、芸能人とまではいかなくても、水商売系の雰囲気があるわ。一緒に来た男性とはどんな関係なのかしら）

彼女が右手で白布をめくる。それから、かなり長い時間、じっと動かなかったが、やがて、その整った顔がゆがみ始めた。そして、低い嗚咽《おえつ》が漏れ出したと思った瞬間、やせた腕を伸ばして遺体に取りすがり、「昭ちゃん！」と大声で叫ぶ。

「昭ちゃん、なぜ死んじゃったのよ。起きて！　お願いだから、起きてちょうだい」

突然の出来事に優子は仰天し、しばらく呆然とその様子を見守るしかなかった。

7

「どこからお話しすればいいかわかりませんが、私が初めて昭ちゃん……昭人さんと会ったのは三年前の春でした」

樋口泰乃さんは眼の前のグラスのビールには口をつけようとせず、うつむき加減で語り始めた。隣には連れの男性。座卓の向かい側に咲子、珠代、優子の三人がいる。

「たぶん、三月半ば頃だったと思います。当時、私は赤坂のクラブで働いていたので、お客様に連れられ、大塚のお店で食事をご馳走になりました」

　優子の勘が的中し、職業はやはりホステスだった。赤坂といえば場所は悪くないが、銀座とは違い、一流どころから場末まで店のランクが幅広いと聞いている。

「まあ、仕事柄、口がおごっている方だとは思いますが、しの原の味はまるで別格でした。菜の花やワラビ、ウドなどをあしらった前菜にどれも繊細な仕事がしてあって、メインはサワラのお料理でしたが、びっくりするくらいおいしかったのです」

　昨夜の会話を思い出した。名前の挙がった野菜はもちろん、サワラも代表的な春の魚のはず。魚偏に雪で『鱈』、魚偏に春で『鰆《さわら》』。漢字というのは実によくできている。

「できれば常連になりたいと思ったのですが、お客としてカウンターに座ったのは一度きりでした。なぜなら、そのあとすぐに、私は昭ちゃんと特別な関係になりましたから」

（えっ、そのあとすぐ？　おじさんは独身だったから、恋人ができたって何の問題もないけど、相手がお客として来店した女性というのは……）

　けげんに感じていると、泰乃さんは優子の心中を察したかのように顔を上げ、

「名代の堅物がそんな軽はずみなまねをするはずがない。そう思われるでしょうが、あの頃、昭ちゃんはいろいろと鬱積し、異性の温もりを求めていました。私もちょっと事情があり、ひどく落ち込んでいたのです。出会いから数日後、彼が私の店に来てくれて、閉店

後、二人で飲みに行き、何軒か回ったあとで、酔った昭ちゃんが私をホテルに誘った……あとは、申し上げるまでもないでしょう」

これを聞いた珠代が口元を歪めながら優子を見たが、微かに首を振り、自重すべきだという合図を送る。とりあえず最後まで話をさせるべきだと思ったのだ。

一方、男性はというと、卓上にあった銚子のうち中身の残ったものを集め、ぐいぐい飲み、さらに煙草を吸う。言葉は一言も発しなかった。

泰乃さんの告白によれば、二人はそこから交際を開始したが、女が仕事場に入るのを昭人が嫌ったため、会う場所はもっぱら高田馬場《たかだのばば》にある彼女のマンションで、一時は同棲状態だったという。

「二人とも寂しがり屋だったし、それに話もよく合いました。年は私の方がちょうど一回り下ですが、世代の違いをほとんど感じませんでしたから」

一回り年下ということは、泰乃さんの年齢は四十七歳。これも優子の推測通りだった。

「二人の将来については、昭人さんの口から結婚という言葉が出たことはありませんが、『東京は騒がしくて疲れる』『どこか海沿いのひなびた町へ行って、お前と二人で店をやりたい』……そんなことなら何度も言われました。私もその話に乗り気でしたから、いずれ時機を見て、入籍を済ませることになる。そう思っていましたが、梅雨に入った頃から昭人さんの体調が眼に見えて悪くなり始めたのです。

　お酒って、本当に怖いですね。昭人さんは日に七、八合が普通でした。若い頃からずっとそれを続けていれば体を壊すのがあたり前で、気がついたら何となく白眼の部分が黄色っぽくなっていました。肝臓が悲鳴を上げ、黄疸《おうだん》の症状が出ていたのです。お医者さんへ行くよう勧めても、私の言うことなんて聞いてくれません。やがて腹水がたまるようになって、本人もとうとう諦め、検査してもらったところ、肝硬変という診断でした。それが九月半ば頃のことで、しの原はその翌月末で休業せざるを得なくなったのです」

　話を聞きながら、今度は咲子がしきりに廊下へ視線を送る。自分の夫が姿をくらましたことに、いら立っているのだ。席を外してから、すでに三十分以上経っている。

「その後は坂を転げ落ちるように病状が悪化していきました。そうなると、困るのは医療費の支払いと生活費です。それなりに蓄えはあったようですが、一年も経つうちには底をつき、足りない分を私が融通し、何とかしのぐしかありませんでした。

　お医者さんからもらった薬は一応飲んでいましたが、店を休んで自宅にいれば、どうしても朝から酒に手が伸びます。それでは何にもならないから、どうか一日も早く入院してほしい。何度も強くそう言いましたが、彼は絶対に首を縦に振りません。最終的には二人の間で大喧嘩に発展し、私は彼の元を去りました。ちょうど去年の今頃で、別れる前にかなりまとまった額を都合してあげましたが……」

泰乃さんが部屋の奥へ視線を送る。たぶん、祭壇の遺影を見つめているのだろう。

「今は、すごく後悔しています。私が首に縄をつけてでも入院させていれば、こんなことにはならなかったかも……ご、ごめんなさい、昭ちゃん、ううっ！」

見る見るうちに二重の大きな眼から涙があふれ、拳を握りしめて、泰乃さんが泣き伏す。

座卓の反対側にいた三人は、代わる代わる顔を見合わせるしかなかった。

8

(困ったわ。嘘を言っているようには見えないけど、やっぱり何か証拠がないと……ただ、そんなことを言い出せる雰囲気じゃないしなあ)

扱いに困り、黙り込んでいると、咲子が微かに首を振り、

「まったく、うちの人ったら……肝心な時にいないんだから。まさか、どこかで飲んでるんじゃないでしょうね」

たぶん、その可能性が高いと優子は思った。怖い妻がそばにいては安心して酔えないので、近くの店へ飛び込み、そこに腰を落ち着けてしまったのだろう。

すると、ここまでずっと無言だった男性が煙草の火を消し、おもむろに、

「さぞ呆れられたでしょうね。冷たい女だと思われて当然ですよ」

口から飛び出したのは意外な言葉だった。

「一時は同棲生活まで送っておきながら、相手が本当に困っている時、見捨ててしまう。男女の仲については傍《はた》の人間がとやかく言っても始まらないが、もう少しやりようがあったんじゃないかと叱ったんです。昭人がかわいそうだとね」

「あの……申し訳ありません。あなた様は、どういうご関係で……」

「二人の共通の知り合いです。まあ、それはいいとして、こういう席で申し上げるべきではないかもしれませんが、話を聞いてみると、彼女は昭人に三百万以上の金を貸したそうなんです。その時は手元に余裕があったから融通できたわけですが、今はだいぶ金に困っている様子でしてね」

（三百万？　いよいよ、話がきなくさくなってきたわ。そもそも、何者なのかしら、この人。尋ねられても答えないし、おじさんのことを偉そうに呼び捨てにしてるけど……）

「そんなこと、やぶから棒に言われても困ります」

咲子が言った。あまりにも一方的な主張に我慢できなくなったのだろう。

「せめて、借用書くらい見せてもらわないと……」

これに対して、泰乃さんが涙に濡れた顔を上げ、静かな口調で、

「命をつなぐためのお金ですから、返してもらえなくても仕方ないと思いました。だから、借用書はもらっていません。ただ、昭人さんは『借りた金は必ず返す』と何度も言い、『赤の他人のお前に迷惑をかけて申し訳ない』と頭を下げていましたけど」

咲子が顔をしかめ、押し黙る。『親戚が頼りにならないから』と言外に非難されている気がしたが、ずっと放置していたのは事実だから、あまり強いことも言えなかった。

(まずはとにかく、この男性の正体を確認しないと……そうだ。忘れてた)

もらった香典袋の表書きを見れば名前がわかる。まずはそれを確認するのが先決だ。

紛失防止のため、受け取った香典はすべてバッグに入れ、咲子が手元から離さないようにしていたが、二人の分だけは祭壇にあるので、こっそり見ることが可能だった。

トイレに立つふりをして、祭壇へ。正座して、香炉の脇の香典袋を取り上げる。『樋口泰乃』の袋を持ち上げると、その下には武骨な薄墨の文字で『大山一夫』。

(オオヤマ、カズオ。どこかで聞いたような気がするけど……あっ！　そうか)

香典袋を手に持ったまま、そっと後ろを振り返る。

(あの人が大山親方なんだ。でも、高倉健そっくりだなんて、とんでもな……いや、待ってよ)

禿頭《とくとう》や垂れ下がった頬の印象が圧倒的だったが、目鼻立ちだけ取り出せばうなずけないこともない。そう思った時、脳裏に平ちゃんで見せられた写真が蘇り、眼や鼻、耳など、いくつかのパーツがぴたりと重なった。

（咲子伯母さんにも、この事実を早く伝えなくちゃ。同伴者が昭おじさんの兄弟子とわかれば、泰乃さんに対する態度だって変わるはずだもの）

香典袋を祭壇へ戻し、腰を上げかけた時、脇の襖が静かに開き、征義が姿を現した。見ると、顔が真っ赤。妻に対して気がとがめたため、忍び足で入ってきたらしい。

征義は部屋の奥の新たな弔問客を見て眉をひそめたが、次の瞬間、はっと息を呑み、優子に向かって、小声で、

「おい。もしかすると、あの人は……」

どうやら大山親方のことを見知っていたらしい。同業者だから当然だと言えた。

「一体なぜ、ここにいるんだ？」

「弔問にいらっしゃったのですが、あまり大きな声では……ちょっと、こっちへ」

廊下へ出てしまったのでは、いかにも密談じみているので、二人で部屋の隅まで移動し、経緯をごく簡単に説明する。

「……そういうわけで、どうやら目的はお金らしいです。本当に借りていた可能性が高い

とは思いますが、とりあえず、今夜は向こうの言い分を聞くだけにした方が無難です」

「まあ、優子の言う通りだが、それにしても……」

大山親方のいる窓際を一瞥《いちべつ》した征義が微かに首を振り、ため息混じりに、

「まるで落語の千早じゃないか。たった五年で、変われば変わるもんだなあ」

(五年……そうか。大山親方が店内のもめごとで料亭を辞めたのが五年前。千早振るで二人が再会するのも、最初の出会いから五年後だった。いかにも、落語通らしい感想だわ)

「ところで、伯父さん、三年ほど前にさかのぼりますが、昭おじさんが誰かと交際中だと、どこかでお聞きになりませんでしたか。一時は同棲していたそうなのですが」

「それは、実の弟だから、いろいろと噂は聞こえてきたけど……思い出した。何でも、ホステスをしている女と暮らしてたとか……」

「あ、それ！　さっきは言い忘れましたが、彼女、クラブにお勤めだそうなんです。ひょっとして、場所は赤坂ですか」

「ああ。そう、聞いたな」

「伯父さんの耳にまで入っていたのなら、やっぱり彼女の話は本当だったのですね」

その時、二人に背中を向けていた咲子と珠代が気配を感じたらしく、振り返った。

「まあ、あなた！　こんな大事な時に、そんなゆでダコみたいな顔でどこをほっつき歩い

てたのよ！」

伯母の金切り声が通夜の席に響き渡った。

9

(勘弁してよ。目覚まし時計が電池切れだなんて。しかも、今日はこの天気！)

二月十五日、金曜日の朝。寮の前の小道を走りながら、優子は心の中でぼやいた。昨夜遅くに雪が降り出し、今朝は東京にしては珍しく、二、三センチ積もった。

(昨日は休暇で、今日が寝坊で遅刻じゃ恥ずかしい。こんな時だけは、二人部屋が懐かしくなるわ)

神楽坂警察署女子独身寮の所在地は千代田区富士見《ふじみ》一丁目で、職場までの距離は約五百メートル。去年の九月、赴任と同時に優子はここへ引っ越してきた。数年前に建て替えられた寮はすべて個室で、誰にも気兼ねなく暮らせる点が気に入っていたが、寝過ごした時だけは困る。寮母さんが作ってくれるおいしい朝食も、今朝は食べそこねてしまった。

まだ雪の舞う中、富士見小学校の角で早稲田通りに出て、神楽坂方向へ。左手首の時計を見ると、七時四十分。勤務開始は午前八時半だが、新米は毎朝先輩刑事たちにお茶かコーヒーを出す慣例があるため、本来であれば、すでに署へ到着していなければならない。

(だけど、まあ、お葬式が無事に済んでほっとしたわ。昨日は天気もよかったし)

飯田橋駅へ向かう人たちを次々に追い越す。気温が比較的高いので、滑るというほどではないが、歩道で踏み固められた雪の上を歩く時には注意が必要だった。

(お通夜とは違い、参列者も多かった。古いお友達の中には涙を流してくれている人もいて……だけど、おかしな宿題ができちゃったな。例の二人、この間はお焼香だけしておとなしく帰ったけど、また来るに決まっている)

一昨日の晩、戻ってきた春日征義を加え、六人で話し合いが再開された。

年配の男性が篠原昭人の兄弟子だと知った伯母の咲子は明らかに態度を軟化させた。日本料理の世界は典型的な縦社会で、彼女もそのことをよくわきまえている。また、泰乃さんと思われる女性との交際の噂を征義が聞いていたことを知ると、『私には何も言わなかったじゃない』と不満を漏らしたものの、一応納得はした様子だった。

結局、三百万円の貸借問題については葬儀が済んでから改めて相談することに決まった。

(一昨日は結論を先送りするしかなかったのよ。だって、根拠といっても、向こうが出してきた証拠は写真がたった一枚だけだもの)

それは話し合いの最終局面での出来事で、ふと思いつき、優子がこう切り出したのだ。

『借用書がないのでしたら、せめて昭人おじさんと二人で撮った写真はありませんか』

　すると、泰乃さんが脇に置いていたフォーマルバッグからグッチの財布を取り出す。ブランド物にうとい優子も『ダブルGマーク』くらいは知っていた。

　その中から抜き出された写真は、どこかの温泉旅館の客室で撮影されたものらしく、座卓の向こうに昭人と、現在よりもずっと若々しく、美しい泰乃さんが並んで写っていた。浴衣姿で肩を寄せ合い、揃って満面の笑み。二人の親密な関係を示す証拠には違いないが、ここで、優子はついいつもの癖が出てしまった。

『これ、誰が撮ったのでしょう？　カメラの位置がお二人の顔よりも高いので、三脚持参でないと自動シャッターは使えないと思いますが……』

　泰乃さんはやや眉を寄せ、何も答えなかったが、代わりに反応したのが大山親方だ。

『そんなもの、仲居に頼んでシャッターを押してもらったに決まっている。重箱の隅をつつくようなまねはよせ。まったく、警官でもあるまいし』

　すると、珠代が即座に口を開き、少し自慢気な口調で、

『いいえ。うちの娘の勤め先は警察で、今は神楽坂署で刑事をしています』

　女性刑事という存在がまだ珍しいせいか、それを聞いた二人は驚きの表情を浮かべ、結局、長く続いた話し合いもそのまま曖昧な結論で終了となった。ちなみに、大山親方と春

日征義は旧知の間柄というわけではなく、業界の会合などで征義が顔を見知っていただけで、親方の方では今回が初対面という認識のようだった。ずっと兄弟仲が悪かったので、弟の兄弟子だとわかっていても、声をかけづらかった気持ちは理解できる。

（ただ、今でも不思議なのが、泰乃さんの顔を見た時、頭に浮かんできたヘラジカの剝製よ。なぜあんなものが……いや、今はそれどころじゃないわ）

牛込橋を渡り、外堀通りへ。ここまで来れば、神楽坂署は眼と鼻の先だ。

（何とか、八時前には着けそうね。これなら、どうにか格好がつくわ）

玄関の脇にいる立番《りつばん》の後輩警察官に挨拶をして署内へ駆け込み、刑事課のドアを開ける。見ると、雪のせいもあるのか、優子が担当している捜査三係と四係合わせて二十二人のうち、出勤しているのは五、六人で、特に口うるさい先輩数名はこれからのようだった。

ほっと胸をなで下ろし、大急ぎで給湯室へ向かいかけた時、一係の方から声がかかった。

「よお。おじさんが亡くなったんだって。大変だったなあ」

平林が立ち上がり、歩み寄ってくる。

「お茶汲みなら心配いらないぞ。うちの上山《うえやま》にそっちの分までやってもらったから」

「え……あ、そうだったのですか」

上山博文《ひろふみ》は二十三歳で、優子と同様、去年九月に刑事課に配属された。

「それは申し訳ないことをしてしまいました」

「いやあ、お互い様さ。ところで……ほら、こいつを預かってた」

「えっ？　カセットテープ……これ、誰からですか」

「馬八師匠さ。昨日来たんだが、お前さんが休みだと聞いて、俺にことづけていった。約束だったんだろう」

「ああ、はい。何だかんだあって、すっかり忘れていました」

「それにしても『古木』とは、ずいぶんとまたすがれた噺が好きなんだな」

（すがれた……聞いたことのない形容詞だけど、どんな意味だろう）

ラベルには『紫檀楼古木　林家正蔵』の文字とともに『日本放送協会』というシール。

「あれ？　これ、ＮＨＫの制作なんですか」

「うん。馬八師匠の家にも同じ噺のテープはあるが、どうせ聞かせるなら最高の出来栄えの時の録音がいいと思って、わざわざ稲荷町まで出向き、借りてきてくれたそうだ」

「そこまでしてくださったのですか。何だか、恐縮してしまいます」

「芸に関しては神経質な男だからなあ。というわけで、そのテープは持ち主に直接返してもらいたいそうだよ」

「わかりました。すぐにダビングして、できるだけ早く持参します。では、主任、お話の続きはまたあとで……失礼します」

　お辞儀をすると、優子はまずは上山に礼を言うため、一係の島へと向かった。

10

　その日、優子が出勤して間もなく、下宮《しもみや》比《び》町《ちょう》の自動車販売店で昨夜、窃盗事件が発生との通報が入り、刑事課捜査三係と鑑識係から四名がただちに出動した。幸い、被害は軽微なものだったが、現場での捜査や周辺の聞き込みによって午前中はつぶれ、優子は同僚たちとハンバーガーショップで簡単な昼食を済ませ、午後零時半頃、署に戻った。

　昨夜からの雪は断続的に降り続き、正午過ぎにやっとやんだ。

　これから実況見分調書作成に向け、得た情報を整理する必要があるが、まだ昼休み時間が残っていたので、優子は刑事部屋の隅の応接スペースへと向かった。もしそこに平林がいたら、朝の会話の続きをしようと思ったのだ。彼は捜査一係長の川端雅《まさ》人《と》警部補とどうもウマがあわないらしく、自分のデスクではめったに食事をしない。

「あっ、主任、やっぱりこちらでしたね」

　衝立の陰から顔を出すと、食べ終えたラーメン丼を前に、平林が三人掛けのソファでくつろいでいた。

「おう。お疲れ。事務所荒らしだって。目白《めじろ》通り沿いの自動車屋だと聞いたが」

「はい。たぶん素人の単独犯ですね。あちこち引っかき回したあげく、盗んだのは引き出しに入っていた現金六千円のみ。金庫は手つかずでした。あまり大きな金庫ではないので、複数犯なら運び出せたはずです」

「ふふふふ。お前さんも一丁前のことを言うようになったなあ」

　平林が眼を細める。優子は平林の向かいに腰を下ろし、改めて頭を下げ、

「今朝はありがとうございました。テープは勤務終了後、即座に聞かせていただきます。ついこの間、ウォークマンを買ったので、歩きながらでも落語が聞けますから」

「へえ。そりゃ、思い切ったなあ。俺みたいな所帯持ちには高嶺の花だ」

　ウォークマンは、去年発売されたカセットテープ型ヘッドフォンステレオ。先週、優子は秋葉原の家電量販店へ行き、これを三万円弱で買った。購入の目的は、もちろん落語鑑賞のため。月々の給与が残業代込みで十二、三万円なので、かなりの出費である。

「だけど、事故には気をつけてくれよ。警察官が車に轢《ひ》かれたんじゃ、シャレにならない」

「充分注意いたします。ところで、主任は今朝、『紫檀楼古木』のことをすがれた噺だと

おっしゃいましたが……『すがれた』とはどんな字を書くのでしょう」

そう質問すると、答えは『末枯れた』あるいは『尽れた』。草木が盛りの季節を過ぎて枯れ始めるという意味だそうだ。

「稲荷町の『古木』がまさにそれで、好きな者にとってはたまらない一席だな。そもそも、狂歌噺というのはすがれた趣をもったものが多い」

「狂歌噺……高校の日本史で習いましたが、狂歌って、大田《おおた》蜀山人《しょくさんじん》とかが有名ですよね」

「うん。古木は、蜀山人と並んで狂歌三大家の一人とうたわれたアケラカンコウの弟子だ」

こうなると、耳で聞いただけでは理解できない。優子はポケットからメモ用紙と鉛筆を取り出し、固有名詞を書いてもらうことにした。

説明によると、狂歌の世界の三大家は大田南畝《なんぽ》（蜀山人）、唐衣橘洲《からごろもきっしゅう》、朱楽菅江《あけらかんこう》の三人で、このうち菅江に師事したのが紫檀楼古木。彼は寛政から文化年間にかけて活躍した狂歌の名人だが、同時に落語家でもあって、寄席における狂歌噺の祖と言われている。

「文化文政から天保にかけて、庶民の間で狂歌熱が高まり、それにまつわる落語がいくつも作られたが、今残っているのは古木と『狂歌家主《いえぬし》』くらい。通には喜ばれても、一般の客にはウケなかったんだな。紫檀楼古木は一時、狂歌噺専門で高座に上がったという異色の噺家だ。もともとは蔵前《くらまえ》にあったラオ問屋の主だったが、狂歌に凝って商売を顧みなかったので、晩年はラオ屋に転落して……これも、書かなきゃわかりっこないな」

苦笑しながら平林がメモ用紙に記した文字は『羅宇』。煙管の雁首《がんくび》と吸い口をつなぐ竹のことで、ラオス産が珍重されたのが呼び名の由来だそうだ。したがって、羅宇屋とは大道を流して歩き、注文によって煙管の竹の交換や修理をする職人を指す。

「稲荷町の古木はまさに古淡の味わいで、実にいい。まずは、マクラで羅宇屋が使う道具や看板、売り声について克明に語る。噺の幕開きはある家の女中と羅宇屋の会話で、女中がご新造の煙管を渡し、羅宇のすげ替えを頼むんだ」

「『ご新造さん』って、おかみさんのことですよね。切られ与三のお芝居に出てきました」

「そうだったな。噺の中で、女中は略して『ごしんさん』なんて呼んでいるが……」

平林が上着の内ポケットから扇子を取り出す。いつでもどこでも取り出せるよう、常に所持しているのはさすがだ。

「竹の交換が済んで、最後に煙《けむ》が通るかどうか、羅宇屋のじいさんが吸い口を二、三回吸って確かめた。ご新造はきれいになった煙管で早速一服しようとしたが、女中に『薄汚いじじいが吸ったからおよしなさい』と止められ、思わず外を見て『あら、汚《むさ》いお年寄りねえ』とつぶやく。すると、それを聞いた羅宇屋が懐から懐紙《かいし》を取り出し、矢立てを抜いてスラスラと筆を走らせる……」

単に粗筋を説明するだけでなく、扇子を煙管や筆に見立てる仕種もちゃんと入っている。たぶん、ソファの上に正座したくてうずうずしているのだろう。

ここから二人の狂歌のやり取りになり、最初に羅宇屋が詠んだのが『牛若の、ご子孫なるかご新造が、我を武蔵と思いたもうて』。これに対するご新造の返しが『弁慶と見たは僻眼か背に負いし、のこぎりもあり才槌もあり』で、これは羅宇屋が背負っていた箱の飾りについて詠んだもの。すると、さらに『弁慶にあらねど腕の万力は、煙管の首を抜くばかりなり』という狂歌が返ってきたが、そこに添えられていた『古木』の文字を見て、ご新造が驚愕する。

「……で、女中に『陽気が変わって寒くなってきたから、旦那の羽織を着せてやれ』と言うんだ。命じられた女中はぶつくさ言いながら、去っていく羅宇屋のあとを追いかける。『ちょいとお待ちよ、おじいさん。お前《まい》は年寄りのくせに足が速いねえ。あたしゃ、息が切れちまったよ』」

とうとう本当の高座さながらの口調になる。女性の台詞は情感たっぷり。まさに落語刑事サダキチの面目躍如で、『オマエ』が『オマイ』と江戸弁になるのも稲荷町流である。

「『お前さんが風邪を引くといけないからって、うちのご新《しん》造さんが紺縮緬《こんちりめん》のお羽織をくださったから、ありがたく着て帰《かい》るんだよ』

『おう。さようでございますか。これはこれはご芳志のほど、かたじけのうございます。お帰りになりましたら、ご新造さんによろしくお伝えを願いますよ。あたくしはそれを頂戴いたしませんでも、この荷物さえ背負《しょ》っておりますれば……これでな、は……おりゃ……きてぇ……るぅ……』」

サゲが理解できず、優子は一瞬きょとんとしてしまった。やや遅れて、小さく拍手をすると、平林はばつの悪そうな顔をして、

「……つい夢中になっちまったが、お前さん、これからテープを聞くんだよな。フランス料理のフルコースの前に握り飯を食わせるようなまねをして申し訳ない」

「いえいえ。滅相もありません。見事な口演で感服しました。さすが稲荷町の元弟子……あ、これは言わない約束でしたね」

平林が二十五歳の時、正蔵師匠に弟子入りしたのは事実だが、勤務署の署長の懇願により、翌日には師匠から破門されたそうで、『あらかじめ退路を断っておかなかったのが失敗だった』と、いつか平林が嘆いていた。

「まったく、お前さんにはかなわない……そうそう。この間、君の伯父さんも『古木』が一番好きだと言っていたぞ。それを聞いて、つい握手しちまったぜ」

平林が桜寿司に通い始めたのはごく最近で、熱烈な稲荷町ファンの主《あるじ》がいると、優子から聞かされたせい。彼女の予想通り、二人はあっという間に意気投合してしまった。

「そうでしたか。それは結構ですが、実はここに来て、伯父の家では親戚絡みでちょっとしたトラブルが起きて……」

「悩み事があるのか。お役に立てるかどうかはわからないが、俺でよければ相談に乗るぜ」

11

「……なるほど。そりゃ、戸惑うのも無理はない。相手の言い分がうさんくさすぎる」

話を聞き終えてから、平林が言った。

「上《うわ》っ面《つら》だけ見れば、典型的なデンシのやり口だからな」

「えっ？　デンシ……って何ですか」

質問すると、平林はサラサラと鉛筆を走らせる。しかし、それを見た優子は首を傾げ、

「あのう、そう書いて『ヤシ』と読むのじゃありませんか」

「いや、似てはいるが、違うよ。ほら、真ん中が別の字だ」

　最初、優子は『香具師』だと思ったのだが、改めて見直すと『香典師』だった。

『香具師《やし》』は祭礼や縁日などを仕事場とする露天商人、つまり『テキヤ』である。

「『香典師《デンシ》』なんて言葉は辞書に載ってないし、捜査用語としてもあまり一般的ではない。香典泥棒のことを『弔師《とむらいし》』と呼ぶ場合があって、たぶん、それに対応する呼び名だろうな」

　平林の説明によると、手口は以下の通り。通夜または告別式の会場に見知らぬ女性が現れ、棺《ひつぎ》に取りすがって半狂乱で泣きわめく。遺族は当然、妻帯者である故人に愛人がいたのだと思い、会葬者の手前、どう扱っていいか困惑してしまう。すると、そこにつき添いの年配男性が登場し、彼女をなだめる。

　そして、喪主である故人の妻または長男に向かって、『あいつも突然の死に取り乱している。あることないこと触れ回られると、お宅様でも困るでしょうから、黙らせるために幾許《いくばく》かの金をやってくれませんか』ともちかける。

　現金を受け取った二人が姿を消したあとで、『ところで、さっきの男は誰だ』という話になるが、知る者はいない。遺族はてっきり仕事関係の誰かだと、そして会社側の人間は親戚に違いないと思い込み、確認を怠ってしまったのだ。

「確かに似ていますね。ですが、一昨日の晩、泰乃さんは通夜の式が終わってから来たわけですし、一緒の男性も亡くなった篠原昭人の兄弟子に間違いありません。あの、平ちゃんに飾ってあった写真に、眼や鼻、耳などの形が酷似していたので……」

「大丈夫。信用してるよ。特に視覚に関して、お前さんは記憶力抜群だからな」

平林の言葉はお世辞ではなかった。学校の勉強でも暗記物は得意だったが、それとは別次元の話として、優子は視覚的な情報に関して特殊な記憶力をもち合わせていた。極端な例として、頭の中で『スイッチ』が入ると、日常のある場面が一枚の写真として脳に焼きつく。今回はその現象は起きなかったが、それでも、顔の各部分の共通性については確信をもって断言することができた。

平林はこれまでの捜査で、優子の特殊な能力を目《ま》のあたりにしていた。

「だから、最初に『上っ面だけ見れば』と言ったんだ。今挙がった二点に加え、桜寿司の大将の耳にも彼女らしき女性の噂が入っていたのなら、話の信憑性は高い」

「はい。ただ、私は何となく引っかかるものがあって……まあ、ヘラジカなんですけど」

「何だって？　ヘラ、ジカ……」

平林が狐につままれたような顔になる。

「それって、スプーンの化け物みたいな角が頭から生えているやつか」

「その通りです。泰乃さんの顔を見た時、なぜか剝製になったヘラジカの顔が頭に浮かびましたが、その理由がわからなくて……」

「ふうん。でも、それだけじゃどうしようもない。ほかに何か思い出さないか」

「いいえ。特に何も……いや、待ってください」

眼の前でフラッシュが焚かれたような感覚があり、その奥から一つの映像が鮮明に浮かび上がってきた。

「あっ、そうだ！　猟銃です」

「猟銃、だって……？」

「ソファに泰乃さんと男性が並んで座り、奥の壁に猟銃が何丁も収納されたガラスケース。その上にヘラジカ、そして、トナカイの剝製なんかも飾られています」

「待ってくれよ。何年か前、テレビでそんな場面を見たな。派手《はで》っ派手《ぱで》しい服装の中年夫婦が連日、画面に登場した気がするが……うーん」

平林はうなり声を発しながら考え込んでいたが、しばらくすると、拳で膝を叩き、

「ほら、三年……いや、四年前だな。浦和《うらわ》の保険金殺人事件。漆原《うるしばら》というタクシー会社の社長が逮捕されたじゃないか。女房が元ホステスで、名前がたしか、『泰乃』だった」

「浦和の、保険金……思い出しました。あの頃、ワイドショーはしばらくその話題一色でしたよね。なるほど。あの時の記憶だったのか」

それは四年前の春に世間を騒がせた事件だった。容疑者の氏名は漆原秀実《ひでみ》といい、当時の年齢が五十七、八。浦和市に本社のあるタクシー会社と運送会社の社長だが、そのほかに飲食店やスナック、バーなどを経営していた。

事件の発端は、すでにタクシー会社を退職した男性が『社長に毒を盛られた』と埼玉県警へ被害届を提出したことで、彼の体内からは猛毒である砒素《ひそ》が検出された。件《くだん》の社長は大の麻雀好きで、従業員や知人を自宅に招いては卓を囲んでいたが、その際に出された食事の中に毒物が混入されていた疑惑が生じたのだ。

訴えに基づき、警察が捜査を開始すると、過去に従業員二名が突然倒れて急死、一名が多発神経炎による高度障害と認定され、しかも、これら三名全員が本人が知らない間に社長を受取人とする多額の生命保険に加入させられていた。

彼らが体調の異常を訴えたのは決まって問題の麻雀大会のあと。さらに、参加していた知人の中に同様の亡くなり方をして、漆原に保険金が支払われていたケースが複数あることが判明し、大騒ぎとなったのだ。保険金の額をすべて合わせると、一億円に近かった。

この事件が特異だったのは、容疑者が連日マスコミを自宅へ招いて身の潔白を訴えた点である。豪邸の応接間には趣味のため使用する猟銃が大量に飾られ、壁にはヘラジカやトナカイの首、そして、容疑者の傍らには必ず美貌の妻がいた。

「なるほど。あの時の……やつれ果ててはいますけど、間違いなく同一人物です。赤坂のクラブの雇われママをしていて見初められ、事件発覚の直前に結婚したばかりでしたよね」

テレビカメラの前に登場する二人は常にブランド物の衣装、それに加えて、妻の泰乃は自称数千万円の装飾品を身につけていた。彼らの口から警察批判以外に出てくるのは、金にまつわる自慢話がほとんどで、財力を誇示し、自分たちにとって一億円など端金《はしたがね》だと主張したかったようだが、その後の捜査により飲食店やバーは完全な赤字経営で、本業の運転資金にも事欠く有様だったことが明らかになった。

結局、妻である泰乃は事件とは無関係と断定され、漆原秀実だけが容疑を否認したまま逮捕・起訴された。漆原は公判でも無罪を主張したが、決定的な証拠がないこともあって、審理が長引き、一審の判決はまだ出ていない。

「事件の翌年《よくとし》、一月か二月にあの夫婦が離婚したというのがちょっと話題になった。入籍後、一年も経っていなかったんじゃないかな」

「それで、泰乃さんは旧姓の樋口に戻ったわけですね。三年前の二月……昭人おじさんと出会ったのはその直後です。『ひどく落ち込んでいた』と彼女は言っていましたが、離婚が原因だったとすれば、そこから急速に交際に発展していったのもうなずけます」

「とにかく、保険金殺人に関して、女房がシロだというのはまず間違いない。あれだけの騒動のあげく、オフダを請求するんだから、埼玉県警だって徹底的に調べ抜いたはずだ」

この場合の『オフダ』とは逮捕状のこと。それはその通りだろうと、優子も思った。

「まあ、あの事件に関しては、制度上の問題も大きい。家族以外の人間が誰かに多額の生命保険をかけること自体がそもそも異常なんだが、法人向けの生命保険はチェックが甘い。加入に必要な書類は被保険者の住民票と健康診断書だが、一社あたりの保険金額を小さく設定すれば健康診断書は不要だし、住民票は適当な口実をつけて取らせればいい。だから、本人が知らない間に、いくつもの会社の生命保険に加入させられて――」

「あのう、お話し中、申し訳ありません」

衝立の向こうから声が聞こえた。

「もしかして、そこに三崎君がいませんか」

「あ、はい。おります」

あわてて立ち上がり、応接スペースを出る。声の主は捜査三係長の海老名だった。年齢が四十二で、柔道で鍛えたがっしりした体に坊主頭、丸い眼。優子は密かに『タコ坊主』というあだ名を奉っていた。

「申し訳ありません。何か、ご用でしたか」

「いや、君に電話だ。伯父さんだとか言ってたな」

「あ、そうですか。ありがとうございます」

大急ぎで三係の島へ行き、係長席の脇の受話器を取り上げる。

「はい。もしもし」

『おう。優子か。仕事中なのに、悪いな』

案の定、かけてきたのは春日征義だった。

『一昨日、昨日と、いろいろ世話になって、申し訳なかった』

「いいえ。何もお世話なんか……そんなことより、どうかされましたか」

『例の借金の件なんだがね、伝《つて》を頼って、昭人とごく親しい友達を紹介してもらい、今日の午前中に会ったんだ。本当に借りていたかどうか、確認する必要があるだろう』

「あ、はい。おっしゃる通りです」

『そいつも板前なんだが、昭人から直接話を聞いたそうだよ。〈俺の不甲斐《ふがい》なさのせいで、三百万円という大金を借りるはめになってしまった。自分が情けない〉とね』

「すると、昭おじさんは金額まではっきり、その方に話していたのですか」

『うん。もちろん借りた相手の名前もな』

これで、泰乃さんの主張が嘘でないことが証明された。

『あれから俺も調べてみたんだが、あの店と土地は真っさらで、抵当権などは設定されていない。もし売れば、低く見積もっても昭人が借りていた金の十倍にはなるだろう。それに、館山の病院の院長が太っ腹で、たまっていた医療費は香典代わりに棒引きにしてくれるそうだ。家へ戻って、うちのやつとも相談してみるが、立て替えて返してやろうかと思って』

「それでいいと思いますが……ただ、そのう、そんな大切なことを、伯母さんに話す前に、なぜ私に電話されたのですか」

『決まってるじゃないか。お前がこの話を誰かに喋りゃしないか、心配だったからさ』

どきっとし、あわてて右手で口を押さえる。

『お前を疑ってるわけではないが、仕事が仕事だからな。言ってみれば、身内の恥ってやつだ。万一、職場で広められたら、誰の耳に入るかわからない』

「いえ、あの……もちろん、まだ誰にも話していませんから大丈夫です」

嘘も方便だと自分に言い聞かせる。まさか正直に謝るわけにはいかない。

『そうか。これで安心した。じゃあ、また。仕事のじゃまをして悪かったな』

優子は自分の軽率さを深く反省しながら、受話器を置いた。

12

この日、仕事を終えた優子は午後六時過ぎに警察署を出た。

正午を過ぎて、雪が降りやむと同時に気温が急降下し、冷たい北風が吹き始めた。そのせいで、路面が凍結し、歩くのに注意が必要だった。

外堀通りを市ヶ谷方面へ進むと、すぐに神楽坂下の交差点。信号待ちの時間を利用して、優子はショルダーバッグからウォークマンを取り出し、ヘッドフォンを接続した。発売は去年七月だが、人気歌手・西城《さいじょう》秀樹《ひでき》がこれを身につけてローラースケートをするグラビア写真が評判となり、そこから爆発的に売れ出した。もはや立派な社会現象である。

ちなみに、西城秀樹は専用ベルトで腰に装着していたが、やや気恥ずかしいこともあって、優子はバッグの中に忍ばせ、ファスナーを少し開けて、そこからコードを延ばしていた。

信号が赤から青へ。交通安全第一なので、大通りを渡り終えてから再生スイッチを押す。

「ええ、昔は連雀《れんじゃく》でもって細長い箱を背負いまして、三方面《さんぽうめん》に『らおやすげかえ』『らおやきせる』なんて書いてある。どっちでも同《おんな》しようなもんですがな」

　さすが、音の臨場感はすばらしく、すぐ眼の前で語ってもらっているような感じがした。今夜は人通りが極端に少ない。路面状況が悪いせいだろう。

「荷物の上の方には道具を飾り立てたもんでして、小さな鋸だの、才槌、万力、小刀。いろんなものを飾りました」

　マクラの部分を聞きながら、坂を上る。目指すのは神楽坂倶楽部。ついさっき、電話して馬八師匠の出演予定を確認したところ、今日、師匠は夜の部へ回り、午後七時過ぎの上がりだという。それを聞いて、善は急げだからお礼を言いに行こうと思い立ったのだ。

「万力というのは樫《かし》の木を二本並べ、間に物を入れ、ぐっと噛ませると、これは大変な力になります。ただ今、機械屋で使っている万力とは違い、ごく簡単なものですが……で、ところどころでもって、売り声を『ら……おや……きせぇるぅ……』」

（なるほど。サゲは売り声の『羅宇屋、煙管』と『羽織は着てる』との地口だったのか。これはマクラをちゃんと聞いてないと、なかなか……）

「すみません。少しよろしいですか」

　すぐ後ろで、女性の声。驚いて振り返ると、

「三崎優子さん、でしたわね。どうも、こんばんは」

ライトブラウンのコートを着た樋口泰乃さんが笑いながら会釈をする。優子はあわてて停止ボタンを押した。

「こ、こんばんは。でも、なぜここに……ひょっとして、署からずっとつけていらっしゃったのですか」

「つけるだなんて、他人聞《ひとぎ》きの悪い。驚かせちゃったことはお詫びしますけど、いくら近づいても、全然お気づきにならないから」

ウォークマンが怖いのはこういう点だ。優子はヘッドフォンを外し、やや身構えながら、

「それで……私に、何かご用でしょうか」

「ええ。少し聞いていただきたいお話が……ただ、ここではちょっと」

二人がいるのは花柳界の事務所である見番《けんばん》の名を冠した横丁の入口付近。普段に比べると少ないとはいえ、人の行き来があるので、確かに歩道の上では落ち着いて話せない。

「わかりました。では、どこか喫茶店にでも──」

「いえいえ。三分も頂戴できれば充分ですから。じゃあ、そちらへ」

見番横丁の入口に小さな神社があった。伏見火防稲荷《ふしみひぶせいなり》といい、総本社は京都の伏見稲荷大社。境内と呼べるスペースはないが、この社《やしろ》に向かい、二人肩を並べて話せば、通りがかりの人にあやしまれる心配はなさそうだ。

「一昨日は、本当にすみませんでした。突然押しかけた上に、お通夜の席にふさわしくない話までしてしまって」

「いいえ。そんなことありません。わざわざおいでいただき、ありがとうございました」

『通夜にふさわしくない話』が例の三百万円の件を指すのは明らかだった。

（前置きが殊勝でも警戒を解かない方がいい。征伯父さんが調べてくれたおかげで、実際に貸し借りがあったことが判明したけど、私を待ち伏せするくらいだから、きっと、さらにその上を要求してくるわ。まさか、土地・建物を含めて財産分与しろだなんて――）

「私、昭人さんにお貸ししたお金については諦めました」

驚いて見つめると、泰乃さんは雪化粧した赤い鳥居を見上げながら、

「お金は一円もいりません。あの人との思い出さえあれば満足です。あなたから、伯父さんと伯母さんにお伝えください。警察にお勤めのあなたが間に入ってくだされば何もかもスムーズに進む。そう思ったので、お願いに上がりました。手数をおかけして、申し訳ありません」

深々とお辞儀をされ、優子は自己嫌悪に陥った。

「あの、どうか頭を上げてください。お詫びしなくてはならないのはこちらの方です。お気持ちはわかりましたが……でも、お金に関してはきちんとされた方がいいと思いますよ。

借りっ放しでは、亡くなった昭おじさんに私たちが叱られてしまいます」

「いいえ。本当にもういいんです。そんなことより、優子さん、あなた、お豆腐が大好きなんですってねえ」

「えっ？　そうですけど……もしかして、おじさんからお聞きになりましたか」

「はい。自分の娘みたいに思っていたようで、あなたのお噂はよく伺いました。『兄貴と喧嘩したせいで会えなくなったが、そのうち店に来てくれるだろうから、そうしたら、うまい料理をたらふく食わせてやる』なんて言ってました」

「昭おじさんが、私のことを、そんなふうに……」

　胸の奥から急速に熱いものが込み上げてきて、つい涙ぐんでしまう。遠慮なんかしないで、暖簾を潜ればよかったのだが、後悔しても、もう取り返しがつかない。

「……ありがとう、ございます。確かに私、おじさんが作る料理は食べないままで終わってしまいました。泰乃さんがうらやましいです」

「いいえ。そんなことありません。前にもお話しした通り、私がお客になったのは一度きり。料理人て、自分の家では包丁を握らないものなんですよ」

「ああ。それはよく聞きますね。その時のメニューはこの前、伺いました。菜の花にワラビ、ウド、サワラ……食いしん坊だから、こんなことだけは覚えてるんです。サワラがびっくりするくらいおいしかったそうですが、やっぱり西京焼《さいきょうや》きですか」

「西京焼きって甘味噌の……いえいえ。違います。唐揚げ……じゃなくて、竜田揚げでした。お品書きにそう書いてありましたから、間違いありません」

「ええと、唐揚げと竜田揚げって、どう違うんでしょう」

『また、そんな些細な点にこだわって』という心の声が聞こえたが、これぱかりは性分でどうにもならない。

「呼び名が別なだけで、同じ料理だと思っていました」

「昭人さんの説明だと、一般的には酒、醬油、味醂《みりん》などで下味をつけたあと、小麦粉をまぶすのが唐揚げで、片栗粉をまぶすのが竜田揚げ。ただ、しの原では両方を半々に混ぜているので、その時の都合でどちらかを品書きに載せているって……あら、ごめんなさい」

泰乃さんが右手を口にあて、首を軽く横に振った。

「突然足を止めさせただけでも申し訳なかったのに、つい懐かしくなって、長話しちゃいました。では、さっきの件、伯父さんと伯母さんによろしくお伝えくださいね」

「わかりました。とにかく伝えて、よく相談してみます」

金銭貸借の問題をこの場でいくら話し合ってみても意味がないと思い、とりあえず会話を打ち切ることにした。

「では、どうかお元気で。責任の重い大切なお仕事ですから、頑張ってくださいね」

そう言うと、泰乃さんは会釈をし、去っていった。

駅に向かう後ろ姿を見送り、背中を向けた次の瞬間、優子は勢いよく振り返った。ほの暗い中、視界の隅で何か黒いものが動いた気がしたのだ。

じっと眼を凝らすと、錯覚ではなく、神社の向かいの角に立つ電柱の陰に誰か隠れていたらしい。その人影は泰乃さんが自分の脇を通り過ぎた直後、歩道に姿を現し、坂を下っていく。

(穏やかじゃないわね。大柄な人物だけど……そうか。あの体型、見覚えがあるわ)

篠原昭人にとって恩人の大山一夫親方。こんな場所に偶然現れるはずがないので、優子をつけてきた泰乃さんのあとを追い、尾行の尾行をしていたとしか考えられなかった。

(あんな近い場所に身を潜めていたのに気づかなかったなんて、やっぱり私、刑事失格だわ。大きな声は出さなかったけど、あの距離だと、たぶん会話は全部聞かれている。

何だか、嫌な予感がするわね。大山親方は例の三百万円の件に直接関わってはいないけど、返済するよう口利きはしている。首尾よく泰乃さんの手にお金が戻った暁には、その中から相当額の謝礼を受け取るつもりだったのかもしれない)

親方は三十メートルほど先で泰乃さんに追いつき、何か小声で話をしている。優子はそ

れを見守りながら、

（私は彼女の希望を聞いただけで、まだ結論は何も出ていないけど、あてが外れたと思って、親方が腹を立てる可能性がある。トラブルにならなければいいけど……ああっ！　言ってるそばから始まった）

大山親方がいきなりつかみかかり、泰乃さんは悲鳴を上げ、懸命に抗う。

「手前《てめえ》、この俺を裏切りやがったな！」

その言葉がはっきりと聞き取れた。優子が危惧した通り、最前の会話をそのまま受け取り、儲け話を台なしにされたことに激怒しているのだ。

（まずいわ。それは誤解なのよ。私からちゃんと説明しなくちゃ……）

そう考え、駆け出そうとした瞬間だった。駅方向へ逃げようとする泰乃さんのコートの袖を親方が引いたのだが、その勢いが強かったため、ヒールのついたパンプスを履いた彼女は凍結した路面に足をとられ、すぐ脇の店舗のショーウィンドーに頭部を激しく衝突させた。

そして、そのまま歩道へあお向けに崩れ、動かなくなる。

「何をしてるんですか。やめてください！」

優子が走り出す。それを見た親方は恐怖に顔をゆがめ、大あわてで逃げていった。

「泰乃さん、大丈夫ですか？　しっかりしてください」

抱き起こし、声をかけてみたが、長いまつげを伏せた顔にはまったく反応がない。こうなると、まずは救急車を呼ぶのが先決だ。大山親方のあとを追う余裕などない。

見ると、親方は次の角で一度転倒して立ち上がり、よたよたとまた坂を下っていった。

13

「……というわけなんです。私がその場にいながら、何もすることができず、自分が情けなくなってしまいました」

話し終えた優子は改めて深いため息をついた。騒動の翌々日の日曜、時刻は午前十時過ぎ。場所は稲荷町の長屋の居間兼客間だ。

「お借りしたテープのダビングが済んだので、返しに伺っただけなのに、ついこんな話を……いつもとは違って、ただの愚痴です。お忙しいところ、申し訳ありませんでした」

「いやあ、結構、結構。愚痴をこぼす相手も時には必要でね、あたしなんぞでよかったら、いつ何時《なんどき》だろうとお役に立ちますよ」

長火鉢の向こう側で正蔵師匠が言った。今朝は寒かったので、セーターを重ね着した上にどてらのようなものを羽織っていた。

「それに今、経緯を伺ったところでは、三崎さんの行動は何も間違っちゃいない。だって、そうでしょう。もしあなたが振り返らずにその場を去っていたら、泰乃さんて人は歩道に寝転がったまま、しばらく放置されていたかもしれない」

「まあ、それはそうなんです。通行人がすぐに介抱してくれるとは限りませんから」

「振り返ったのはお手柄だったよ。まるで頭の後ろに眼があるよう……で、あそこを後ろ、眼の神楽坂てえんだがね」

「ウシロメの……あの、はい。おっしゃる通りです」

言うまでもなく、『牛込の神楽坂』のダジャレだが、笑いそこねてしまった。それを見た師匠は少し恥ずかしそうな顔をして、

「何よりも、泰乃さんのけがが大したことなくて幸いだった。一晩入院はしたものの、検査の結果、脳については異状なしだったんだろう」

「はい。私もそれを聞いて、本当に安心しました。倒れた時、肩の骨に少しヒビが入りましたが、一カ月ほどで全快だそうです」

「すると、問題は大山一夫……うちによく来る馬八と同じ本名ってのは、どうも落ち着かないが、行方知れずになってるその親方を一日も早くお縄にすることだね」

「いいえ。それは違います。大山一夫については指名手配していませんし、そもそも捜査する予定が今のところないんです」

「えっ、そうなのかい。そいつは意外だったねえ」

師匠がけげんそうに首を傾げる。

「だって、けがをさせたわけだし……ああ、そうか。わざとじゃないからだね」

「はい。私もあとで何度も思い返してみましたが、転倒した一番の原因は泰乃さん自身が雪で足を滑らせたせいで、故意に引き倒していないことは明らかです。過失傷害罪の刑事罰は三十万円以下の罰金または科料ですが、もし仮にそれが成立するとしても、親告罪なので被害者が告訴しない限り、公訴を提起できません」

「なるほど。つまり、けがをさせられた泰乃さんには訴える意思がないってわけだ」

「はい。それどころか、倒れた際の記憶自体がないんだそうです」

「倒れた記憶がない？　へえ。車の事故に遭うと、そんなことがあるとは聞いたがねえ」

交通事故の被害者が一時的にその前後の記憶を失う一過性全健忘については、優子も実例を知っているが、短ければ三十分、長くても八時間程度で快復する。師匠が言っているのはそうではなく、事故直前の数分間の記憶が完全に抜け落ちてしまう、いわゆる逆行性健忘で、こちらも確かに実在するが、ごくまれな例だと聞いている。

「ただ、あたしは泰乃さんが嘘をついてるような気がするなあ。だって、間違いなく貸した金を返すには及ばないと言い出す観音菩薩みたいな女《ひと》なんだろう。万一にも親方が罪に落ちないよう、記憶喪失のふりをしてるんじゃないかしら」

「私も同じ意見ですが、親告罪である以上、無理に真相を探る義務はないわけで、私たちの仕事はここまでということになりそうな……あっ、すみません。話に夢中になって、肝心のテープをお返しするのを忘れていました」

バッグからケースを取り出し、師匠に手渡す。

「ありがとうございました。一昨日、馬八師匠には会いそびれてしまったので、近いうちに寄席に伺い、お礼を申し上げるつもりです」

「いや、いいんだよ。そこまでしなくたって。それよりも、どうでしたね、この噺は。お世辞にも若い人向けとは言えないけれど」

「本当にすばらしかったです。零落しても誇りをもって生きる紫檀楼古木という人物の姿に感動してしまい……私なんかが言うと偉そうですけど、サゲの地口落ちもそんな流れの中で聞くと、『他人の情けは受けない。自分にはこれさえあればいい』という気概が伝わってきます」

「いやあ。そんなにほめられると、何だか、三崎さんに祝儀を切りたくなっちまうね。お世辞でも、そこまで言ってもらうと、うれしいよ」

「お世辞なんかじゃありません。噺自体も好きですが、この録音を聞いて……何というか、師匠の気合いが感じられました」

「気合いを感じた？　ふうん。もしやすると、あなたはカミソリみたいな鋭い感性の持ち主かもしれないなあ」

優子の言葉を聞き、師匠が一転して真顔になる。

「実はその通りなんだよ。こいつはNHKでの録音だけど、最初《はな》、別の噺を注文されたのを事情があって断ったんだ。そうしたら、局との間でもめちまって、一時は出演拒否の直前まで行った。で、とど、ここ一番の時にしか出さない『古木』を演ることにしたわけだから、確かに普段とは気合いが違ってたね」

「そんなご事情が……だから、馬八師匠はこれを私に聞かせてくださったのですね」

「たぶん、そうだ。でも、そいつはあたしの勝手な了見で、笑いの少ない噺だから、お客にとっては迷惑だったかもしれない。あたしは演らないけど、同じ三十一文字《みそひともじ》なら『千早』の方が間違いなくウケたと思うよ」

「ああ、なるほど。千早を……そういえば、通夜の席で、征義伯父さんの口からその噺の名前が出ました」

「へえ。『千早振る』が、かい」

「はい。会場に入ってきた大山親方を見て、『まるで落語の千早だなあ。たった五年で、変われば変わるもんだ』と」

「変われば、変わる？　ちょいと、待っとくれよ。そいつは何かの間違いじゃないかい」

「いいえ。伯父は確かにそう言いました」

「そんなはずはないが……もし本当にそう言ったのなら、何か訳があるはずだねえ」

腕組みをして考え込む。その姿を見て、優子は困惑した。正蔵師匠が何にこだわっているのか、皆目見当がつかなかったからだ。

そして、かなり長い時間、思案したあげく、師匠の口から飛び出したのはまったく予想外の質問だった。

「三崎さん。その泰乃って女は、篠原昭人さんと本当はつき合ってなかったんじゃないかねえ」

「ええっ！　まさか、そんなはずは……」

仰天する優子に対し、師匠は諭すような口調で、

「あたしにはそうとしか考えられない。旅館の客室で肩を並べて撮った写真を見せられたそうだけど、大人数で出かけたかもしれないから、そんなものは何の証拠にもならない。

その女が語った昭人さんの思い出話で、最前、言いそびれたことがあったら教えとくれ。何かぼろを出してるかもしれないから」

「それは、もちろん、かまいませんが……」

優子は面食らってしまった。いくら考えても、師匠の言葉は理屈に合わなかったからだ。(仮に『千早振る』に何か秘密があるにしても、その演目名を口にしたのは征伯父さんで、泰乃さんじゃない。急に『その女』なんて呼び始めたのも腑に落ちないし……)

けれども、相手は名探偵・高座のホームズ。とりあえず、指示に従う以外に道はない。

「ご期待に沿いたいとは思いますが、二人の具体的な暮らしぶりなどは聞いていません。彼女、通夜の席では黙っている時間が長かったし、一昨日は立ち話でしたから。病院でも会話らしい会話はしてないし……そうだ。神楽坂で、彼女がしの原へ客として行った時の献立について質問したんです。今になって思えば、もっと違うことをきくべきでしたが」

「いや、それでもいいから話してごらん」

「献立を、ですか。ええと、菜の花にワラビ、ウド……このあたりの調理法はわかりませんが、メインのサワラは竜田揚げでした。お品書きにもそう書かれていたし、昭人おじさんが『小麦粉をまぶすのが唐揚げで、片栗粉をまぶすのが竜田揚げだが、うちでは半々に混ぜたものを使い、その時の都合でどちらかを品書きに載せている』と言ったそうです」

「えっ？　そんなところまで……だったら、こいつはもう間違いないね」

師匠が腕を解き、破顔一笑する。

「真相がわかったよ。いやあ、何とも奇抜なもので……ただ、関係者である三崎さんにとっては、笑い事じゃ済まないかもしれないなあ」

14

「奇抜な真相……あの、それ、どういう意味でしょうか」

意外なところで例の決め台詞を聞き、優子は頭が混乱してしまった。

「今回の騒動は事実関係が明らかで、最初から謎なんて皆無のはずですが」

「そう思うのも無理はない。それだけ、三人組の香典師《でんし》たちの手口が水際立っているということで……そうそう。『香典師』が何か知ってるかな」

「あ、はい。ついこの間、平林から教えてもらいました」

「そうかい。古い言葉だけど、さすがによく知っているね」

「それよりも師匠、仮に私たちが香典師にだまされているとしても、泰乃さんと大山親方の二人のはず。三人では、計算が合いません」

「まあまあ。何事も順序よく話をしないと……あの、おばあさん、お茶が温《ぬる》くなったよ」

今朝、おかみさんは台所で何か用をしていたが、師匠に呼ばれて居間に来て、二人分のお茶を差し替えてくれた。それを先に一口すすった師匠がおもむろに、

「イロハのイからとなると、まずは竜田揚げだねえ」

「……竜田揚げが、どうかしましたか」

「三年前の三月、樋口泰乃がたった一度だけしの原のお客になった時、そいつが出てきたんだろう。鶏肉や魚に酒、醬油、味醂で下味をつけ、油で揚げると、醬油が焦げて色づき、これが紅葉を思わせるので、その名がついた」

「はい。業平の歌にもある通り、奈良の竜田川は紅葉の名所として名高いので、そこから採ったのですね。それは、何となく知っていましたが……」

「だからね、春先の品書きに竜田揚げなんぞがあるわけないんだ。篠原昭人てえ人は伝統的な修業をした、昔気質の料理人なんだろう」

「はあ？　え、ええと……なるほど。確かに、そうかもしれません」

思いがけない指摘に驚きはしても、すぐに納得することができたのは、平ちゃんで山梨さんから似たような例を聞いていたからだ。

ごく日常的で、平凡な食材である納豆でさえ、三月になれば品書きにその名が記せない。

あるいは同じおからの和え物でも、初夏が『卯の花和え』、冬は『雪花菜《きらず》和《あ》え』と呼び名を変える。日本料理における季節の縛りはそれくらい厳しいので、一般の食堂や惣菜屋ならともかく、しの原で春に竜田揚げが出せるわけがない。しかも、昭人は唐揚げと竜田揚げの製法を説明したあとで、『その時の都合でどちらかを品書きに載せている』と言ったそうではないか。

「ですが、師匠、だとすると、秋にサワラを出すことだって、ルール違反ということになりませんか。読んで字のごとく、春の代表的な魚なのですから」

「魚偏に春と書くのは確かだけど、春の魚の代表格なのは主に関西での話でね、関東はそうでもない。『寒鰆《かんざわら》』なんて言葉があるくらいで、冬に珍重されたりするんだよ。あと、こいつはあたしの心安い板前さんから聞いた話だが、秋に脂の乗ったサワラが手に入った時には西京焼きか照り焼きにして、普段の盛りつけとは、裏表を逆にして客に出すそうだよ。春の反対は秋って理屈らしい」

そう言った師匠は白い歯を見せ、感に堪えた様子で、

「いやあ、板前の世界にもしゃれっ気ってな、あるんだねえ。噺家も顔負けだよ」

（フグの真ん中の皮を『遠江』と命名した……まさに、あれだ！）

そのことを思い出し、優子は反論できなくなってしまった。振り返ってみると、菜の花、

ワラビ、ウドについては調理法が不明。たぶん、春らしい食材を適当に並べただけだろう。サワラなら春にぴったりだと思い、何の疑問ももたなかったのだ。

「あの、おっしゃることはよくわかりましたが……でも、泰乃さんが昭人おじさんの店で竜田揚げを食べたというのは嘘じゃないと思うんです。本人が品書きにあったと明言していますし、それにおじさんから教わった詳しい製法まで口にしましたから。すると、春と言ったのは彼女の勘違いで、本当は秋に来店したのでしょうか」

「もしそうだとすると、いつの秋だろうね」

「それはもちろん、三年前の秋……では、少し変ですよね。仮に九月だとしても、昭人おじさんが体調を崩し、店を休業したのが十月ですから、それでは恋をする暇も同棲する暇もありません。ということは、前の年の秋……ああ、これも変か。その時、泰乃さんは人妻でしたから、話がまるで変わってしまいます」

彼女が実業家である漆原秀実と結婚したのが四年前の春、保険金詐欺事件の発覚もあって、離婚したのがその翌年の一月か二月だと聞いた。

「まさか、出会った日を何年も勘違いしているはずはありません。だとすると……」

「樋口泰乃は口から出任せを言っているとしか思えない。まあ、三年前の九月あたりに一度だけお客になったのは事実だろうし、常連客のお供で一緒に旅行もしたんだろうが、二人の関係はそれだけさ」

もしその推測が正しいとすると、旅行をした時期は九月から十月の初めくらい。その頃まではわりと元気で、そこから急速に体調が悪化したと考えられる。

「だからね、夫婦同然だったなんて嘘もいいところさ。もちろん、三百万の貸借だってあるはずがない」

「あ、あの、師匠、ちょっと待ってください」

このまま放っておけば、途方もないところまで行ってしまいそうで、さすがに怖くなってきた。

「もっとゆっくりでないと、到底理解できません。説明のご様子では、嘘の話をでっち上げた……いわゆる絵を描いたのは大山一夫親方ということになりそうですが、もしそうだとすると、重大な矛盾が生じてしまいますが」

「ほう。重大な矛盾……それは、何ですね」

「だって、昭人おじさんの親友が本人から聞いているんですよ。泰乃さんとの交際についてはもちろん、三百万円の借金についても」

「なるほど。言いたいことはわかったが……三崎さん、あなたはその親友なる者から、直に証言をお聞きになりましたか」

「いいえ。違います。又聞きで、その人の名前も知りません。でも、征義伯父さんがそう言っていましたから、間違いない……ん？　も、もしかすると……」

背筋が跳ね上がり、思わず言葉を失ってしまった。これまで自分が想像もしていなかった恐ろしい可能性が頭に閃いたからだ。

「どうやら、気がついたみたいだねえ」

師匠が言った。ただ、最前とは違い、顔はまったく笑っていない。

「桜寿司の大将は間違いなく嘘をついている。だからさっき、香典師が三人いると言ったのさ。あの大将を含めてね」

15

「伯父の征義が、香典師の一人？　し、師匠、お願いですから、冗談はやめてください」

優子は無理に笑おうとしたが、頬のあたりが引きつっただけで終わった。

「冗談なんかじゃないよ。話す相手は警察官。もちろん、本気で言ってるんだ」

「では、伯父がもし本当に悪事に手を染めているとして、そう睨んだ根拠は何ですか」

「決まってるじゃないか。『千早』だよ」

　あたり前のことのように言われ、優子は再び絶句した。確かに、それ以外には考えられない。久々に弟の兄弟子・大山一夫を見た時、征義の口からこぼれ落ちた『まるで千早だなあ』というつぶやき。その事実を伝えるまで、正蔵師匠は何の疑念も抱いていない様子で、聞いた瞬間、態度が豹変したのだ。

（『千早振る』に登場する竜田川……力士じゃなくて、川の方。あれが泰乃さんの嘘を暴く根拠になったわけだけど、そのほかにまだ何かあるのかしら）

「桜寿司の大将があたしのファンだと知って、すごくうれしかったよ」

　優子が黙りこくっていると、師匠の方で問わず語りを始めた。

「その上、一番のお気に入りが『古木』だと聞いて、噺家冥利に尽きると思った。あれはクスグリも少ないし、サゲも辛《から》めだが、あたしの大好きな一席でね、ああいう噺をほめられると、ついうぬぼれちまう」

『サゲが辛い』は、ややわかりにくいが、通好みだという意味。逆に、誰にでもわかるようなサゲを『甘い』という。

「だからさ、あの大将が落ちぶれちまった弟の兄弟子を見て『まるで千早だ』なんて言うはずがないんだよ。だって、そうだろう。『千早』の中で落ちぶれるのは男の竜田川ではなく、女の千早太夫。それに対して、『古木』では誰なんだい」

「それはもちろん、男性の……ああっ、そうか！　わかりました。おっしゃる通りです」

零落したのは言うまでもなく主人公の紫檀楼古木。たとえるのなら、こちらがぴったりなのだ。数ある噺の中で一番のお気に入りだから、とっさの勘違いだとは思えない。

「ということは……あの時、伯父の征義は大山一夫ではなく、樋口泰乃を見ていたのですね。つまり、伯父と彼女は以前からの知り合いだった」

すると、正蔵師匠は優子の視線をしっかりと受けとめ、無言でうなずく。

（そうだったのか。あの時、二人は窓際に並んで座っていたから、伯父さんがどちらを見てるかなんて、脇にいた私には判断できない。それにしても……師匠は本物の千里眼だわ）

ほんのわずかなつぶやきから、まるで天地が引っくり返るような衝撃的な結論を導き出す。その洞察力のすさまじさに、優子は改めて驚嘆させられた。

「師匠、もしその推論が正しければ、伯父の征義は樋口泰乃と五年ぶりに再会したことになります。『たった五年で変われば変わるもんだ』と言うのを聞きましたから。つまり、最初に出会ったのは赤坂のクラブのママ時代。面《おも》やつれした現在でもきれいなのですから、当時は吉原の花魁に負けないくらい全盛だったのでしょう。そして、その時、何らかの弱みを泰乃に握られてしまった」

「そうとしか考えられないね。おかみさんには内緒だが、脇で聞いたところでは、あの大将はなかなかの発展家で、かなり派手にお金を遣って遊んでいた時期があったらしい。もし泰乃が二人が兄弟であることを知っていれば、事前に脅して仲間に引き込んだはずだから、おそらく通夜会場で顔を合わせて、初めてそのことに気づいたんだろう。まあ、兄弟といっても名字が違うから、気づかないのがあたり前さ。いきなり泰乃の前に引き出された大将はヘビに睨まれたカエルも同然。だから、それ以降の大将の発言は何一つ信用しちゃいけない」

「わかりました。つまり、通夜の時の話し合いで『ホステスと暮らしていると聞いた』と言ったのも嘘なら、一昨日の電話で『昭人の親友が三百万円の借金の件を知っていた』と言ったのも……あっ！　そもそも、あの電話は泰乃の差し金ですね。私がお喋りだから心配になったというのも、もっともらしい嘘だったんだ」

「ご明察。そして、そのあとで、泰乃が三崎さんを待ち伏せ、『貸した金はいらない。思い出だけで充分です』なんてしおらしいことを言えば、いかに捜査のプロだろうとだまされちまうよ。クサい芝居だがね」

もちろんそれは口だけで、実際には金を受け取る気満々。あとで征義が『いくら相手がそう言っても、けじめだから返すべきだ』とフォローする予定なのだ。むしろ泰乃の謙虚さが好感を与え、咲子も珠代も反対しないだろう。極めて巧妙に仕組まれた罠だった。

　また、優子の豆腐好きの事実は明らかに征義からの情報だ。あれで、すっかり信用してしまった。

「これで大筋は理解できましたが、征義伯父さんが泰乃に握られている弱みは何なのでしょうね。例えば、彼女がママをしていたクラブのホステスに手を出したとか……」

「いや。さすがにここからは想像が混じるが、たぶん違うよ。どれほどの深さかは知らないが、大将は泰乃本人とデキてたはずだ」

「彼女と……？　なぜ、そんなことがわかるのでしょう」

「もしも本人以外の誰かといい仲だったのなら、それを知った大山一夫が逆上して、泰乃につかみかかったりするはずがない。もちろん、けがさせる意図はなかったろうがね」

「あっ！　それで……そのことをすっかり忘れていました」

　大山一夫が泰乃に暴力を振るった理由は、彼女の余計な行動によって、金が手に入らなくなったため。そう思い込んでいたが、篠原昭人の借金の件が虚偽とわかった以上、それは絶対にあり得ない。師匠自身の言葉通り、ここから先は想像するしかないが、大山と泰乃が男女の関係にあり、例の立ち回りは痴話喧嘩である可能性が高い。

「二人の関係は泰乃の離婚以降と考えるのが普通だから、五年前の行為自体が問題になるはずがないが、桜寿司の大将の件を知ったのがきっかけで、自分がほれた女の現在の行状に疑いを抱き、男出入りを調べてみたのかもしれない。で、黒だとわかったから……」

「それで取り乱し、あんなことをしたわけですか。『俺を裏切ったな』と親方は叫んでいましたから、おそらく相当な大金をこれまでに貢いできて、それも金に困る原因の一つだったのでしょう。そして、いよいよどうにもならなくなって、香典師のまねをするはめに陥った」

「あわれな話だねえ。まあ、自業自得ではあるけれどもさ」

「魔性《ましょう》の女ってやつですかねえ。以前、征義伯父さんもころっとまいってしまったわけですから、それだけ魅力があるのでしょう。確かに、衰えたとはいえ、今でもお美しいですよ」

「そうなのかい。だったら、あたしも一度会ってみたい気が……いや、今はそれどころじゃない。さてと、ここで三崎さんに相談なんだがね」

師匠は再び腕を組み、天井へ軽く視線を投げてから、

「この件の後始末を、どうつければいいかなあ」

「それは、難しいですね。あの二人にお金を渡すことは私が全力で止めますが、詐欺未遂罪は相手を欺く行為を開始した時点で成立するので、たとえお金を渡さなくても構成要件

は満たしています。法定刑は詐欺罪と同じ十年以下の懲役……ですが、事実を公にしていいかどうか、迷ってしまいますね」

「そうだろうね。お他人様ならともかく、ご親戚なんだから。もし大将のおかみさんが知ったら、桜寿司はてんやわんやだ」

「それに、法律に詳しくないので何とも言えませんが、今回の件で結局金をだまし取られるのは三人組の香典師の一人である伯父の征義です。それが未遂のまま終わったとなると、果たして逮捕・起訴できるかどうか……」

「なるほど。あたしも頭がこんがらがってきたよ。こいつはあとで、平林さんに相談してみなくちゃいけない」

　そう言って、正蔵師匠が首を傾げた時、玄関で猫の鳴き声がした。

「あっ、黒兵衛《くろべえ》ちゃんが帰ってきたみたいですね」

　優子が立って、格子戸を開けると、体の大きな黒猫が『何だ、お前。いたのか』とでも言いたげな表情で彼女を見上げ、家の中へ入ってきた。年齢が六歳の雄。去年の暮れ、ある事情で師匠が雄の黒柴を預かることになり、しばらくの間、犬と猫のじゃれ合う姿が見られたのだが、一月下旬、新たな飼い主が見つかり、もらわれていった。

「こいつ、近頃、サカリがついちまって、二日も三日も家を空けやがるんだ。その度《たんび》に、ばあさんが心配して大騒ぎさ」

そばまで歩み寄ってきた黒兵衛の顎をなでながら、師匠が苦笑する。

「猫でさえそうなんだから、人間の雄だって、そりゃ、時には火遊びしたくなるだろうけど、桜寿司の大将は五年前にちょいともてたのがよくなかったねえ。競馬好きみたいだから、大穴でもあてたのかなあ。相撲の竜田川のように邪険に振られてさえいれば、こんな災難には遭わなかった。ほら、噺家が郭噺《くるわばなし》のマクラでよく言うだろう。『振られて帰る果報者』ってさ」

第三話　泥棒と所帯をもった女

「……あれえ？　こんなに戸締まりを厳重にしといても駄目《だみ》だあね。枝折戸《しおりど》が開いたり閉まったりしとる。もし泥棒が居《え》たならば、こっから難なく入《へえ》るだよ。こりゃ物騒……いや、い、おらだ。おらが泥棒だからなあ。これが天の知《す》らせかもすんねえ」

店の脇から裏へ回ると、小ぢんまりとはしておりますが、さすがに結構な庭。中へ入っちまってから『盗みに来たんだ』と思うと、体がガタガタガタガタガタ……歯の根が合わないてえのはこれです。

とにかく様子を窺っていると、母屋《おもや》の雨戸がすうっと開いた。

「おや。誰《だり》かこっちへ来るようだぞ」

石灯籠《いしどうろう》の陰に潜んでいると、ここの娘と見えまして、柔らか物の寝間着を着て、前で扱帯《しごき》をだらんと締め、手燭《てしょく》を提げて庭へ下り立った。そして、手燭を廊下に置くと、しばらくの間、家の中をこう拝んでいる。

「何《あん》だ、ありは。どうして、こんな夜中に……」

やがて、戸を閉めると、庭の松の枝へ扱帯をかけ、そばにあった石に身を乗せて、首へこう巻きつけました。あとは足を滑らせれば、即座に首がくくれるてえ按配《あんばい》で……。

もうこうなると、盗みに入ったことも忘れ、死に物狂いで後ろから抱き止めて、

「うわあい！　誰《だり》か出てこぉよぉ。ここな家《うち》の人が首くくるだから。誰か出てこぉ！」

これで、みんな目を覚ましまして、

「偉いことになりましたねえ。火事ですか」

「いや、火事じゃない」

「だったら、泥棒？　驚いちゃいけませんよ、旦那。あっしが何でも相手にしちまうんだから。こんな棒だって、こうねじ切っちまうほど力がある」

「何をしてるんだ、清造《せいぞう》。お前がねじ切ったのはゴボウだよ」

「ああ、ゴボウか。道理で柔らけえと思った」

「誰だって、そんなものくらいねじ切れらあ。とにかく、こっちへ連れといで。おかめが首をくくろうとした？　しょうがないもんだねえ。何で死ぬんだか、よく事情を聞きなさい。どうも、ありがとうございました。お前さんのおかげで娘の命が助かりましたよ」

「はい……いや、その、通りがかりの者《もん》でごぜえまして……」

「通りがかり？　ここはあたしどもの庭だがねえ。往来じゃない。お前さん、宵《よい》に団子を買いに来た八百屋さんじゃないかい」

1

「ええ、ご来場賜りまして、まことにありがとうございます。休憩のあとの出番を、私どもでは『食いつき』なぞと申します。クイツキったって、別にお客様へ噛みついたりはいたしませんので、どうかご安心くださいますようお願い申し上げます」

神楽坂倶楽部三月上席初日昼の部。中入りを終えて緞帳が開き、最初に登場したのは山桜亭馬八師匠だ。

「昔からずいぶん有名な泥棒がおりまして、袴垂保輔《はかまだれやすすけ》、熊坂長範、石川五右衛門なんてあたりが大立者でございますが、噺の方に出てまいりますのは、ごく間の抜けた野郎ばっかりでして……浜町《はまちょう》へんの新道《しんみち》に、黒板塀《くろいたべい》に見越しの松、女名前の表札とくれば、ご隠居さんが住んでるはずがない。お妾《めかけ》さんの家だろうというのは、誰にでもわかります」

（へえ。『転宅』か。馬八師匠のはずいぶん久しぶりだが……ははあ、そうか）

前から三列めの席で、平林定吉は苦笑した。マクラの最初の件《くだり》だけ聞いて何の噺かわかるのは、落語マニアの証しである。

（さっき、座布団に座る直前の師匠と眼が合った。たぶん、俺の顔を見て演《や》る噺を変えた

んだ。好きだねえ、まったく）

これは落語家がよくやる遊びで、知り合いの理髪店の店主が来れば『無精床《ぶしょうどこ》』、酒屋が来れば『禁酒番屋』などと、客と同じ職業の人間が活躍する演目を高座にかけるわけだ。平林の場合、警察官が出てくる古典落語がないので、代わりに泥棒噺を選んだのだろう。

『転宅』の幕開きは夜の往来で、でっぷり太った赤ら顔の旦那と一緒に出てきたのは、年頃二十五、六で、色白の美人。

『そこまで送りましょう』と女が言い、二人連れ立って歩き出すが、『さっき渡した金、大金だから気をつけろ』という旦那の言葉を聞いた泥棒が早速妾宅《しょうたく》へ上がり込む。

酒好きで食い意地の張っているこの泥棒、居間のお膳の上に酒と肴が並んでいるのを見て、これ幸いと飲み食いを始める。すると、そこへ最前の女が戻ってきて、

「『ちょいと。何だい、お前は』

『何だいって……見りゃ、わかるだろう。こんな夜更けに他人《ひと》んちへ黙って入《へえ》ってきたんだぞ。言わずと知れた、俺は盗人《ぬすっと》だ』

『あら、まあ、そう。泥ちゃんだったの』

『気安く言うねえ。さあ。さっき旦那が置いていった金、耳を揃えて出せばよし。四の五の抜かすと、伊達《だて》にゃあ差さねえ、二尺八寸段平物《だんびらもの》。手前《てめえ》の土手《どて》っ腹《ぱら》へお見舞い申すぞ』

『ようよう。音羽屋《おとわや》！』」

いきなり、何とも間のいいクスグリに、クスクス笑いが起きる。

「『おかしなとこでほめるなよ。気が抜けちまうだろう』

『だって、お前さん、〈伊達には差さねえ、二尺八寸の〉とか言ってたけど、見たら、何にも差しちゃいないじゃないか』

『えっ……？　ああ、そうか。今日は忘れちまった』

『何だい、そりゃあ。しまらないねえ』」

女が呆れ顔になると、今度は場内が爆笑する。テレビにも頻繁に顔を出す若手の売れっ子だが、落語についての評価も高く、急きょ高座にかけたと思われる『転宅』も、出だしから実に快調だ。

（それにしても、落語に出てくる泥棒ってのは揃いも揃って間抜けばかり。『芋俵』では俵に隠れたまま逆様《さかさま》に立てられて死にそうになるし、『もぐら泥』では家の中へ掘った穴から突き出した手を縛られる。あとは、『碁どろ』『めがね泥』『鯉盗人《こいぬすっと》』……まあ、現実世界にも間の抜けた泥棒がいないわけじゃないがな）

そこで、平林は顔をうつむけ、そっと小さなため息をついた。

（寄席へ来て、余所事《よそごと》を考えるなんて無粋の極みだが、やっぱり俺は泥刑が性《しょう》に合ってる。

強行犯の捜査はどうも……特に今回みたいな事件はやりきれないよな）

2

今日、平林が解決に導いたのは一週間前に管内で発生した殺人事件だ。被害者は元暴力団員の男性。安普請のアパートの一室で、頭部を殴打され、死亡した。

被疑者は同居している高校生の一人息子で、犯行直後に神楽坂署へ自首し、『親父が酔って母さんに暴力を振るうのを見て我慢できなくなり、衝動的にやった』と供述した。

近所の居酒屋で働き、家計を支えていた母親、そして、近所の住人たちの証言もそれを裏付け、家宅捜索の結果、長男の指紋がついた凶器のバットも発見された。

事件の構図は明白だと思われたのだが、捜査を担当した平林は少年が時折見せる物言いたげな視線に違和感を覚えた。

今回の事例は発生と同時に被疑者が特定されたため、特別捜査本部は設置されず、いわゆる『署長指揮』、つまり所轄署内のみでの対応となった。そこで、平林は署長の許可を得て勾留期限を延長し、取り調べを続けた結果、今日の正午前に真相が判明した。

最初にバットを振るったのは確かに長男だが、致命傷となった一撃は被害者の妻の手によるもので、二人は未成年なら罪も軽くなると考え、息子の単独犯のように装ったのだ。バットの指紋はいったん拭き取ったのち、改めて付着させていた。

　平林の追及に耐えきれず、泣きながら真実を打ち明ける母親の顔が脳裏に浮かんでくる。

(盗犯捜査の場合、相手にするのはほとんどが窃盗常習者だ。盗《と》る方もプロなら、追っかける我々もプロ。だから、常に首の皮一枚くらい、心に余裕があった。

『転宅』の泥棒は『土手っ腹へお見舞い』なんて物騒なことを言うが、本物のプロはあんな台詞は絶対口にしない。逮捕を免れるため、暴行・脅迫をすれば事後強盗罪で五年以上の懲役……いや、待て。こんなことばかり考えてたんじゃ、木戸銭がもったいないな。噺に集中しよう)

　高座に目をやると、馬八師匠が色っぽい眼つきでしなを作っている。

「『……お前さんみたいな男をずっと探していたのさ。でも、あたしがいいと思うくらいだから、もうおかみさんがいるんだろう』

『いない、いない！　俺は独《ひと》り者《もん》。女っ気なしで、さっぱりしてるんだ』

『本当かい。だったら、こんなおばあちゃんでよかったら……お前さん、あたしと所帯をもっちゃくれないかねえ』」

　考え込んでいるうちに、噺がかなり先まで進んでいた。女は菊《きく》と名乗り、『実は自分も以前はお前たちの仲間。今はお囲い者だが、旦那と別れ話がもち上がっていて、手切れ金をもらえば自由の身になる。ついては、相談があるんだが』と切り出す。

泥棒は大喜びで固めの盃を交わし、『今晩、泊まっていく』と言ったが、『旦那が雇った用心棒が二階にいるから、今夜は無理。明日の昼過ぎに来てくれ』という返事。

「『本当にすまないねえ。ところで、お前さん、おこづかいはあるのかい』

『みくびってもらいたくねえな。男は敷居をまたげば七人の敵《かたき》。ちゃんと紙入れがある』

『ちょいとこっちへ貸してごらん。あら、ずいぶん入ってる。こんな大金をお前さんが持ってると、ろくなことをしないから、お札だけ預かっておくよ』

『おい。だめだよ。それは俺の金なんだから』

『うるさいね。もう夫婦なんだから、お前の物はあたしの物、あたしの物はあたしの物さ』

『だったら、俺の物《もん》は何もありゃしねえじゃねえか』」

色白美人を自分の女房にできると思った泥棒は有頂天になり、翌日の昼過ぎに同じ家を訪ねるが、どうも様子がおかしい。そこで、向かいの煙草屋に入ると、店の主が『実は昨夜《ゆうべ》、お菊さんの家に間抜けな泥棒が入ったんですよ』と教えてくれた。

「『お菊さんは器量がよくて啖呵《たんか》が切れるから、そいつを丸め込んで三三九度までしたってんです。泥棒と夫婦約束をするなんてことが、この世にあるはずありませんよねえ』

『え、ええ。それは、まあ、普通はないでしょうね』」

　怒り出すわけにもいかず、当の本人は苦りきった表情で調子を合わせる。

「『その泥棒、根が助平《すけべい》だと見えて、〈今晩、泊まっていく〉と言い出した。さあ、泊まられちゃ一大事。〈二階に用心棒がいる〉と出任せを言うと、野郎、震え上がったそうですよ。どこまで間抜けにでき上がってるのか。見てごらんなさい。お向かいは平屋だ』

『ええっ？　ああ、確かに……平屋に二階はありませんね』」

　情けなさそうに顔をしかめると、客席は大爆笑。平林がこの噺で最も好きなクスグリだ。

「『その上、色仕掛けで泥棒の金まで巻き上げたってんだが、すぐに旦那に相談すると、あとの祟《たた》りが怖いと言われ、今朝早くご転宅になりました』

『転宅？　もう引っ越したんですか。まったく、ひでえめに遭わせやがって……』」

　あまりの仕打ちに、とうとう泥棒はべそをかき始める。

「『一体《いってえ》、あの女は何者なんですか』

『何でも、以前は田舎回りの義太夫の太夫だったそうですよ』

『えっ、義太夫？　どうりで、うまくカタりやがった』」

　サゲは『語る』と、だますという意味の『騙《かた》る』をかけている。特に終盤は大盛り上がりで、この時ばかりは平林も屈託を完全に忘れた。

（さすがだなあ。これだけお客を沸かせれば、さぞ気分がいいだろう）

　椅子から腰を上げながら、平林は心の中でつぶやいた。馬八師匠に挨拶するため、このあと、楽屋を訪ねるつもりだったのだ。

（当時の署長がよけいなお世話をしなければ、俺も今頃、林家の弟子として高座に上がっていたかもしれない。転宅ならぬ転職の失敗が、ずうっと尾を引いちまってるなあ）

3

「やっぱり平林さんの眼はごまかせねえな。顔を見て、ネタを変えたのが露見したか」

　神楽坂倶楽部の楽屋。チェックが入ったネルのシャツのボタンを留めながら、馬八師匠が笑った。下はまだステテコのまま。脇では、前座さんが脱いだ着物を畳んでいる。

「今日から弥生だから、『長屋の花見』といきたかったんだが、何しろこの天気でしょう。稽古なしのぶっつけだから、穴だらけだったんじゃねえかな」

「いいえ。滅相もない。大変楽しく伺いました。今のままでも充分ですが、もっと頻繁にお演りになれば立派な十八番《おはこ》になりますよ」

「ようよう。さすがは落語刑事と呼ばれるだけあって、噺家よりもヨイショが達者だ」

　そんな会話の最中、脇から「あたしも聞かせてもらったよ」と口を挟んだのは、この興行で昼トリを取る正蔵師匠だ。出番が近いので、すでに黒紋付きに着替えている。

「確かにいい出来だったし、聞いていて懐かしかった。馬春さんの形《かた》はほかに演る人がないからねえ」

　亡くなった五代目山桜亭馬春師匠は正蔵師匠よりも一つ年下で、一緒に前座修業をした仲間である。

「師匠にほめていただくと、何だか面目ないです。上がる前、ネタ帳の三本めに『出来心』と書いてあるのは見たんですが、つい忘れちまいました」

　寄席興行ではお客を飽きさせないため、それぞれが別系統の噺を選ぶのがルール。誰かが幇間《ほうかん》の登場する落語を演れば、その後の出演者は『たいこ腹』や『野ざらし』ができなくなる。よく似た噺は『つく』と呼ばれ、嫌われていた。

「そうだったのかい。実はあたしも、この芝居はトリだし、季節も逆戻りしたみたいだから、今日は久々に『おかめ団子』でもと思ってたんだ。ネタ帳を広げてがっかりしたよ」

「へえ。それは実に残念でした。もうずいぶん長い間、伺っていません」

『おかめ団子』は五代目古今亭《ここんてい》志《し》ん生《しょう》師匠も得意にしていた人情噺である。

麻布飯倉片町《あざぶいいくらかたまち》で繁盛していたおかめ団子に、母親への土産《みやげ》として毎日団子を買いにくる大根売りの新二郎《しんじろう》という若者がいた。ある寒い晩、煎餅布団《せんべいぶとん》にくるまって寝ている母親を見た新二郎は、団子屋の主人が売り上げを数えていた姿を思い出し、布団を買うため、夜更けに店へ忍び込む。

すると、店の看板娘で十八になるおかめが、庭で首を吊ろうとしているのに出くわし、自分の立場も忘れて懸命に止める。

主人が訳を尋ねると、おかめは親の薦める見合いの相手が気に入らず、自害を図ったのだ。それを知った主人夫婦は縁談を断ることに決め、孝行心に免じて盗みの罪も許し、さらに、もし当人同士が納得したら、新二郎とおかめを夫婦にしようと相談する。

(『そう思うんだが、お前の気持ちはどうだい』

『結構ですねえ。こういう身性《みじょう》のいい方がそばにいれば、おかめも親不幸なまねをしようなんて了見は起こしませんよ。ともども、あたしたちに孝行してくれるでしょう』

『ああ。コウコウはするとも。根《ね》が大根屋だ』……って、サゲがまたいいんだよな。人情味があって)

頭の中に幕切れが浮かんできた。サゲは『孝行』と『香々《こうこ》』の地口オチだ。

(珍しい噺だから、聞いておきたかった。まさか俺から頼むわけにもいかないし……)

前座さんがお茶を運んできてくれて、少しの間、会話が中断される。

楽屋を訪ねた用件は、先日、三崎優子と二人でご馳走になったお礼の品を馬八師匠に手渡すためだ。封筒の中身はデパートの商品券。仕事柄、相手が誰であろうと会食は必ず割り勘にしてもらっていたが、今回のように向こうが先回りして払ってしまった場合には、店主に尋ね、あとで相当額の商品券をお返しすることにしていた。本当はもっと早く会いたかったのだが、あれから馬八師匠は旅の仕事が入って寄席を休演したりしたため、お互いのタイミングが合わず、今日になってしまったのだ。

大山一夫と樋口泰乃が企んだ詐欺未遂事件については、すでに処理が済んでいた。正蔵師匠からの相談を受けた平林は二人を神楽坂署へ呼んで取り調べたが、問題の一件以外には余罪もなく、充分に反省もしている様子なので、今回は厳重注意で済ませることにした。師匠の推理に寸分の狂いもなかったことは言うまでもない。

桜寿司の主人・春日征義とは、店の近所の喫茶店で会った。やんわり釘を刺したつもりだったのだが、相手は涙を流さんばかりに動揺し、見ていて何だか気の毒だった。

藤色の上着とズボンを身につけた馬八師匠がテーブルの周りにやってくる。席は大幹部が壁際と決まっていて、反対側に二人が並んで座を占めた。高座ではベテランの漫才師がほどよく客席を沸かしている。

「ねえ、平林さん、さっき『転宅』を聞きながら、ふと思ったんだがね」

湯飲みを手にした正蔵師匠が言った。

「あの噺では助平な泥棒が赤っ恥をかくわけだけど、実際のところ、盗人にとって最大の恥というのは何なんですかね」

「ああ、その点ですか。私も興味があったので、取り調べ中の雑談できいてみたことがありますが、全員が揃って同じ答えを口にしました」

「ほほう。一体、どんな答えです？」

「プロの泥棒にとって最大の恥は『忍び込んだ現場で、その家《や》の住人につかまること』。いわゆる私人逮捕、民間逮捕というやつですね。もしその事実が刑務所《ムショ》でばれると、どんな大泥棒だろうが、所内で幅が利かなくなるそうです」

「おもしろいねえ。商売人ならいざ知らず、素人につかまっては末代までの恥ってわけだ」

「逆にお伺いしたいのですが、噺家さんにとって最大の恥は何でしょう。仕事があるのを忘れて、出演できなくなるとか……」

「いやいや。そんなうぶな野郎は仲間内にゃおりません」

馬八師匠が笑いながら右手を大きく振った。

「高座を抜くなんてのはよくある話。やっぱり一番は高座でやりそこなうことでしょう」

「ははあ。なるほど。そういうものですか」

「そんなことが軽く言えるのは、お前さんがまだ若いからだよ。あたしくらいの年になると、常にやりそこなう恐怖と背中合わせ。だから、こんなものまで用意してるんだ」

正蔵師匠が懐から取りしたのは一枚の紙。手渡された平林が広げてみると、見覚えのある筆跡で、『麻布飯倉片町　清造　新二郎』と書かれていた。

「これは……メモですね。おかめ団子の」

「筋はちゃんと覚えていても、とっさに固有名詞が出てこない時がある。だから、その日演る予定の噺の地名・人名を書き出しておいて、上がる前に眺めてるんだ」

年を取っても芸が衰えず、まるで精密機械と評される師匠でも不安に駆られる時はあるらしい。平林は驚いてしまった。

「まあ、文楽《ぶんらく》さんみたいな例もあるからねえ。油断はできない」

九年前に亡くなった八代目桂《かつら》文楽師匠は一言一句を揺るがせにしない緻密な芸を誇った名人だが、『大仏餅』という噺を口演中、『神谷幸右衛門《かみやこうえもん》』という登場人物の名前が思い出せずに絶句し、『勉強し直してまいります』と言って深々とお辞儀をして、それ以降、二度と高座に上がろうとはしなかった。

「ですがねえ、師匠。せっかく心覚えまでお作りになったんだから、『おかめ団子』、ぜひ演ってください」

「だけど、お前《まい》、そう言われたって……」

馬八師匠の言葉に、正蔵師匠は首を振りかけたが、

「いいじゃありませんか。今日は一つ、『泥棒噺大会』ってことで。あたしも残って伺いますから、若手に稽古をつけるつもりでお願いしますよ」

「……お前もうまい口説き方をするねえ。若手に稽古か。わかった。じゃあ、ついでにと言っては失礼だが、平林さんへのご慰労の気持ちも込めてね」

「えっ……？　あの、私の慰労、ですか」

「お仕事に関して、何か屈託がおありでしょう。顔に書いてありますよ」

ずばりと指摘され、平林は返事ができなくなってしまった。

（そんなことまで見抜いてしまうのか。まあ、珍しい噺が聞けるのはありがたいが……）

「ただ、あの噺を演るについて、平林さんにちょっとご教示願いたいんですがね」

「え……？　はい。私にわかることでしたら、何でもお答えします」

「『転宅』では、泥棒が盗みに入った先の女と夫婦《めおと》約束をして、だまされる。『おかめ団子』はあべこべで、忍び込んだ家《うち》へ本当に婿養子に行く」

「ああ、はい。確かに、そうですね」

「だからききたいんだが、さすがに現実世界では、そんなことはありませんよね」

「いや。それが、事実は小説より奇なりと申しまして……」

「へえ。そいつはびっくりだ。じゃあ、実際にいたんですね。押し入ってきた泥棒と所帯をもった女が」

馬八師匠が身を乗り出し、眼を輝かせる。

「はい。あとにも先にもたった一例だけですが。ただ、不思議な因縁と申しますか……」

平林は少し迷ってから、口を開き、

「そいつは五日前、さっき出た話の通り、盗みに入った家の男性に取り押さえられ、うちの留置場へぶち込まれました。ついでに申しますと、そいつの名前が偶然、馬八師匠がマクラでおっしゃった大泥棒の一人に、ちょいと似てるんですよ」

4

(『おかめ団子』、さすがによかったなあ。寄席ではトリの時くらいしか聞けないが、人情噺ってのはいいもんだ)

神楽坂倶楽部の木戸口を出て、小道を歩きながら、平林は心の中でつぶやいた。

マクラで説明があったが、正蔵師匠の『おかめ団子』は明治期に活躍した名人・初代三遊亭圓遊《えんゆう》師匠の演出を取り入れ、そこに噺家として最初の師である三代目三遊亭圓右《えんう》師匠の形で、現在の姿になったらしい。

（だけど、今日は師匠に気を遣わせてしまった。『出来心』『転宅』と来れば、普通、泥棒噺は避ける。そこをあえて演ってくださったんだから、感謝しなくちゃ）

神楽坂通りに出て、坂を下り始める。いつの間にか雪はやみ、雲の合間から上弦の月が覗いていた。上空に春の空気が入り込んできたらしく、路面の雪はすでにかなり溶け、歩くのに不自由は感じなかった。

（寄席はいいなあ。おかげで、だいぶ気が晴れた。供述調書は上山が準備を進めてくれてるはずだし、そいつをまとめればようやく一段落。ただ、次のヤマも厄介な……まあ、奴さんの意識がはっきりするまでは手詰まり状態だろうけどな）

神楽坂署に着いた時刻は午後五時十五分。本来は立ち寄る必要などないが、どうせ途中だから、上山刑事に一声かけて帰ろうと思ったのだ。

玄関から入り、刑事課のドアを開けようとして、平林はその手を引っ込めた。玄関ロビーの隅に気になる人影を見つけたからだ。

本館一階は正面から左手が刑事課で、右が交通課。左端のあたりにあるのは用務員室と給湯室のドア。どちらも部外者にとって無縁の場所だ。

突きあたりの壁際に飲み物の自動販売機があり、手前に置かれた長椅子に女性が一人腰を下ろしていた。グレーのカーディガンに黒スカート、長い髪を後ろで縛っている。すぐ脇には風呂敷包み。年はまだ二十代半ばだろう。雰囲気は地味だが、色白で上品な顔立ちで、平林と眼が合うと、困ったような表情で会釈をした。

首を傾げながらノブに手を伸ばす。すると、その直後にドアが開き、中から捜査三係長の海老名敬七警部補が出てきた。

「あ……平林さん、午後は休暇じゃなかったんですか」

「うん。上山に書類作成を手伝わせてたから、ちょっと様子を見にね」

階級は向こうが上だが、九年も後輩なので、自然とこんな話し方になる。

「お疲れ様です。それはそうと……うちの三崎がその後もいろいろとお世話になっているようで、ありがとうございます」

「いや、別に世話した覚えはないけど……彼女、いまだに三係ではお荷物のままかい」

「まあ、気が利かないのはやつの性格でしょうから、一朝一夕には改まりませんが、最近、あいつにぴったりの仕事を見つけました。グニ屋回りですがね」

『グニ屋』は捜査用語で質屋を指し、『質入れ』を『グニ込む』などと言う。数字の五は符牒で『グ』なので、『五《グ》＋二《ニ》＝七』となるわけだ。

窃盗犯が手に入れた貴金属類や高級時計は故買屋へ流れることが多いが、適当な伝《つて》がない場合、彼らは獲物を質屋へ持ち込む。被害届に記載された品物の行き先を探るのが『品《シナ》』を引っくり返して『ナシ割り』。目立たない活動ではあるが、重要な捜査の一つだ。

「これならペアにする必要がないので、やらせてみたんですが、適材適所だったらしくて、いくつも贓《ゾウ》品を掘り出してきましたよ」

「ほう。やつにも意外な才能があったんだなあ」

「才能というか……厳密には本人の手柄ではないんですけどね」

海老名係長は丸い眼を細め、唇を歪めるようにして笑う。

「我々の顔を見ただけで眉をひそめる質屋の親父が、三崎が出向くと別人みたいに愛想がよくなるらしいんです。確かに、美人は美人ですからね。多少、背が高すぎますが」

平林も思わず苦笑した。あれで金太郎みたいな髪形をやめ、人並みに化粧をすれば、見違えてしまうだろうが、本人にそんな気はまったくないらしい。

「ところで……ねえ、係長。あそこにいる若い女性、誰だかわかりますか」

「ん？　あそこって……ああ、彼女ね」

小声で尋ねると、海老名は深くうなずき、

「面会に来たが、取り調べ中で待たされてるんでしょう。袴《はかま》田《だ》義介《よしすけ》の女房ですよ」

「ええっ、あれが……？　それは、さすがに驚いたな」

平林はもう一度まじまじと問題の女性を見た。袴垂保輔……ではなく、袴田義介。それは、今日平林が正蔵師匠の問いに対し、自分が知る唯一の例として挙げた泥棒の名前だ。

つまり、袴田は五日前、神楽坂署管内で一般男性の手により逮捕され、しかも、ちょうど今、玄関ロビーの長椅子にかけている女性は、彼が四年前に盗みに入った家の住人……つまり、被害者だったのだ。

5

身柄拘束されている被疑者に一般人が面会できる時間帯は平日の午前九時から午後五時までが原則だが、取り調べの状況などによって、例外的に認められることもあり、面会室は刑事課の奥なので、関係者がロビーで待つ姿を時折見かける。女性が脇に置いている風呂敷包みの中身は、下着などの身のまわり品だろう。

(若い女房をもらったとは聞いたが……亭主は四十七。どう見たって、父娘《おやこ》だ)

再び視線を向けると、気づいたらしく、うつむいてしまう。もう少し話を聞きたかったが、海老名も用事がある様子だったので、そこで打ち切り、平林は刑事部屋へ入った。

捜査一係の島に行ってみると、上山の姿が見えない。帰宅した様子はないので捜していると、何やら分厚い本を広げていた係長の川端《かわばた》雅人《まさと》警部補が顔を上げ、

「上山なら、晩飯を食いに出ましたよ。もうそろそろ戻る時分ですがね」

「あ……そうですか。わかりました」

役職は同じ係長でも、川端は海老名より四つ年上。直属の上司でもあるので、敬語を交えて会話をすることにしていた。

ただし、人間的にはあまり買っていない。大学では社会学を専攻したそうだが、そのせいか、係内の意思統一をやたらと強要するのがうっとうしい。中肉中背、七三分けの髪に銀縁眼鏡。警察官よりも銀行員の方が似合っている風貌だ。

「いやあ、彼はよくやってくれてますよ。もともと優秀なんだろうが、これほど短期間に成長したのは、やはりご指導の賜物でしょう」

平林は上山の教育係を拝命していた。だから、そこまではいいのだが、

「本当に誰かさんとは大違いだ。三係は気の毒ですね」

近頃、優子が平林に接近してくるのを皮肉っているのだろう。反論するのは面倒なので、

流しでマグカップにコーヒーをいれて、応接スペースへ行き、ソファに腰を下ろす。
（ああいうところが好きになれない……いや、そんなことより、例の一件だ。あの小窓の義介に、あんな若い女房がいたとはな）

平林が初めて会ったのは十五年前。その頃、彼は本庁にいた。所属部署の正式名称は警視庁刑事部捜査第三課第一盗犯捜査第一係。二回続けて言うと、舌を嚙む。

主な業務内容は窃盗常習者に関するデータ管理だが、もちろん被疑者の取り調べなどにも関わる。その頃、盗みの手口に関する情報を整理する中で、平林の目に留まったのが、三カ月間に新宿区をはじめ、中野区、豊島区などで連続発生した空き巣被害だった。

全国に三千人いるとされる、いわゆる職業泥棒にはそれぞれ得意分野があって、夜間専門の『ノビ師』が昼間空き巣に入ることはめったにないし、逆もまた真なり。さらに、空き巣だけ取ってみても、一戸建てとアパート・マンションのどちらをターゲットにするかでかなり厳密に住み分けがなされている。

平林が注目した一連の事件では、犯人は一戸建てでもアパート・マンションの二階、三階でも、とにかく、必ず小窓から侵入するという共通点があった。

窓自体はちゃんと施錠していても、その上にある採風小窓については、夏は暑さをしのぐため、冬は暖房時の換気のために開け、かぎをかけないことが多い。まさかあんな狭い隙間からという油断があるせいだが、鍛練したプロはそれくらい簡単にやってのける。

そんな手口を得意にしているくらいだから、小柄な犯人だろうと推測し、捜査を進めた結果、網にかかったのが当時三十二歳の袴田だった。

現在でもあまり変わらないと思うが、袴田義介は身長百五十八センチ、体重五十五キロ。去年の十二月に逮捕された『蜘蛛舞《くもま》いの文吉《ぶんきち》』こと猪狩《いがり》文吉ほどではないが、軽い身のこなしと高い運動能力を武器にしている。ちなみに、袴垂保輔は『今昔物語』にも登場する平安時代の盗賊の親玉だ。

出身は兵庫県明石《あかし》市。漁師の家の長男に生まれたが、中学生の時、悪天候の海へ出た両親が遭難。保護者を一度に失い、弟や妹たちとともに親戚の元へ身を寄せたものの、邪険な扱いに反発して出奔し、それ以降は泥棒のみで生計を立ててきた。

十五年前に逮捕された時点で、前科四犯。当時は全国的な窃盗常習者のデータベースがまだ機能していなかったため、関西地区中心に犯行を重ねていた袴田についての情報が警視庁まで届いていなかったのだ。

（決して人に危害を加えないし、逃げ足は速いが、現場を押さえられればじたばたしない。昔気質《むかしかたぎ》の盗人だったたな。小柄で童顔。落語の中の泥棒ほどじゃないが、性格的にも不思議な愛嬌があった。何人かで余罪を追及したら、俺のどこが気に入ったのかは知らないが、

『平林の旦那になら話してもいい』なんて言いやがって、結局、百三十件も自供したんだ。おかげで取り調べるのに三月《みつき》かかったし、引きあたりにまでつき合わされた）

『引きあたり捜査』は『被害づけ』とも呼ばれ、被疑者の案内のもと、一件一件犯行現場を確認する作業のこと。移動手段は主に警察車両なので、車内での会話などにより、人間的交流が生まれることも多かった。

　やがて袴田義介は起訴され、公判の結果、常習累犯窃盗罪で三年間の懲役。刑期を終えて以降も懲りずに犯行を重ね、刑務所と娑婆《しゃば》を行き来しているという噂は耳にしたが、平林とは縁がなく、いつしか名前を聞くこともなくなった。

　そんな袴田と平林が偶然再会したのが四年前の大晦日。その年の春、彼は池袋署から神楽坂署へ異動になっていた。場所は上野のアメ横で、妻の買い物につき合わされ、一軒の鮮魚店へ足を踏み入れると、出刃包丁で鮭を解体していた袴田と眼が合ったのだ。

　声をかけるつもりはなかったが、居場所を知られた以上、嗅ぎ回られると面倒だと思ったのか、平林が店を出ると追いかけてきたため、脇道に入り、しばらく二人きりで話をした。

『旦那、すっ堅気になりましたから見逃してください。実はこの夏、急に女房とせがれができちまって、もしお縄になると、連中が食うに困るんです。何の取り柄もありませんが、どうにか魚だけはさばけるので――』

『おい。ちょっと待て。堅気になるのは結構だが、嫁さんと息子さんが、両方いっぺんにできたってのか』

『はい。自分でも訳のわからないことになったと呆れてまして……』

　柄にもなく、少し照れた表情で語り出したのは、思わず耳を疑いたくなる内容だった。要するに袴田は空き巣に入った家の住人女性といい仲になり、入籍までしたのだが、彼女は十九歳も年下で、おまけに乳飲み子を抱えていた。

『あの時は、さすがのあたしも腰を抜かしかけましたよ。明かりもつけずにいるので、てっきり留守だと思ったら、寝ている赤ん坊の首に女房がアイロンのコードを巻きつけ、今にも扼《し》め殺そうとしてたんですから。

　事情を尋ねると、同棲してた相手の男が博打狂いで、さんざん苦労させられたあげく、競馬で大穴をあてたとたん、野郎が金を握ってトンズラしちまった。ほかに身より頼りもないので途方に暮れ、生後半年の息子と無理心中を図ったそうなんだが、〈だったら、どうぞお死になさい〉とも言えねえから、ちょこちょこ面倒みてるうちに、深間《ふかま》になりましてねえ』

　そう言う袴田はどこか誇らしげな表情をしていた。本人の告白自体が住居侵入罪に該当するし、仮に足を洗ったのが本当だとしても、それ以前に余罪があるはずだが、新妻と義理の息子に免じて、平林は一切追及しないことに決めた。

(それなのにまただと聞いて、五日前にはがっかりしたが、何か特別な訳でもあったのかな。やつが逮捕された時、俺は例の事件で頭がいっぱいだったから、事情を聞きもしなかったが……)

腕組みしながら考え始めた時、「あのう、平林主任、いらっしゃいませんか」という三崎優子の声が聞こえた。

6

「おう。ここにいるよ。何か用事か」

「いいえ。用というわけではありませんが……今日は本当にお疲れ様でした」

衝立の陰から現れた優子は平林の顔を見て、深々とお辞儀をする。

「疲れたのは確かだな。さんざん苦労して、罪人を一人増やしちまったわけだから」

「それはやむを得ません。真相を明らかにするのが、私たちに課せられた使命です」

妙に堅苦しく宣言し、向かいのソファに腰を下ろす。

「それはそうと……近頃、グニ屋回りでご活躍だそうだな」

「別に私は何もしてないんです。どこの質屋さんへ行っても、皆さん、すごく協力的で」

それは親爺連中の助平心の賜物なのだが、もちろん真相を教えたりはしない。

「さっき、係長がほめてたぞ。贓《ゾウ》品をいくつも掘り出してくれたってな」

「本当ですか。面と向かっては何も言われてません。私、海老名係長に嫌われてるみたいで……明日、引きあたり捜査に同行することになっているので、少し気が重いです」

「えっ？　ひょっとして、袴田義介のヤマかい」

「はい。余罪を追及しましたが、出てこないので、早めに検察へ送ることになりました」

「余罪がない……ほう。そうなのか」

もし本当なら、アメ横で平林に告げた言葉は嘘でなかったことになる。

「ただ、捜査三係長自ら被害づけというのは大仰だな。部下に任せればいいのに」

「それが普通ですが、今回袴田を逮捕したのは笠原《かさはら》伝《でん》四郎《しろう》先生とおっしゃって、柔道七段。本郷《ほんごう》三丁目に道場を開いていらっしゃいます。係長は中学卒業までそこの道場生だったと聞きました」

「ああ、それならわかる。挨拶とお礼を兼ねて行くわけだな」

説明によると、笠原伝四郎氏は七十二歳。若い頃には重量級にこの人ありと言われた名選手で、高校時代、彼女も何度か指導を受けたが、組んだ瞬間に放り投げられていたそうだ。それでは、袴田のような小男が仮に居直ったとしても勝ち目などない。

「実はさっき、玄関ロビーで袴田の女房を見たんだよ」

「そうでしたか。私が帰った時にはもういなかったので、面会室に入ったのでしょうね」

「やつとは古いなじみだが、逮捕された時、ちょうど例のヤマにかかりきりだったから、詳しい話は聞いてない。本当に久々の犯行なら、何か特別な動機があったはずだが……」

「はい。最初、本人はその点を明かすのを嫌がっていましたが、半月前から、息子さんが心臓の病気で入院中なんだそうです」

四歳になる義理の息子・美津男《みつお》君には先天性の心疾患があり、最近それが重度であることが精密検査によって判明した。手術を受ければ根治する可能性はあるが、厄介なことに、最低でも三回に分ける必要があり、入院費を含め膨大な費用がかかる。

「五年前に刑期を終えて以降、袴田は転職をくり返し、今は土木作業員ですが、食べるだけで精一杯。病院への支払いを滞らせるわけにはいかないので、思い余って……というのが自供の内容でした。職場の上司にきいても勤務態度は真面目で、あやしい素振りなど皆無だったそうです。まあ、今回の件が知れてしまったので、また仕事を変えることになるかもしれませんが……」

前科者に対する世間の風は冷たく、職を転々とする例が多いし、前歴を知られたせいで職を失うこともある。それが原因でやけを起こし、新たな犯罪に手を染める者が後を絶たなかった。

「夫婦どちらにも頼れる親戚はいないようです。袴田が勤務先に給料の前借りを申し出て、断られたと聞きました」

「そうか。ただ、生活保護費が支給されれば、医療費は無料になるから、ある意味よかったかもしれない。まあ、嫁さんは心細がるだろうがな」

「あの奥さん、私と同い年なんです。早生まれなので、学年では一つ上ですけど……」

優子が表情を曇らせ、ため息をつく。袴田義介の妻は恭子《きょうこ》という名前だそうだ。

「生まれは千葉県松戸《まつど》市で、子供の頃から大変な苦労をしてきたみたいです。彼女の戸籍は父親の欄が空白で、母親からは『行きずりの男にだまされて、お前が生まれた。じゃまで仕方がない』と毎日のように言われて……」

そこまで聞けば、その後の人生は大体想像がつく。小学四年生の時、母が男を作って駆け落ちし、恭子は遠い親戚に引き取られた。そこでもじゃま者扱いされたが、何とか中学校を卒業し、江東区内の工場に就職する。

けれども、都会は誘惑が多い。やがて彼女は会社を辞め、夜の街で働き始めるが、親の愛情、特に父親からの愛に飢えていたせいか、年上の男性とばかりつき合い、結局、もてあそばれたあげくに捨てられてしまう。

「美津男ちゃんの実の父親も十五歳年上だったそうです。袴田はさらに四つ上ですが、『あの人だけはほかの男とは違った。赤ん坊を飢え死にさせたくない一心で体を任せたが、私たち二人を大事に思ってくれ、ちゃんと籍も入れてくれた』……恭子さんがそう言っていました」

「袴田のやつも家族の縁が薄かったからなあ。二十歳を過ぎた頃、明石へ帰って別れた弟や妹を捜したが、まったく消息が知れなかった。被害づけで関西まで足を延ばした時、そんな話を聞かされたよ。

それにしても、自分の家へ押し入ってきた泥棒と所帯をもったと聞いたから、どんな女傑かと思ったら、ごく普通の……むしろ弱々しい感じだよな、恭子さんという女《ひと》は」

「本当に。そもそも、『転宅』じゃないんですから、普通なら考えられませんよね」

「うん。『転宅』と言えば、今日、寄席で馬八師匠が……いや、そいつはまた今度にしよう。袴田の女房について話してるんだから」

「はい。恭子さんの印象は、私も同じです。どちらかといえば男性に依存するタイプで、『私は何でもあの人の言いなりでした。もし仮に〈盗みの手伝いをしろ〉と言われれば、素直に従っていたでしょう』。そんな言葉を覚えています。

恭子さんの袴田に対する愛情はどう見ても本物で、『ここで私が〈うれしかった〉などと言えば叱られるでしょうが、血のつながりのない美津男の命を本気で救おうとしてくれたことには感謝しています』と涙ながらに言われ、もらい泣きしてしまいました」

「なるほどなあ。いや、気持ちはわかるよ。母親として当然だろう」

「恭子さんは本当に気の毒で、先週の金曜の午後、病院で倒れてしまったそうです。息子さんの看病疲れですね。そのまま入院して、退院されたのが一昨日。面会に来られる程度には快復されたようですが、心中、察するに余りあります」

「それでよけいに弱々しく見えたのか。袴田のやつもそんないい嫁さんがいながら、ほかにやりようがなかったのか……まあ、いまさらそんなことを言っても始まらない」

平林は気を取り直し、温くなったコーヒーをすする。

「実は、五日前の窃盗事件についてもろくに話を聞いてないんだ。手数をかけて悪いが、概要を説明してくれないかな」

7

今年は閏年《うるうどし》なので、五日前は二月二十五日、月曜日。千代田区霞《かすみ》が関《せき》の警視庁通信指令センターに事件発生を知らせる一一〇番通報が入ったのが午後四時十二分。そこからすぐに所轄の神楽坂署をはじめ、現場周辺の交番、パトカーなどへ無線指令が送られた。

現場の住所は新宿区白銀町《しろがねちょう》で、南を神楽坂、西を赤城元町《あかぎもとまち》と接している。ここに春は花見、夏には子供たちの水遊びで賑わう小さな公園があり、その北側の住宅地の一角に事件の舞台となった木造二階建てアパート『第一白銀コーポ』があった。

空き巣が侵入したのは二階東端の二〇一号室で、住人は美容師の笠原美華《みか》さん、二十九歳。しかし、事件当時彼女は不在で、窃盗犯を取り押さえ、警察へ通報したのは、たまたま訪れていた彼女の祖父・伝四郎氏である。

「……ふうん。しかし、袴田のやつもついてないなあ」

説明の途中で、平林は思わずつぶやいた。

「女性の一人暮らしだと踏んで空き巣に入ったら、運悪く柔道の猛者《もさ》がいたってわけか」

「私も全然知りませんでしたが、笠原先生って大の猫好きらしいんです。まあ、道場での姿からは想像もつきませんが……」

優子が口元をゆるめる。武術の達人と猫の取り合わせは、確かに少し奇妙だ。

「けれども、奥様が猫嫌いなので、自宅では飼えない。欲求不満が高じていたところへお孫さんが三毛の子猫を拾ったと聞き、ちょくちょく遊びに行っていた。五日前もその子猫とこたつで一時間ほど昼寝して、目を覚ましたら、室内にあやしい人影。すぐに飛び起きてつかまえ、一一〇番に電話した。抵抗は一切されなかったそうです」

「なるほど。そのあたりの神妙さは昔のままだ。相手にけがでもさせたら大変だからな」

強盗致傷罪は罪が重く、無期または六年以上の懲役と定められている。

「次に、なぜ袴田義介が白銀コーポの二〇一号室に目をつけたのかという点ですが……」

「それは聞かなくても大方《おおかた》、見当がつくよ。やつのオカボレは独特だからな」

「えっ……？　オカボレって、何ですか」

「古い符牒だから、知らないのも無理はない。泥棒がやる下見のことさ。袴田は闇雲《やみくも》に歩き回って、かぎのかかってない小窓を探す。一軒家でもアパート・マンションの二階、三階でもおかまいなし。プロが見ると、ほんの少しのずれで、すぐわかるんだそうだ。

窓ガラスを割らずに入って、室内を荒らさず、開けた箪笥の引き出しなども完璧に元通りにしてから逃走する。それがやつの流儀だ」

「そうらしいですね。ずいぶん行儀がいいなと思いましたけど」

「別に行儀がいいわけじゃなくて、目的は事件発覚を遅らせることだ。うまくいけば、どこか違う場所に置き忘れたかと思い、被害者が警察へ通報しない可能性だってあるからな」

袴田義介の自供によれば、第一白銀コーポ二〇一号室に目をつけたのは事件の四日前、二十一日、木曜日。小窓の未施錠に加え、アパートの裏側に高いブロック塀があり、隣家の庭木が絶好の目隠しになる点も気に入ったらしい。

そして翌朝、袴田は出勤する笠原美華さんを尾行して、勤務先が御茶《おちゃ》ノ水《みず》駅前の美容院で、定休日が火曜日、さらには彼女がすでに勤務歴十年近いベテランで、独身だということまで探り出した。

それなら結構な大金をため込んでいるはずだし、火曜以外の昼間なら部屋は無人。これは絶好の獲物だと考え、月曜の午後になって犯行に及んだ。土日を避けた理由はアパートの他の住人の眼を恐れたためである。

「自供によると、犯行時刻は午後三時半頃。裏の雨樋を伝って二階へ上がり、採風小窓から侵入しました。ちなみに、犯行時には必ず地下足袋を履くそうですね」

「樋や水道管を伝って登る際、手はあくまでも添えもので、足の親指に力を込めると聞いた。地下足袋は親指が自由に動くからな。今回、腰道具はつけていなかったのか」

「逮捕時、特に所持品はなかったようですが……そもそも、腰道具って何です？」

「昼間に仕事をする空き巣は、現場周辺で近隣住人に出くわすことが多い。そんな時に備えて、例えば背広を着て鞄を提げ、セールスマンを装ったりする。袴田は庭師に化けるのが得意だった。服装は脚半《きゃはん》に手甲《てっこう》、乗馬ズボン。腰に鋸や剪定《せんてい》バサミを差した革ベルトを巻くが、これを腰道具と呼ぶんだ。たぶん、いったん足を洗った時に捨ててしまったんだろうな」

二〇一号室の間取りは、玄関を入ると三畳の台所、左にトイレと浴室。その先が四畳半、さらに六畳の和室。ベランダやバルコニーはついていない。独身女性の住まいとしては質素だが、美華さんには自分の店をもつという夢があり、そのために生活を切りつめ、開店資金を蓄えてきた。つまり、金があると睨んだ空き巣の眼に狂いはなかったわけだ。

首尾よく室内へ侵入した袴田は六畳間から物色を開始。洋服箪笥や押し入れを探ってみたが、めぼしいものがなかったので、部屋を元に戻し、今度は四畳半へ。ところが、襖を開け、袴田は驚愕する。

「そりゃ驚きますよ。美容院の定休日まで調べ、無人と信じて入った家に人が寝ていたわけですから。『万一、向こうが起きちまえば一巻の終わり。尻尾巻いて逃げようかとも考えましたがね』」

　と、ここで優子は突然直接話法に切り替え、口調までまねをする。

「『ここが踏ん張りどころだと思い直し、盗人の秘伝を出すことにしました』」

「秘伝？　また大仰な……で、中身は何なんだ」

「寝ている相手の呼吸と自分の呼吸を一致させることだそうです。『吐く息、吸う息をぴったり合わせる。そうすりゃ、めったなことじゃ目を覚ましませんよ』。笠原先生は『わしも焼きが回った』と嘆いていらっしゃいましたが、まあ、泥棒も秘術を尽くしたわけですし、猫を抱いてこたつで寝ていれば、感覚だって鈍くなりますよね」

「達人の弱点は猫というわけか。盗まれたのは預金通帳なんだろう」

「はい。現金などの盗難はありません。呼吸を乱さないよう細心の注意を払いながら物色を続け、七段の和箪笥の上から二段めの引き出しに銀行の通帳と印鑑が入っているのを見つけました。

　こちらに収納されていたのは主に衣類で、セーターや肌着などの下に隠しておいたのだそうです。残高を確認すると、三百五十万あまり。心の中で万歳しながら原状復帰を済ませ、六畳間へ行き、振り返って襖を閉めようとした時……」

「そこで、柔道七段と眼が合ったってわけか。音を立てたのがまずかったんだろうが、開けっ放しで窓から脱出するには勇気がいる。あと一歩だったなあ」

「何だか主任、被疑者を応援していらっしゃるみたいですね」

「応援なんかしちゃいないが、秘伝まで駆使したと言われれば気の毒にはなるさ」

「ごもっともです。今回は被疑者が何もかも包み隠さずに自供してくれたので、取り調べは楽でした。盗んだものも通帳と印鑑だけですし……あっ、しまった」

優子が両眼を見開き、口元に手をあてる。

「すみません。実はもう一品ありました。シーモンスのソフトビニール人形がジャンパーのポケットに入っていたんです」

「えっ、シー、モン……何だって？」

「シーモンス。シーゴラスの妻のシーモンスです。西イリアン諸島の伝承に『シーモンスをいじめるな。シーモンスをいじめれば角《つの》光り、シーゴラスも怒る。海も、天も、地も怒る』というのがあって……」

平林は面食らってしまった。相手が何を言っているのか、さっぱりわからない。おそらく、こういうところが変わり者と評される所以《ゆえん》だろう。

いったん黙らせて、順序よく説明するよう促し、何とか理解した内容は……シーモンスは『帰ってきたウルトラマン』に登場する四足歩行型の怪獣で、西イリアン諸島という架空の土地に生息し、繁殖期に必要な鉱石を求めて日本近海へとやってきた。

これに対し、MAT（怪獣攻撃隊）は静観を主張するが、自衛隊が攻撃を始めたため、怒ったシーモンスは夫のシーゴラスを呼び寄せ、東京は壊滅に瀕し、ついに郷秀樹《ごうひでき》隊員がウルトラマンに変身する……。

「要するに、怪獣の人形を盗んだってわけか。またおかしなものを……いや、変ではないか。入院中の義理のせがれへの土産だったとすればな」

「はい。美津男君は大の怪獣ファン。特にこの二頭がお気に入りで、シーゴラスの人形を買ってもらい、大事にしていたのですが、シーモンスの方は探してもなかなか見つからない。それが洋服箪笥の上に置かれていたので、つい手が伸びてしまったそうです」

『帰ってきたウルトラマン』は今から十年近く前のテレビドラマだが、その後、くり返し再放送されているので、幼稚園児のファンがいても不思議ではない。

優子は手帳とペンを取り出し、ご丁寧にイラストまで描いてくれた。それによると、シーモンスはステゴサウルスに似た緑色の体とワニのような頭部、巨大な角をもっていた。

「ふうん。じゃあ、笠原美華さんも怪獣ファンだったのかな」

「いいえ。それは違います。美華さんには五歳上のお姉様がいて、その息子さん……つまり甥っ子が前日の日曜に遊びに来て、忘れた物がそのままになっていた。ご本人は怪獣にはまったく興味がないそうです」

「なるほど。だけど、お前さんは怪獣好きなんだろう。それだけ詳しいんだから」

「えっ？　いや、別にそういうわけでは……」

口ごもった優子は困惑した表情になると、

「私の場合、別に好きでなくても、テレビの内容が頭にこびりついてしまうことがよくあります。それがむしろ邪魔になることも多いのですが、忘れる方法がわからないので……」

優子の記憶が常人と異なることはすでに理解していたが、どうやら自分でももて余している部分があるらしい。

「わかった。まあ、ちょっと切ない話だな。とにかく、お前さんのおかげで全貌が呑み込めた。これで安心して次のヤマにかかれるよ」

「署長指揮の殺人事件がようやく解決したのに、もうですか。ちなみに、今度は？」

「だから……ほら、例のあれさ」

とたんに平林は顔をしかめ、小さなため息をつく。

「都議会議員様が頭を殴られ、大けがしただろう」

「あ、はい。抜弁天《ぬけべんてん》で……あれ、袴田の事件と同じ日でしたよね」

「うん。時刻までほとんど同じだ。何しろ大物だから、うちの係長がえらく本気で、地取り、鑑取り班の尻を叩いたんだが、肝心の被害者《マルガイ》が事情聴取に応じられない状態ではなかなか方向が定まらない。捜査は続けているが、だんだん様子見に近くなってきてるな」

「その捜査に、主任も加わるわけですか」

「うん。因果なことに、宮瀬《みやせ》というその議員様とたまたま面識があったんだよ。奥さんの証言で、それがばれてしまった」

「へえ。さすが顔が広いですねえ。都議会の重鎮とお知り合いだったなんて」

「いやいや。大した知り合いじゃない。そもそものきっかけは半年前の落語会で……」

その時、「定吉《さだき》っつぁんはいないか」という声とともに、近づいてくる足音が聞こえた。

「あ、はい。課長、ここです」

返事をすると、すぐに衝立の陰から捜査一課長の並河康雄《なみかわやすお》が顔を出す。年齢は五十歳で、禿げた頭に赤ら顔、丸い眼に団子鼻。職場を離れれば平林のいい飲み友達でもあった。

「あ、ああ……よかった。ここに、いたのか」

並河はひどく息を切らしていた。

「どうされたのですか。そんなにあわてて」

「例のヤマ、だよ。たった今、連絡が入ったんだが、宮瀬先生が、君に会いたいと言ってるそうなんだ。事件当時の……記憶を取り戻したらしい」

8

「……まいりましたねえ、主任。連絡を受け、駆けつけてみると、これなんですから」

軽く舌打ちをしながら、上山博文がぼやいた。そして、薄暗い天井を仰ぎ、

「一昨日、いったん目が覚めたものの、その時はとても話が聞ける状態じゃなかった。今日は向こうからのご指名なので、今度こそはと思ったのですが……」

「まあ、仕方ないさ。いったん三途《さんず》の川を渡りかけたお人なんだから」

平林が言った。二人がいる場所は西武新宿《せいぶしんじゅく》駅前にある都立総合病院、脳外科病棟のナースステーション脇の休憩スペースだ。廊下の向かい側には五二七号室のドア。そこは特別室で、事件の被害者が入院していた。

「比較的時間をかけて拡大する硬膜外血腫とは違い、急性硬膜下血腫は頭部に外傷を受けた直後から脳が圧迫されるからな。宮瀬さんの場合も受傷した直後、発見された時点で意識が混濁し、すぐ昏睡状態に入ってしまった。

それでも、運がいい方なんだぜ。すぐにここへ搬送され、専門医の開頭手術を受けるこ

とができた。血腫を取り除き、止血できたから命が助かったんだ」

話題の主のフルネームは宮瀬康将《やすまさ》で、年齢が六十七歳。都議会の副議長を務めている。確かに大物だが、平林の場合、趣味で知り合った関係上、さんづけの方がしっくりくる。ただし、儀礼上、面と向かっての会話ではもちろん『宮瀬先生』と呼んでいた。

「ですが、マルガイは主任の職業が刑事だとわかった上で呼んだはずで、それは事故当時の記憶が戻った証拠ではないでしょうか」

「確かにその可能性はあるが、また眠っちまったんだからどうしようもない。時計は……八時を過ぎたな。引き上げたとたん、また起きると面倒だから、もう少し粘るか」

「はい。そのつもりでした。主任とのペアだと、いろいろなことを教えていただけるので、本当に勉強になります」

「世辞を言わなくてもいいよ」

「お世辞だなんて……そんなもの、自分は大嫌いです。平林主任のことを心から尊敬していますから」

気色ばんだ後輩を見て、平林は笑いを噛み殺し、心の中でつぶやく。

（こいつも若干変わってるなあ。堅いのは結構だが、堅すぎる……ああ。これ、『明烏《あけがらす》』で堅物のせがれを嘆く親父の台詞だ。警官だから正義感が強いのは大いに結構だが、杓《しゃく》子定規《しじょうぎ》で融通が利かない。なかなかの美男子だから、署内の婦警たちに人気があるが、落語の言い草だと、石部金吉金兜《いしべきんきちかなかぶと》。相手にする気がないらしい）

　上山は東京都中央区の生まれ。身長百六十二センチと小柄だが、均整の取れた体つきをしていて、中学・高校時代には卓球に打ち込み、全国大会にも出場した。外回りばかりさせているのだが、日焼けしない体質なのか、捜査課の中では一人だけ肌が白く、くりっとした両眼がやさしげな印象だ。それでは押しが利かないというので、頭は五分刈りだが、やや童顔のせいもあって、『高校の野球部員に間違われる』と以前ぼやいていた。

「あと、マルガイの職業……というか、議員とは別の本業がどうもよくわからないのです。不動産屋だと聞きましたが、私立高校の校長だという話もあって……」

「不動産屋はその通りだが、校長は間違いで、理事長。つまり、オーナーだ。俺も最初、紹介されて頭が混乱したよ」

　宮瀬康将は新宿区新宿六丁目に本社を構える宮瀬不動産の社長で、都心に何棟もビルを所有する一方、千葉県や埼玉県内で宅地や別荘地の分譲も行っている。中堅不動産業者と言っていいだろう。

　そんな宮瀬が中野区新井《あらい》二丁目にある私立高校のオーナーになったのは、今から二十年ほど前。前理事長の死後、経営危機に陥った学校法人の借入れ金をそっくり肩代わりしたのだ。それまでは、教育とはおよそ無縁な人生だった。宮瀬のこの行動は周囲を驚かせたが、実は深謀遠慮に基づいていて、その三年後、彼は教育・子育て問題に関する公約を掲げて都議会議員選挙に出馬し、見事当選を果たした。現在、五期めに入っている。

「……なるほど。さすが辣腕《らつわん》ですね」

「経営者としてプロ中のプロだからな。中野の高校もその後は経営が順調らしい。副議長様にもなれて、順風満帆……そこへ降りかかってきたのが今回の災難だ」

事件の経緯は以下の通り。二月二十五日午後四時五分、新宿区余丁町《よちょうまち》にある厳嶋《いつくしま》神社の境内で、男性が頭から血を流し、うつぶせに倒れているという一一九番通報が、たまたまそこを通りかかった近所の住人からあった。

厳嶋神社は八幡太郎《はちまんたろう》こと源義家《みなもとのよしいえ》の創建と伝えられる古社で、義家が苦難を切り抜けた伝承と、境内の参道が南北に通り抜けできることから『抜弁天』の愛称で親しまれている。宮瀬議員は左側頭部を鈍器のようなもので強打され、皮膚に裂傷があり、かなりの量の出血が見られた。その時点ですでに意識が混濁し、声をかければ返事はするものの、意味のある受け答えはできず、救急車到着の直後、昏睡状態に陥った。

それから間もなく、パトカーも現場に到着し、集まってきた人たちの証言で、被害者が都議会の重鎮であることが判明し、大騒ぎになったのだ。

「左側頭葉は記憶や言語を司る部位だから、危機を脱したあとも意識がぼーっとした状態が続き、医者から『無理をすればパニックを起こす。自然に思い出すのを待て』と釘を刺されてしまった」

「そのせいで、マルガイ本人から話を聞けず、手探りの捜査が続いたわけですが、地取りの結果は芳しくありませんね。あの場所なら誰かいそうなものですが……」

問題の神社は団子坂《だんござか》と余丁町通りが交差する地点にあり、すぐ近くに『抜弁天』というバス停もある。参拝客を含めた人通りも多いが、有力な情報はなかなか得られなかった。

唯一、犯人らしき人物を目撃したのは発見者である五十一歳の主婦で、彼女は参道を団子坂方面へ走り去る男性の後ろ姿を見たという。ただし、その人影はすぐ鳥居や樹木の陰へ隠れてしまったため、着衣が黒で、長身だったことが証言されただけだ。

ちなみに、被害者の自宅マンションは現場から西へ二百メートルほどのところに位置し、弁財天《べんざいてん》の第一のご利益は金運向上と商売繁盛であるため、休みが取れた日の午後には散歩を兼ねてここに参拝し、鯉の泳ぐ弁天池の周囲に配された庭石に腰を下ろして煙草を一服吸うのが習慣だったという。倒れていたのがまさにその場所で、犯人は背後からそっと近寄り、いきなり被害者の側頭部を殴打したと推定された。

「財布がポケットに残っていましたから、物盗りの線は薄いし、だからといって、流しの犯行とも考えづらいですよね。ただ、鑑取り班の報告によると、本業の不動産関係では相当悪どいことをして伸《の》し上がった人みたいで、だいぶ他人の恨みを買ってますねえ」

「生まれは茨城県の北の端だと聞いた。田舎の農家の三男坊が裸一貫で上京し、一代で財を築いたんだから、かなり荒っぽいこともしたんだろうな」

「議員に当選して以降、表立った動きは控えているようですが、被害を受けた側には黒幕が誰か自然と伝わりますから。川端係長が呆れてましたよ。『これだけ選《よ》り取《ど》り見取りだと絞るのが一苦労だ』と言って……主任は宮瀬議員とお親しいのでしょう」

「別に親しくなんてないさ。最初《はな》、落語会の打ち上げで噺家さんから紹介され、その後、三回ばかり顔を合わせた。二人っきりで会ったことなんて、一度もない」

平林が親しく交際している落語家は正蔵師匠と馬八師匠だけだが、それ以外にもファンとしてなら、かなりの人数とつき合っていた。そのうちの一人が花山亭小喜楽《かざんていおきらく》師匠で、年齢が三十九歳。二代目花山亭喜円《きえん》師匠の弟子で、三年前に真打ち昇進を果たした。

芸風はやや地味だが、正統派で嫌みがない。昇進後、中野の貸し席で月例独演会を始めたと聞き、足を運ぶうち、会終了後の打ち上げにも時折顔を出すようになった。

そんな師匠から『あたしの後援会の会長さんです』と宮瀬康将を紹介されたのは一年ほ

ど前。都議会副議長という名刺をもらい、驚いたが、話をしてみると、特に落語好きというわけでもないらしい。

実は、小喜楽師匠は例の中野の高校の卒業生で、校内の恒例行事の一つである芸術鑑賞会に呼ばれた際、宮瀬と面識ができ、それ以来ご贔屓になっているのだそうだ。

事件現場の余丁町は神楽坂署管内の西の端にあたり、宮瀬の自宅や社屋のある地域は新宿署の管轄だが、それでも、平林が警察関係者と知ると、相手は露骨に興味を示した。平林がこの会へ行くのをやめたのも、顔を合わす度に脇へ呼ばれるのが嫌だったからだ。

一度だけ、宮瀬が打ち上げに夫婦でやってきたことがあり、そのせいで、事件後の聴取の中で平林の名前が出たのだ。

「まあ、奥様にすれば、捜査関係者の中に顔見知りがいるというだけで、多少は心丈夫だったんだろうな。それはそうと……お前さん、落語は好きか」

事情を簡単に説明したあとで、平林が尋ねた。これまでは指導役という立場上、こういう質問がしづらかったのだ。

「いや、残念ながら、ほとんど聞いたことがありません」

ほぼ予想通りの返事だったので、さっさと次の話題へ移ろうとした時、

「ただ、そのう……実は去年の暮れに父方の祖父の二十三回忌があったのですが、その時、

祖父の妹から、『若い頃、二年ほど落語家をしていて、今の林家正蔵師匠の弟《おとうと》弟子《でし》だった』と聞かされました」

意外な事実を知って平林は仰天し、「芸名は教えてもらわなかったのか」と尋ねると、『扇遊亭金十《せんゆうていきんじゅう》』という答え。

「ははあ。そりゃ、間違いない。稲荷町の最初の師匠は三遊亭三福《さんぷく》といって、のちに三代目圓遊を襲名した師匠だが、一時、扇遊亭金三《きんざ》という名前で高座に出ていた。その頃に弟子入りしたんだろうな。ただ、お前の実家は人形町《にんぎょうちょう》の洋食屋だろう。まだ寄らせてもらったことはないけれど……」

「はい。創業は明治で、今は父と兄が経営しています。落語家修業中に初代である曽祖父が倒れたため、祖父は泣く泣く廃業して店を継いだと大叔母から聞きました」

「ははあ、なるほど。そういう事情だったのか」

「ですから、こんな場所で言うことではありませんが、主任は正蔵師匠とおつき合いがあると伺いましたので、もし機会があれば、私を連れていっていただけませんか。当時の祖父……上山栄吉《えいきち》という名前ですが、その話を伺いたいのです」

「うん。お安い御用だ。それなら、近々――」

「あのう、お話し中、申し訳ありません」

階段の方から近づいてきた人物が口を開いた。

「ひょっとして、お二方、警察の関係者でしょうか」

9

振り返ると、そこに立っていたのは背の高い男性。身長が百八十センチ近くあり、紺のスーツを着て、コートを小脇に抱えていた。

二人は立ち上がり、とりあえず会釈をして、

「はい。神楽坂署刑事課の平林と申しますが……」

「やはりそうでしたか。お疲れ様です。申し遅れましたが、私《わたくし》、こういう者でして」

差し出された名刺には学校法人名と高校名に続き、『理事長付秘書　朝倉敏志《あさくらさとし》』と記されていた。

「ああ。宮瀬先生の高校の……理事長付というのは、どのようなお立場なのでしょう」

「言葉の意味は『理事長直属の』でしょうが、正直、どんな立場なのか、自分でもよくわかりません」

朝倉が笑いながら軽く首を振る。

「普段、宮瀬はめったに高校に来ませんから、連絡係兼雑用係として置かれているわけですが、それだけでは給料分に足りないので、講師として政治経済と日本史を教えています。机も事務室と職員室の両方にあり、陰では『理事長のスパイ』と言われてますよ」

　年齢は二十八、九だろうか。面長で鼻筋が通り、顎の線がシャープ。時代劇の二枚目のような顔立ちだ。ただし、髪は今風に長く伸ばし、額の真ん中で分けていた。

「スパイは冗談だとしても、そういうお立場なら、さぞご心配でしょうね。あっ、そうだ。今日は三月一日。卒業式当日ではなかったのですか」

「いいえ。本校は例年三月五日に挙行しています。今の状態では理事長の出席は無理でしょうが、副理事長格の校長は別に式辞があるので、残りの理事のうち誰が代理で祝辞を言うかで、実はちょっともめています。こちらで勝手に人選すると、あとで宮瀬に叱られるし、そうかといって、このまま保留にしていると準備が……何しろ、うちの理事長はワンマンですから」

　うんざりした表情を浮かべたのを見て、二人の刑事はそっと視線を合わせた。

(ひょっとすると、これは盲点だったかもしれないぞ。瓢簞《ひょうたん》から駒の可能性がある)

　鑑取り担当の捜査員の中で、誰か高校まで出向いた者がいるはずだが、何一つ話が聞こえてこないところを見ると、通り一遍の聞き取りに終始した可能性が高い。だとすれば、ここでうまく調子を合わせ、理事長秘書から情報を得るのは、今後のために有益なはずだ。

そこで、朝倉をソファの端に座らせ、平林から探りを入れてみることにした。表向きは雑談なので、上山もちゃんとそこを理解し、手帳を取り出したりはしなかった。

話によると、朝倉は茨城県久慈《くじ》郡大子町《だいごまち》の出身で、被害者とは同郷だそうだ。

（大子町か。日本三名瀑《めいばく》の一つに数えられる袋田《ふくろだ》の滝で有名な場所だ。そういえば、まだ少し土地のなまりが残っているな）

「地元の県立高校から都内の私大の政経学部に入学しましたが、卒業後、就職が決まらず、ぶらぶらしている時、田舎の親戚から『宮瀬先生が秘書を探している』と言われました。てっきり議員秘書だと思って応募したのですが、面接で私が社会科の教員免許をもっているのがわかると、そこから話が変な方向へ……困ったなとは思いましたが、仲介してくれた親戚の顔をつぶすわけにはいきませんからね」

やはり現在の立場に不満があるらしい。その方が探りを入れるには好都合だ。ちなみに、彼は今年三十一歳で、宮瀬議員に雇われたのは八年前。ただ、身分はまだ不安定で、秘書も学校の講師も年度ごとの更新だという。

「あのう、先ほど、卒業式の祝辞を誰が言うかでもめているとおっしゃいましたが」

頃はよしとみて、平林が注意深く切り出した。

「校内のもめごとはそれだけでしょうか。ひょっとして、何かほかにもあるのでは？」

世間話からは明らかに逸脱した質問だ。これに対し、朝倉は少しの間黙り込んでから、

「事件から明日で一週間になりますが……捜査の進捗状況はどうなのでしょうね」

脇にいた上山がぎょっとした顔で、平林の方を見る。

（なるほど。交換条件というわけか。どうも、うさんくさいところがあるなあ、こいつ）

「何だか、政経の授業で先生から質問されたみたいですねえ」

平林はとりあえず、相手をそういなしてから、

「守秘義務という厄介なものがあるので、はっきりとは申し上げられませんが、少なくとも犯人の目星はまだついていません。何しろ不動産会社社長として悪評紛々《あくひょうふんぷん》ですから、危害を加える可能性のある人間を容易に絞りきれないのですよ」

「それは、まことにごもっともですね」

朝倉は苦笑しながら、二、三度うなずく。

「私はそちらの業務には関わっていませんが、それでもいろいろと聞こえてきます。率直に打ち明けてくださったので、こちらも正直なところを申し上げましょう。

うちの高校は一学年普通科五、商業科四というクラス編成で、偏差値は都内の私立で中の下といったところです。商業科ではすでにコンピューターを導入していますし、部活動

も盛んで、今年度も二種目でインターハイに出場しました。理事長交代後、募集倍率も上がり、経営状態は改善されたのですが……」

朝倉はふと言い淀むと、辺りを見渡してから、少し声を潜め、

「ただ、議員などしているせいでしょうが、入学や転入試験に理事長枠があって、訳ありの問題児が紛れ込んできます。自分の支援者などの依頼により、通常なら退学になるような生徒を引き受けてしまうんですね。

こいつらが実に厄介で……昨年度は三人、本年度は二人の同僚が連中のせいで心を病み、退職に追い込まれています。有力者である親からクレームがあれば、理事長は完全に向こうの味方ですから、やってられませんよ」

「確かに、それはたまりませんね。そんな状態では人材が他校へ流出してしまうでしょう」

「まあ、給与水準は私立の中では高い方なので、かろうじてもっています。あと、私のように地縁・血縁で縛られ、逃げるに逃げられない立場の者も多いのです。それでも、今年、私と同じようないきさつで雇用された同郷の教員が一人退職してしまい――」

その時、向かいのドアが勢いよく開き、つき添っていた被害者の妻が顔を出した。

「刑事さん……あの、急いでください」

彼女はソファにかけていた平林を認めると、あわてた様子で手招きをする。

「あ、はい。何でしょう？」

「主人が目を覚ましました。あなたとお話がしたいそうです」

夫人に案内され、五二七号室へ足を踏み入れる。特別室だけあって、通常の病室よりはるかに広く、仕事用のデスクはもちろん、応接セットやキッチンまで完備していた。

奥の窓際にはキングサイズの介護用ベッドがあり、宮瀬康将が横たわっていた。その両脇には点滴台や脈拍・血圧測定のための機器が置かれ、管や線がベッドの中まで通じていた。脇には看護婦も一人控えている。

「あなた、平林さん。わざわざおいでくださったのよ」

ベッドの上の宮瀬はさすがにやつれきっていた。いつもはオールバックに整えている髪がひどく乱れ、肌も土色。もともと、えらの張ったいかつい顔で、鋭い眼光がエネルギッシュな印象だったのだが、眼の輝きは失われ、唇もだらしなく開いている。

それでも、夫人の言葉に反応し、針が刺さったままの左手を毛布の外へ出すと、

「刑事さんが……あ、あの、起こすてくり」

平林ははっと息を呑んだ。以前は生粋の東京人としか思えなかった宮瀬の言葉が、別人のようになまっていたからだ。『オコシテクレ』が完全に『オコステクリ』と聞こえる。

「先生、大丈夫ですか」

急いで枕元まで歩み寄る。大人数が病室に入るのはまずいと思ったらしく、上山はドアのところで待機していた。

「まだご無理はされなくて結構です」

「い、いや、大丈夫《でいじょぶ》。あの、ほら、ヌケベンテで……」

懸命に唇を動かすが、なかなかうまく言葉が出てこない。

「あ、はい。先生が頭にけがをされた抜弁天、厳嶋神社ですね」

「うん。あすこで、座って煙草さ吸ってたら、すぐ後ろで、『何《あん》てことしやがる。お前《み》のせいだ』ってささやく声が……お、起こせ。早くすろ！」

癇癪《かんしゃく》を起こしたのは、たぶん、真上へ向かって話すと、顔へ自分の唾がかかるのが不快だったのだろう。夫人がなだめようとしたが、ますます感情を高ぶらせるので、仕方なく看護婦がスイッチを操作し、リクライニング機能で上半身を起こす。

「大丈夫ですか。それで、背後で声がしたのはわかりましたが、そう言った相手……つまり、犯人の姿を、その時、先生はご覧になったのですか」

「……あ、あいつだ」

「え？　あいつって、一体……」

宮瀬議員の視線は平林の肩越しに何かを捕らえている様子。驚いて振り返ると、病室のドアが開けっ放しで、入口に二人の人物が並んで立っていた。

「あいつ……朝倉に、やられた。俺《おら》ははっきり見たんだ！」

10

捜査取調室は刑事課の奥に四つ並んでいて、室内はほぼ同一。狭い部屋の中央にスチールデスクが置かれ、担当する刑事と被疑者用のパイプ椅子がそれを挟む。入口脇の壁際にもデスクと椅子があるが、これは取り調べの補助者用だ。窓には鉄格子がはまっていた。

時刻は午後十時四十分。平林にとっては実に長い一日で、今日の午後、神楽坂倶楽部で『転宅』や『おかめ団子』を聞いたのが信じられない気さえした。

「朝倉さん、何度も申し上げますが、警察の捜査は政治的権力などに左右されません」

刑事課から最も近い取調室。担当は平林で、補助者として上山が控えていた。

「宮瀬先生は都の大物議員ですが、だからといって、我々は彼の言い分を鵜呑《うの》みになんかしない。いきなりあなたを名指しした時には驚きましたが、よくきいてみると、若干曖昧な部分もありますしね」

『朝倉にやられた。俺ははっきり見たんだ』。被害者本人による爆弾発言で、事件は一気に解決へ向かうかと思われたが、改めて確認してみると、どうもあやしい。

『では、襲われた時、犯人の顔を見たのですね』

『い、いや、顔は、その……』

最後まで否定も肯定もしなかったが、どうやら逃げていく後ろ姿を目撃しただけのようで、だとすれば、背が高く、長めの髪の男性なら、取り違える可能性が充分あり得る。

しかし、宮瀬議員は朝倉が間違いなく犯人だとくり返し、『クビにされたのを恨んで、あんなまねをしたんだ』とさらに衝撃的な事実を口にした。

これに対して、朝倉が『私はクビになどなっていません』と主張すると、宮瀬は激昂し、『教頭を呼んで、刑事さんたちに説明させろ』という意味のことを言ったが、そこで看護婦が『これ以上、興奮させると危険です』と割って入り、事情聴取は中止となった。

その後、二人の刑事は朝倉敏志を任意同行し、署へ戻ってきた。今、彼は椅子に深くかけ、じっとうつむいている。

「教頭先生から先ほどお話を伺いましたが、あなたの現在の身分については病室でおっしゃった通りで、もちろん解雇などされていません」

平林はそこでいったん言葉を切り、相手の顔を覗き込みながら、

「お立場上、理事長さんを表立っては非難しづらいのでしょうが、横暴ぶりに困惑している様子が伝わってきましたよ。朝倉さんとのトラブルの原因も説明していただきましたが……いやはや、とんでもないですね。あなたが話したがらなかったのも無理はない」

教頭は別に呼んだわけではなく、向こうから来たのだ。週末を含め、毎夕の見舞いを欠かさないらしい。おどおどした態度がいかにも小心者といった印象で、理事長と秘書とのトラブルの原因を尋ねられると、かなりためらってから、渋々語り出した。

説明によると、去年四月、宮瀬議員の選挙後援会幹部の孫が二年生へ転入してきたのだが、他校で深刻な問題を起こしていて、素行がよろしくない。

先月十五日から四日間、学年末考査が実施され、二十一日の木曜日に朝倉講師はその生徒がいるクラスで日本史の答案を返却した。ところが、解説に移ろうとした時、件《くだん》の男子生徒がさっと手を挙げ、『先生、僕だけ名前を呼ばれませんでした』と言い出した。

朝倉には確実に返した記憶があったため、取り合わないでいると、仲間の男子数人が『変だ。呼ばれていない』などと言って騒ぎ出し、収拾がつかなくなった。

授業を中断し、職員室へ戻った朝倉から事情を聞いた教頭はさすがに呆れ、問題の生徒を呼んで、正直に話すよう促したのだが、『先生が答案を紛失したのをごまかしている』と声高《こわだか》に主張し、譲る気配がまったくない。

結局、扱いに困った教頭が校長、さらには理事長へと報告を上げ、翌日の午後、生徒の祖父を伴った宮瀬がついに登場。朝倉を理事長室に呼び、『記憶に間違いがないとは断言できないだろう』『手渡した証拠があるのか』などと理不尽に難詰し、朝倉が反論しようとすると、『俺に恥をかかせる気か。お前はクビだ』と言い放ったという。

『実に幼稚な手口で、そんな詐欺紛《まが》いの要求に屈してしまえば、学校の秩序は崩壊してしまいます』

もう定年間近と思われる教頭は憔悴《しょうすい》しきった表情で語った。

『理事長先生にはそこが理解できない。次の都議会議員選挙がいよいよ来年に迫っていますが、今回は同じ選挙区に強力なライバル出現という情報があり、そのことで頭は一杯。無理をしてでも、後援会幹部に恩を売りたいのでしょう。

朝倉先生に〈クビだ〉と言ったのも、単なるパフォーマンスに過ぎません。ただ、先生ご自身がそれをどう受け取ったのか、私にはわかりかねますが……』

「ねえ、朝倉さん。では、こうしましょう。この話題は終わりにして、宮瀬さんが襲われた時間帯、どこで何をされていたかを教えてください。アリバイが立証されれば、あなたは二度と疑われたりしませんから」

「……つまり、現状、あなた方は私を疑っているということですね」

　顔を上げた朝倉がそう言い、平林を睨みつけた。

「不愉快です。何もやましいことはしていないのに、被疑者扱いされるなんて」

（こいつは、なぜここまで非協力的なのだろう。もし本当にやましいところがなければ、虚勢を張る必要などないはずだが……）

「言葉尻を取るのはやめてください。あなたにとって、何の得にもなりませんよ」

　不信感が湧いたが、平林は冷静な態度を崩さなかった。

「ついさっき、教頭先生から受けた連絡によれば、あなたと同室の先生方からも一応電話で聞き取りをされたそうです。その結果ですが、事件当日、あなたは午後三時過ぎに職員室を出て、そのまま学校をあとにした。ただし、年休届は出していない」

「えっ？　そ、そんなことを言われても……」

　事実を告げられると、朝倉の態度が一変した。急におびえた眼になって、

「私の場合、理事長秘書という立場上、ほかの先生方とは違って、外で人と会うことも多いですから、外出先から直帰することも認められています」

「なるほど。だったら、その日、学校の外でどなたと面会されていたかを伺いましょう。勤務時間内の話ですし、別に隠す必要はありませんよね」

「い、いや、それは、そうかもしれませんが……」

動揺していることは明らかで、視線が定まらず、唇が微かに震えていた。ここだと感じた平林は一気に畳みかける。

「我々は朝倉さんの無実を証明したいんです。何か事情があるのかもしれませんが、どうぞご安心ください。あなたが事件と無関係であることが判明すれば、これから伺う話はすべて内密にします」

「あの、では……は、はい。わかりました」

深く息を吐き、肩を落とす。そして、不安げに二、三度まばたきしてから、

「実は、去年の夏に二年生で本校を退学した女子生徒がおりまして、二十五日は退勤後、その子のアパートへ行ったのです。あの、もちろん私はまだ独身ですし、真面目な交際をしているつもりですが……」

平林は心の中で『おやおや』と思った。『真面目な交際』とわざわざことわるのだから、おそらく、すでに体の関係もあるのだろう。元生徒は家庭的に問題があるため、現在は実家を出てアパートを借り、アルバイトで自活しているという。

（もし中退していなければ、今は三年生。誕生日によっては都の青少年保護条例違反になるが、そこを今、追及するのはよそう。ただ、仮に十八歳になっていたとしても、年がひと回り違うし、事が公になれば間違いなく校内で問題にされる。どうりで口が重くなるわ

けだ。交際中の相手では、すでに口裏合わせが行われた可能性もあって、信頼性に欠けるが……とりあえず、やむを得ないな)

「わかりました。では、その女性にあなたのアリバイを証言してもらえるわけですね」

「あの、そうじゃありません。それは無理なんです。彼女は留守でしたから」

「留守……？　つまり、五日前には会ってないのですか」

「はい。前の晩に電話して、『風邪で寝込んでいて、明日は仕事を休む』と聞いたので、差し入れを届けに行ったのですが、チャイムを押しても返事がありません。ドアをノックし、呼びかけましたが、それでも反応がなかったので、仕方なく帰宅しました。夜になって電話で話をしてみると、ちょうどその時間帯に病院に行っていたそうです」

「ふうん。それなら、隣の部屋の住人に差し入れをことづけたりとかは……」

「アパート内でのつき合いがないのを知っていたので、そんなことはしませんでした」

「つまり、誰にも会わなかった。それじゃあ、アリバイは立証できませんね」

「い、いえ、違います。ちゃんと一人会って、ほんの少しですが、言葉も交わしました。ただ、アパートの住人かどうかまでは……」

「ほう。どんな相手に会ったんです？」

「あまり長く部屋のドアも叩けないので、裏へ回ろうと……部屋は一階なので、窓のカーテンの隙間から覗けば様子がわかるのではと考えました。そうしたら、建物の角で鉢合わせをして、肩が触れたので、『あ、すみません』『いや、大丈夫』なんて会話を……」

「なるほど。あまりほめられた行為ではありませんが、それはいいとして……で、どんな風体《ふうてい》でした？」

「五十代くらいの男性ですが、身長が百五十五、六センチ。上下とも黒っぽい服を着て……そうだ。たぶん、出入りの庭師さんだと思います。地下足袋を履いていましたから」

「地下足袋を……あの、ちょっと待ってくださいよ」

平林の脳裏にある人物の姿が浮かんできた。

「朝倉さん、あなたの交際相手の方が住んでいるアパートの名前を教えていただけますか」

「地下鉄東西《とうざい》線の神楽坂駅を出て、東へ二百メートルほど進んだところに小さな公園があるんです。その裏手で……ええと、名前はたしか『第一白銀コーポ』です」

11

神楽坂警察署の留置場は本館の東側に隣接する円筒形の建物で、刑事課とそこをつなぐ廊下の左側に留置人用の取調室が三つある。

　翌日の午後五時過ぎ、平林はその一室で上山と向かい合っていた。

「さっぱり訳がわかりません。頭がこんがらがってきました」

　盛んに首をひねりながら、上山がぼやいた。

「朝倉敏志が二月二十五日の午後四時頃、白銀町のアパートで袴田義介と会っていた。もしそれが事実なら話は簡単ですが、どう考えてもそんなはずないし……」

「朝倉は確実に立場が悪くなってきている。まさか宮瀬があんなことを言い出すとはなあ」

　今朝になって、宮瀬議員は『犯人の顔を思い出した。朝倉に間違いない』と強弁し始めたのだ。ただし、裁判とは違って、捜査段階での偽証は罪に問われないので、警察に朝倉を逮捕させるため、嘘八百を並べている可能性も考えられた。

「まあ、現時点ではっきりしてるのは、白銀町で袴田に会った朝倉が余丁町で宮瀬を襲えないということだ。実験までやったんだから、これは確かだよな」

　厳嶋神社境内で倒れている宮瀬康将が見つかった時刻が午後四時二分頃。それから、すぐ近所の知り合いの家へ飛び込み、電話を借りたので、一一〇番した時刻は四時五分になった。通報した主婦が走り去る犯人らしき姿を目撃しているし、救急隊員や医師の見解も受傷直後の発見で一致しているので、事件発生時刻については疑問の余地がない。

　同じ頃、朝倉敏志は第一白銀コーポで『体が小柄で地下足袋を履いた庭師風の男』に会い、言葉を交わしたと主張している。その時刻について何度も確認したが、答えは『チャイムを押しても反応がないので、さてどうしようかと、とりあえず腕時計で時刻を確認したんです。あと少しで四時……三時五十八分か九分でした。はっきり覚えていますから、間違いありません』。

「二つの現場の間は直線距離でも二キロ、実際には二・五キロ以上あります。団子坂から大久保通りへ入るのが最短コースですが、途中、十五ほど信号があるので、三分やそこらでは絶対に着きません。道がガラガラだったとしても無理ですね」

　今日、二人は同じ時間帯を選んで実際に試してみたが、ひどく車が混んでいて、二十分以上かかってしまった。信号についても確認したが、それぞれが連動しているため、順調に進んでいけば、必ずどこかで赤信号に出会う。

「自転車かバイクで裏道を行く手もありますが、その場合、移動距離がぐんと延びるし、狭い道路を時速六十キロ以上で爆走するわけにもいきません。だから、仮に朝倉がアパートの裏手で誰かに遭遇していたとしても、それは袴田とは別人のはず……なのですが、だとすると、面割《めんわ》りの結果と矛盾してしまいます」

『面割り』とは特定の人物を割り出すことで、写真で行う場合、何枚かを目撃者に見せ、その中から一枚選んでもらう。今回、平林は同年輩の男性十人のバストショットを提示したが、朝倉は即座に袴田義介の写真を指差した。

「念のため、アパートのすべての部屋を確認しましたが、その日、朝倉の姿を見た住人はいませんでした。何か物的証拠があればいいのですが、それもないし……」

元教え子への差し入れの品はレトルトパックのお粥とふりかけ、喉飴だった。朝倉は以上の品物が入った買い物袋をドアノブに掛けて帰った。事件当日、その光景を見かけた住人が三人いたが、最も早い時刻でも五時半過ぎ。商品を購入したのは神楽坂駅近くのスーパーだそうだが、レシートは残されていないし、店員も朝倉の顔を覚えていなかった。

「とにかく、袴田が問題の日時に白銀町で朝倉と会ったことを認めれば、宮瀬襲撃事件に関して朝倉のアリバイが成立し、こっちも安心して次の段階へ進める」

「はい。おっしゃる通り、ですが……」

言いかけた上山が平林の顔を見て、ふと首を傾げる。

「ただ、それは理屈の上の話で、実際には袴田が朝倉と会うのは不可能です。だって、その時刻、やつは二〇一号室で物色を続けていたわけですから」

「間違いなくそうだと、断言できるかな」

「はい。盗みを終えて襖を閉めようとした袴田に被害者の祖父である笠原氏が気づき、飛び起きた時刻が四時七分頃。すぐにつかまえ、電気ごたつのコードで手首を縛って、四時十二分に一一〇番通報しました。そのあたりの時間的経過は笠原伝四郎氏に確認しましたから確かです。

　袴田の自供によると、雨樋を伝って二〇一号室の小窓から侵入したのが午後三時半頃。もちろん大体の時刻ですが、その後の彼の行動を考えると、やはり三十分程度は必要だと思われます」

「長々と説明してもらったが、そんなことは知ってるよ」

「はい？　では、わかった上でおっしゃっているのですか」

　上山の眼が険しくなった。一本気なので、からかわれていると思ったらしい。

「だったら、変です。袴田は荒らしっ放しではなく、原状復帰までしているのですよ。盗まれた預金通帳と印鑑は和箪笥の上から二段めに入っていました。通常、プロの泥棒というのは箪笥の最下段から物色を始めます。一番上の小引き出しに大事なものをしまっておく家は多いので、そこだけ先に探す例はありますが、上から二段めの、しかも衣類の下に隠してあった通帳を短い時間で一体どうやって――」

「失礼します」

声とともにドアがノックされ、上山はあわてて口を閉じる。返事をすると、現れたのは看守係の若い警察官。上山の顔を見ると、うれしそうに笑った。

看守係は刑事への登竜門と呼ばれ、将来事件捜査に携わりたい者はこぞって希望する。上山博文もつい最近までこの仕事をしていたので、後輩が親しみ深い表情になったのだ。

袴田義介が入ってくる。服装は署が貸し出したスウェットの上下。色はグレーだ。

小柄な体に似合わないほど、頭が大きく、額が異常なほど広い。丸顔に糸のような眼。髪は短く刈っていたが、白髪が多いため、実際の年齢より老けて見える。口に出しては言えないが、やはり昨日見た妻とは釣り合いが取れていない気がした。

「こういう場所で会うのは久しぶりだな」

自分の向かいに座らせたあと、平林は笑みを浮かべながら、そう口を切った。

「古なじみだから、留置場まで顔を見に行ったが、あの時はほとんど話ができなかった」

「……旦那、どうして泥刑を辞めちまったんです？」

袴田が上目遣いに平林を見る。上まぶたが厚く、感情がはっきりとは読み取れなかった。

「ん？　そんなこと言われても、宮仕えの身だから、所属部署は上が勝手に決めちまう」

「近頃は警察《サツ》の旦那方の中にも人の情がわからねえ手合いが増えちまった。今日の被害づけなんて、ひでえもんでしたよ」

そう言われて、優子が今日、白銀町のアパートへ行くと話していたことを思い出した。

「何か、あったのか」

「たしか、海老名とかいう名前だったな。係長らしいけど、あいつ、猿回しの紐の端を女のデカの手首に縛りつけやがった。『逃げたりしない』と言ってるのに……幼稚園の子供じゃあるめえし、頭に来ましたよ」

袴田が憤慨している事情が呑み込めた。引きあたり捜査の際、被疑者の逃亡防止のため、必ず腰紐をつける。これが通称『猿回し』で、紐の端は担当刑事が手に持つか、手首に巻いて固定するのだが、海老名係長がその役割を優子にやらせたため、幼稚園児扱いされたと憤っているのだ。

「よくわかったよ。部署が違うが、お前の気持ちは伝えておくから。ただ、あいつは女といっても柔道の有段者で、そこらの男より腕っ節が強いけどな。それよりも……ちょっと、これを見てくれ」

平林がポケットから取り出したのは、朝倉敏志の写真。高校の卒業アルバムを入手し、教職員の一覧を拡大コピーしてきたものだ。袴田は困惑した顔つきで、それを凝視する。

「六日前の月曜、事件があったのとほぼ同時刻に白銀町のアパートの裏で、こいつがお前に会ったと言い張ってるんだ。事情はあたり障りのない範囲でしか話せないが……」

平林は二つの事件の時間的経緯を簡単に説明し、写真面割りの結果についても触れ、

「つまり、お前の証言次第でこの男はアリバイが成立し、容疑から解放される。だから、正直なところを話してくれないかな」

「……こんな顔に見覚えはありませんね」

写真に視線を落としたまま、袴田が言った。機械のような平板な声だった。

「それに第一、四時といえば、二階の部屋で箪笥をごそごそやってた時分ですぜ。俺が地べたの上に立っていられるはずがない」

「まあ、そんな答えだろうとは思ったよ」

平林は余裕たっぷりにそう言い、腕組みをする。

「あの日、午後三時半頃、お前は二階の小窓から部屋へ侵入した。これは本当だろう。ただし、そこから柔道の先生につかまる四時七分まで、部屋の中で物色を続けていたというのは嘘だ。お前は四時前にいったん地上へ下りている」

袴田がやや薄い眉をぐっとひそめる。

「再度侵入した目的は例の人形だ。窓から脱出する前にもその人形を見たはずだが、それが息子がほしがっていた怪獣だとは気づかなかった」

平林はかまわず、早口で畳みかける。

「地面に足をつけてから、はっと気づき、さてどうしたものかと迷っている時、やってきたこの写真の男と鉢合わせしたんだ。こいつはそのあと、一階の部屋のドアノブに買い物袋を掛けて立ち去ったから、お前はもう一度樋を伝って二階へ押し入り、人形をポケットに入れた。そして、そのまま姿を消せばよかったんだが、つい隣の部屋で寝ているじいさんの様子を窺ったため、相手が目を覚ましてしまった。どうだ？　そうに違いないはず――」

「あはははは！」

突然、袴田が大声で笑い出した。まるで発作のような哄笑《こうしょう》が十秒以上続いてから、

「……平林の旦那、しばらく会わない間に、すっかり焼きが回っちまったね」

腹を押さえながら、袴田が言った。図らずも、柔道の達人である笠原伝四郎が口にしたのと同じ台詞だった。

「小窓の義介を見損なっちゃいけませんぜ。そんなばかなまねをするわけがない。もしも俺の言うことがデタラメだったら、喜んでこの首を差し上げます」

袴田はデスクに両手をつき、椅子から腰を浮かせながら、

「泥刑を辞めて勘が鈍ったんだな。今の旦那の眼は節穴同然。心底、呆れちまったよ！」

「……お前の言いたいことはわかった」

内心、平林はたじろいでいたが、もちろん表には出さない。

「つまり、あの日、お前が二階へ上がったのは一度だけなんだな。それなら尋ねるが、この写真の男に、お前は本当に見覚えがないのか」

すると、袴田はふて腐れたように脇を向き、再び口を開くことはなかった。

12

「……というわけなんです。いやあ、手短にまとめるつもりでしたが、なかなかうまくいきませんねえ」

平林が頭を下げる。一夜明け、三月三日、月曜日の午前十時過ぎ。場所は稲荷町の長屋だ。平林の脇には上山が控え、師匠の脇にはおかみさんがいた。

「今日はこいつを連れて、ご挨拶だけのつもりでしたが、ついお言葉に甘えてしまいました」

『この間、話題に出た小窓のナントカさんはその後、どうしたね』と正蔵師匠から水を向けられれば口を割るしかない。平林が捜査情報を躊躇《ちゅうちょ》なく明かすので、上山は最初戸惑っていたが、『署長の許可を取ってあるから大丈夫』と聞き、安心したようだ。

「この間はあんな場所だったから、根掘り葉掘りきくのを遠慮したんだよ。袴垂保輔……ならぬ袴田義介も、恭子さんてえお内儀《ないぎ》も、肉親の縁が薄かったんだね。『おかめ団子』みたいな話が本当にあると聞いて驚いたけど、そういう人たちには何とか幸せになってほしいもんだ」

「おっしゃる通りでして、私もできる限りのことはしてやりたいと思っています。ただ、昨夜知ったのですが、朝倉敏志も家がかなり貧しいらしいのです。父親は早くに亡くなり、母親が狭い畑を耕しながら手内職をして、一人息子を何とか大学まで通わせた。並大抵の苦労じゃなかったはずです。

　宮瀬康将は『顔をはっきり見た』などと言っていますが、どうも信用できません。ただ、社会的地位のある人物で、しかも被害者ですから、我々も強硬な態度は取れない。私が一番心配しているのは高校の校内人事なんですよ。急いで朝倉の無実を証明しないと、年度末でお払い箱になりかねません」

「確かにそうだねえ。臨時雇用だそうだから、契約を更新しないと言われれば、苦情をもっていく先がないもの」

「はい。だから、袴田がアリバイ証言をしてくれることを期待していたわけですが、あてが外れました。あいつが私の前で、あんな敵意むき出しの態度を取るのは初めてです」

「盗人には盗人のプライドてえものがある。もっともな話だが……ねえ、平林さん。あなたの見立てでいいけれど、『もし嘘だったら首をやる』と言った時の袴田の眼はどんなふうだったい。ほら、『眼は口ほどにものを言い』なんてことわざがあるだろう」

「眼、ですか。ええと、それは……うーん」

平林は微かにうなりながら、しばらく考えてから、

「言っていることに嘘はないと思いました。そのあと、『朝倉敏志の顔に本当に見覚えがないか』と再度問いただした時、やつが黙り込んでしまったのも、もし口を開けば嘘が交じると思ったからでしょう」

「なるほど。平林さんのような手練《てだ》れがそう感じたのなら、まず間違いないだろうな」

「手練れなんかじゃありませんが……ただ、その場合、矛盾した状況が生まれてしまいます。事件当日、袴田は午後四時頃、地上で朝倉と会って、その後、二〇一号室に侵入し、四時七分頃には私人逮捕された。もしそうだとすると、短時間のうちにどうやって箪笥の奥から通帳と印鑑を盗み出し、その上、原状復帰までしたのか……」

平林は昨夜からずっとこの点に頭を悩ましているが、壁に突きあたったままだ。ふと脇を見ると、上山も唇を噛んで考え込んでいた。

「可能性は一つしかないと、あたしは思うがねえ」

「えっ？　あの、ということは……師匠は、もう真相を見抜かれてしまわれたのですか」

問いかけると、正蔵師匠は余裕の笑みでうなずく。これには、さすがの平林も驚愕した。

「まあまあ。たかが噺家が言うことなんですから、真《ま》に受けちゃいけません」

完全に言葉を失っていると、おかみさんが笑いながらそう言い、二人の前の茶碗を引き寄せる。そして、急須を取り上げながら、

「近頃、旦那は平林さんから相談をもち込まれるのを心待ちにしてるんですよ。あたしは『もし外れたら大事《おおごと》だから、探偵ごっこもほどほどに』と意見したんですけどね」

「おばあさん、よけいなことは言わなくていいよ」

師匠が顔をしかめながら、右手を振る。やはり、名探偵にも苦手な相手はいるらしい。

「そりゃ、あたしだって鬼じゃないから、千里眼のもち合わせはない。あくまでも刑事さんたちのご参考までにというつもりなんだ」

「はい。もちろんそれで結構で、本当に助かっております。お礼の申し上げようもないくらいでして……で、先ほどの件ですが、あれを合理的に説明できる唯一の可能性というのをご教示いただけませんか」

「本職のあなたにそうもち上げられたのでは、話しづらい。ただの参考意見だと思って、気楽に聞き流してください」

師匠ははぐらかすように笑い、二人にさし替えられた茶を勧めてから、

「今回の謎は特に奇抜なものじゃない。普通に順序よく考えていけば、誰だって正解にたどり着ける。平林さんも上山さんも、ほんのちょいとしたところで、眼をくらまされているんだよ」

13

「順序よく、ですか。我々も筋道立てて捜査しているつもりなのですが……」

平林がつい言い訳をすると、正蔵師匠は軽く首を振り、

「もちろん、そうでしょう。おばあさんの言う通り、あたしのような門外漢に犯罪捜査の機微がわかろうはずがない。けれども、岡目八目というくらいで、脇から眺めた方が見えてくるものもあってね。今度の一件を袴田義介の立場で考えてみようと思うんだが……まず、義理のせがれさんが病気で入院したのが半月前だったね」

「はい。先天性の心疾患だそうで、手術を受ければ治る可能性はあるが、多額の費用がかかる。その金を何とか手に入れようとしたのが犯行動機で、そのため、せっかく更生しかけていたのに、また犯罪に手を染めることになってしまいました」

「うん。で、袴田がオカボレ……なんて符牒は初めて聞いたがね、下見に歩いたのが二月二十一日の木曜日」

「その通りです。小窓のほんの少しのずれで未施錠が一目でわかると言ってました」

「だったら、せっかく絶好の獲物を見つけたのに、なぜすぐ押し入らなかったんだろうね」

「はい？　え、ええと、それは……」

予想もしていなかった問いに、平林は困惑した。

「まあ、いろいろ準備があるでしょうから、すぐその日にというわけにはいきませんよ」

「だけど、もし手術を受けさせるなら、一日でも早い方がいいはずだ。アパートは勤め人が多いから、土日に空き巣は無謀すぎるし、狙う部屋の住人の行動パターンを調べるのにも時間がかかる。美容院の定休日まで確認したと聞いて、用意周到だなと感心したがね。それにしたって、金曜が一日つぶれはしなかったはずだ。その日の同じ時間帯、三時か四時くらいに決行しなかった理由は何だろうね」

「ええと、理由ときかれても……」

平林は答えに窮してしまった。正直、そんなことはまるで考えてもみなかった。

「差し出たまねをするようですが、私の考えを申し上げます」

平林の狼狽ぶりを見かねたらしく、上山が口を開いた。

「袴田は本気で改心していて、再び罪を犯すことに強いためらいがあったのではないでしょうか。だから、段取りだけはつけたものの、三日間、悩み抜いていた」

「なるほど。そうかもしれない。いやあ、さすがは神楽坂署の俊英。感服しましたよ。じゃあ、さっきの疑問はとりあえず引っ込めさせてもらおう。で、話は変わるんだがね」

師匠は反論を軽く受け流し、推理を一歩先へと進める。

「その袴田をつかまえた笠原伝四郎さん……あたしも、名前だけは聞いたことがあるよ。柔道七段だそうだが、そんな達人がなぜ犯人の気配に気づかなかったんだろう。最初《はな》、隣の部屋でガサゴソやられても、隔てているのは襖一枚だし、その後、同じ部屋へやってきて箪笥の引き出しを開け閉めされれば、あたしだって飛び起きそうな気がする。年寄りってのは目敏《めざと》いからね」

「ですから、それは、袴田が盗人の秘伝を尽くして……うーん」

上山が自信なさげに口を閉じてしまう。自供の内容についての説明は済んでいたが、改めて考えてみると、説得力に乏しい。

「吐く息、吸う息を合わせるってんだろう。話としてはおもしろいが、どうも眉唾くさい。信じる気にはなれないよ」

「ひょっとして師匠は、袴田が二十二日の金曜に二〇一号室へ押し入っていたとお考えなのですか。そして、二十五日にも侵入をくり返したと」

「図星だよ。それ以外にあり得ないと、あたしは思ってる」

　あまりにも意外な宣言に、平林は天井を見上げ、しばらく考えていたが、

「まあ、確かに、それが事実だとすれば、我々が頭を悩ましてきた矛盾の一部が解消されます。袴田が自供で口にした午後三時半頃という犯行時刻が虚偽で、本当は四時過ぎだった。そして、その直後、賊の気配に気づき、目覚めた笠原氏に取り押さえられた……ですが、それだと、盗品に関して新たな矛盾が生じます。洋服箪笥の上に置かれていた怪獣の人形はさっと手を伸ばし、ポケットへ押し込めますが、和箪笥の二段めの底に隠されていた通帳と印鑑を取り出す時間がありません」

「いやいや。時間なんて、なくて大丈夫さ」

　師匠はお茶を一口すすってから、おもむろに、

「その時、小窓の義介は三日前に盗んだ二品を返しに行ったんだからね」

「ええっ⁉　そ、そんな、ばかな……」

　すぐ脇で、上山が素《す》っ頓狂《とんきょう》な大声を上げる。それを聞いて、平林はかえって冷静さを取り戻した。

「こら。失礼な態度はよせ。師匠、まことに申し訳ありません。若い者は礼儀を知りませんから……ただ、私も師匠のお説には不合理な点があると思います。確かに袴田は一度改心したわけですから、自分の悪行《あくぎょう》を反省し、盗品を返す気になった可能性はあります。しかし、そのために再度侵入するのは、いくら何でもリスクが大きすぎて――」

「違う違う。あたしはそんなこと言ってないよ」

　師匠が右手を上げ、平林の言葉を遮る。

「小窓の義介と二つ名がつくような盗人だもの。そんなどじは踏まない。逆にききたいんだが、金曜の午後、何があったね」

「何って……ちょっと意味がわかりかねますが……」

「だって、さっき自分で言ったじゃないか。『袴田の女房が二十二日に入院した』って」

「はい。確かに申しましたが、それがどういう……ああっ！　そうだったのか」

　今度は平林が大声を上げる番だった。表面的な事象の陰から、あまりにも意外な真相が顔を出した瞬間だ。

　上山がまだけげんそうな顔をしているので、平林はそちらを向くと、

「考えてみろ。問題の通帳の名義人の笠原美華さんは二十代の女性だ。盗み出したはいいが、まさか袴田が自分で金を下ろしに行くわけにはいかない。疑われるに決まっている」

「あ、はい。それはその通りですが……」

「だから、やつは自分の女房に身代わりをさせるつもりだったんだ。『私は何でもあの人の言いなりでした』と恭子さんも話していたし、今回はかわいい息子の命がかかっているわけだから、『手伝え』と言われれば拒否はしなかっただろう」

「なるほど。確かに、そうですね」

「ところが、その恭子さんが過労で倒れ、入院してしまった。家に戻って、事実を知った袴田はあわてたに違いない。いつ退院できるかもわからないから、その間に美華さんが通帳を確認したら万事休す。もし銀行に連絡されれば、オンラインで通帳が凍結され、快復した恭子さんが銀行に現れた直後、一一〇番通報されて即座に御用だ」

「ははあ。だから、リスクを承知で通帳と印鑑を箪笥へ戻しに行ったのですね。ほとぼりが冷めたら、また盗みに入るつもりで。被害者は火曜が休みだから、銀行へ出向くとすればその日の可能性が高い。やつにとって、月曜の午後がギリギリのタイミングだった。

　そして、六畳間の箪笥の上に前回はなかった怪獣の人形があるのを見て、袴田の脳裏に闘病中の義理の息子の顔が浮かび、ついポケットに入れてしまった。なるほど。そういうことだったのか。しかし……よくそんなところまで見抜けるものですねえ」

　上山が尊敬のまなざしで正蔵師匠を見る。それを受けて、師匠は少し照れたような笑み

を浮かべると、

「平林さん。一昨日、楽屋で盗人の一番の恥は何か教えてもらって勉強になったけど、犯行現場にのそのそ舞い戻ってきてお縄になるのも、そいつに負けず劣らずの恥じゃないかな。『転宅』でちょいと違和感があるのは、翌朝、近所の人たちが間抜けな泥棒が来るのを待ち構えているだろう。普通なら、あそこで警察へ通報するよ。で、張り込んでいた巡査に逮捕されちまう」

「そうか。今回の袴田の場合、現場へ舞い戻った上に私人逮捕までされた……事実を隠そうとするのも無理ありませんね。とても自分の口からは言い出せません」

「だからさ、平林さんの方からうまく話をもっていけば、朝倉さんのアリバイの件も正直に認めるよ。『泥棒としての勘が鈍ったのは真人間になった証拠だ』とか言えばね」

「ありがとうございます。その殺し文句を頂戴して、これから署へ戻って伝えます。行政と連携して、奥さんと子供の面倒もできる限りみると言えば、たぶん素直に話してくれるでしょう」

「もし生活保護の申請が通る前に緊急手術が必要なら、大したことはできないが、あたしも喜んで協力させてもらうよ。こうなったら、関わり合いだもの。

それと、ここから先はあてずっぽうになるから、真面目にきかなくて結構だけど……」

『あてずっぽう』は『当て推量』の江戸言葉。根拠に乏しい推理という意味である。

「ほら、抜弁天境内の事件の方だがね」

「ええっ？　まさか、そちらも犯人が……」

「いやあ、わかりっこないさ。だから、あてずっぽうだと言ってるんだ。しかしね、さっき話を聞いて疑問に感じたのは、なぜ宮瀬さんが犯人は朝倉だと言い張っているのかだ。何か理由があるはずだろう」

「それはそうですね。倒れた姿勢で後ろ姿を目撃した可能性があるので、体型や髪形でそう思ったのかもしれません。あとはもちろん、事件の少し前にいさかいをして、自分を恨んでいるのを知っていたからでしょう」

「さすが、的確な分析だね。あと、もう一つは、殴られる直前に聞いた言葉だ」

「ああ。『何てことしやがる。お前のせいだ』……つまり、それが朝倉の声だったと？」

「いや。だったら、はっきりそう言うよ。ささやき声だったというから、声音《こわね》ではなく、国なまりで判断したんだと思う。『言葉は国の手形』てえくらいだからね」

「ははあ。要するに、茨城の方言ですか」

「うん。落語の中の田舎者は地域が特定されないよう工夫されているが、それでも、『おかめ団子』の新二郎の言葉なぞ見ると、『イ』と『エ』の区別がつかず、あとは、『ナ』の子音が抜け落ちて『ア』になっちまう。『清音化』というそうだがね。つまり、『ナンテコトシヤガル。オマエノセイダ』が『アンテコトシヤガル。オミノセイダ』と……」

「ああ。病院で聞いた宮瀬議員の言葉にそっくりです。そして、朝倉さんの普段の言葉も、そこまでではないにしろ、似た雰囲気がありました。なるほど。それでか」

「この特徴は北関東、つまり茨城や栃木あたりで顕著だ。捜査に予断は禁物だから、あくまでも一つの可能性だが、茨城県の出身で、心を病んで辞めた高校の先生がいるそうだね。朝倉先生のアリバイが成立した今、一応そっちも調べてみる必要があるんじゃないかな」

「承知しました。その点については、慎重に探りを入れてみたいと思います。本当に何から何までありがとうございます」

平林が畳に両手をついてお辞儀をすると、上山もそれに倣《なら》う。すると、おかみさんが待ち兼ねたように、

「そろそろ、お話は一段落しましたか。せっかく来てもらったのに、事件の話ばかりになっちゃって……上山さん、実はねえ、あなたのお祖父様には大変お世話になったのよ」

「えっ？　祖父をご存じなのですか」

高座のホームズの名探偵ぶりに茫然自失状態だった上山が一転、身を乗り出す。

「もちろん。あたしたちが所帯をもった時、旦那は二十六で、三代目の三遊亭圓楽《えんらく》だった。

金八《きんぱち》と名乗っていたのは二十歳から三年間。だから、あたしは噺家時代の栄吉さんは知らないけど、人形町にお店を開いてからは何度も伺ったわよ」

「祖父は、自分が赤ん坊の時に亡くなったので、記憶が一切ないんです。写真で顔を知ってるだけで」

「うちもお父さんの代になってからは足が遠のいちゃったけど……でも、あなたが生まれた時のことはよく覚えてるわ。栄吉さん、『跡継ぎは兄貴がいるんだから、二番めの孫は絶対に噺家にする』と言い張ってた」

「ええっ？　あの、それ、本当ですか」

眼を丸くしている上山に向かって、正蔵師匠が口を開く。

「だって、あたしはあなたが十八になったら弟子に取ると約束させられたんだもの。生涯、カツレツを食い放題という条件でね」

「カツレツを？　では、もし祖父が早死にしなければ、自分はこちらへ弟子入りを……」

そんなやり取りを聞いて、平林がとうとう笑い出した。

「あははは。つまり、世が世であれば、俺とお前は林家一門の兄弟弟子だったんだ。やたら記憶力抜群で落語好きの女デカもいるし、うちの署はその方面について、まことに人材豊富ですよねえ、師匠」

あとがき

『落語刑事サダキチ』シリーズの第二弾をお目にかけることができました。

まず「焼け跡と戦中日記」には練達の腕をもった掏摸《スリ》が登場します。スリという犯罪がミステリーの世界で取り上げられることは珍しいので、可能な限り参考文献を集め、張り切って書き出しましたが、やはり難しかったです。しかし、調べていく過程で未知の世界を覗く楽しさを味わうことができたので、それが読者の皆様にも伝わればうれしいです。

八代目林家正蔵師匠（晩年に彦六《ひころく》と改名）の『八代目正蔵戦中日記』を一部紹介しましたが、これは戦時下での庶民の暮らしはもちろん、当時の落語界の裏側を知ることができる貴重な資料です。興味のある方はぜひ手に取ってみることをお勧めします。

「三人の香典師《でんし》」はいわゆるグルメミステリーのつもりで書きました。よだれの垂れそうな料理が次々に登場するミステリーが今では珍しくなくなりましたが、ブームの火つけ役の一人は間違いなく「香菜里屋《カナリヤ》シリーズ」の作者である北森鴻《きたもりこう》さんだと思います。北森さんは仲のいい飲み友達だったので、彼の才能を誰よりも認めながら、よく電話して、「ただ料理が出てくるだけじゃなくて、やっぱりトリックにつながらないとなあ」などと憎まれ口を叩いていました。もしご健在であればこの作品を読んでもらい、感想が聞けたのに……ふとそんなことを考えました。急逝されたのが本当に残念です。

そして、「泥棒と所帯をもった女」。何とこれは実際にあった事件を下敷きにしています。どの部分がという点を明かす必要はないでしょうが、事実は小説より奇なりとはよく言ったものです。

本書の制作にあたり、前作までと同様、監修をお願いした林家正雀師匠、素晴らしいカバー画を描いてくださった伊野孝行さん、カバーデザインを担当された next door design の岡本歌織さん、そして、中央公論新社の三浦由香子さんに大変お世話になりました。心より感謝申し上げます。

なお、同じ中央公論新社から私の神田紅梅亭寄席物帳シリーズ『道具屋殺人事件』『芝浜謎噺』が刊行されておりますので、そちらも併せてお読みいただければ幸いです。

最後に、この物語は一部実在の人物が登場するものの、内容はすべてフィクションであり、特定の個人・団体等とは一切関係のないことをおことわりいたします。

愛川　晶

参考文献

『林家正蔵集 上巻』『林家正蔵集 下巻』八代目林家正蔵　青蛙房
『八代目正蔵戦中日記』八代目林家正蔵著／瀧口雅仁編　中公文庫
『正蔵世相談義』林家彦六　一声社
『彦六覚え帖』林家正雀　うなぎ書房
『昭和下町人情ばなし』初代林家木久蔵　NHK出版生活人新書
『古典落語　正蔵・三木助集』林家正蔵・桂三木助　飯島友治編　ちくま文庫
『古典・新作落語事典』瀧口雅仁　丸善出版
『落語大百科1』『落語大百科3』川戸貞吉　冬青社
『警察のすべて』別冊宝島編集部編　宝島社
『刑事《デカ》の本　犯罪捜査のプロフェッショナルに迫る』三才ムック
『兵庫スリ犯科帳』兵庫県警察本部刑事部捜査第3課編　のじぎく文庫
『刑事のひとりごと　捜査体験から綴る刑事の実像』金澤邦治　立花書房
『わたしはどろぼう』田岡源紹　サンマーク出版
『メガロポリス犯罪地図』朝倉喬司　朝日新聞社
『「駅の子」の闘い　戦争孤児たちの埋もれてきた戦後史』中村光博　幻冬舎新書

『焼け跡の子どもたち』戦争孤児を記録する会編　クリエイティブ21
『浮浪児１９４５-　戦争が生んだ子供たち』石井光太　新潮文庫
『日本料理　前菜と組肴』野﨑洋光　柴田書店

巻末エッセイ

稲荷町のグルメ試作記

愛川 晶

小説や漫画の中の料理を実際に再現する動画が YouTube などで人気だと聞き、八代目林家正蔵師匠にまつわる味を何か試作したいと考えた。

だが、いざ取りかかろうとすると、これがなかなか難しい。

そばやうどんをすすったり、枝豆を食べたりする仕種《しぐさ》で拍手をもらうタイプではなかったので、噺の中で強い印象を残す食べ物は多くないが、十八番《おはこ》の『火事息子』に登場する握り飯と冷や酒は本当に美味しそうで、まずそれが頭に浮かんだ。

変幻自在な芸風のため、同じ噺でもその時々によって違うが、一九七六年のある口演では次の通りだった。

「昔は知ってる家《うち》の近所に火事があると、一番にご飯を炊いて、むすびをこしらえる。おかずは新沢庵《しんたくあん》をポンポーンと大きく切って、切りだめの中へ入れ、酒はその当時ですから、樽でございましょう。一升樽をつけて、『へい。お騒々《そうぞう》しいこって』……これが何よりのお見舞いの品」

正蔵師匠はこの取り合わせが相当お気に入りのようで、食べ物に関するエッセイの中でも「冷酒を飲んで沢庵をボリボリとかじりながら塩おむすびをつまむってのは、程の良い飲食で実に当を得てますよ」（『正蔵世相談義』）と賞賛しているが、これを再現するとなると、昔と変わらぬ味を保っている沢庵と日本酒を探さなくてはならない。私にはそんな眼力のもち合わせはないので、断念せざるを得なかった。

では、落語からいったん離れ、師匠が普段食べていたものの中から何か一品と考えてみたが、これも簡単ではなかった。あまりにも有名なのが『稲荷町の牛飯』だが、レシピを見た瞬間、無理だと思った。林家正雀師匠の著書から引用すると、

「我われは主に肉を切る係です。肉はスジの部分ですからとても固くて、骨の折れる仕事でした。六貫目（約二四キロ）の肉を二日掛かりで切ったものです。あとはおかみさんが腕を振るいます。酒と醤油《しょうゆ》と砂糖で味付けをして二日ほど煮込んで、仕上げに焼き豆腐とねぎを入れ、また煮込んで出来上がりです」（『彦六覚え帖』）

何を隠そう、牛スジの煮込みは私の得意料理で、調理には自信をもっているが、普段通り、電気圧力鍋を使って一時間かそこらで完成させたのでは再現にならない。しかも、作

る量が全然違うので、味も当然変わってくる。これも諦めるしかなかった。

　このように挫折が続き、途方に暮れかけたのだが、捨てる神あれば助ける神あり。正蔵師匠の著書の中に次のような記述があるのを見つけた。

「他に、私の家であんまり世間にない独特の物は、煎玉子《いりたまご》といって、卵を煎って、その中に鰹節《かつおぶし》を入れて醤油と塩だけでボロボロになるぐらいまでに煎るんですよ。これは昔の船頭の弁当のおかずで、暑いときでも腐らないんです。私の家は曽祖父《ひいじいさん》の代まで船宿をしてましたから、いつとはなしに、そういうおかずの拵《こしら》え方《かた》が伝わっているんですね」（「江戸ッ子の食い物」『正蔵世相談義』所収）

　卵料理は無数にあるが、なるべく水分を抜いてしまった方が腐敗しにくい。つまり、ゆで玉子より玉子焼き、玉子焼きより煎り玉子の方が弁当向きなわけで、そこに乾物である鰹節を大量に加えればさらに腐りにくくなるから、これを一日中日なたで仕事をする船頭さんの弁当のおかずにするのは実に合理的だ。

　早速、試作にかかろうと思ったのだが、それぞれの食材の分量が書かれていないので困ってしまった。調味料については『適量』でもいいが、肝心の卵と鰹節の割合がわからなくてはお手上げである。

　けれども、探せばあるもので、稲荷町の師匠の弟子である林家木《き》久扇《くおう》師匠の著書（刊行当時は林家木久蔵《きくぞう》）に詳しいレシピが載っているのを発見した。

「卵を七、八個溶いた中に、けずったかつお節を同じくらいの分量入れてよくかき混ぜ、醬油だけで味つけして、それをフライパンで焦げないように、菜箸を両手で四本持って忙しくかき回しながら炒りつけたものです」（『昭和下町人情ばなし』）

さすがはラーメン道を極めた師匠だけあって、調理する上でのコツや注意点まで記されていた。さらに、それに続けて、

「出来たら、まず大きな弁当箱にごはんを半分ほど敷き、その上に炒り玉子をぶ厚く敷いて、その上からまたごはんと炒り玉子を厚く二段にするんですが、これがとても美味しいもので、他のおかずがなくても、それだけでいくらでも食べられるんです」

ここまで絶賛されては作らずにはいられない。本来であれば厳選された地卵と鰹節でこしらえるべきだが、凝《こ》るときりがないので、今回はスーパーで購入したごく普通のものを使用した。

〈材料〉
卵……四個
鰹節……一〇グラム

醬油……大さじ一杯半
ごま油……大さじ一杯
ご飯

卵七、八個は多すぎるので、半分にした。鰹節は卵と同量だと、これくらいの重さになる。調味料はシンプルに醬油だけにし、油は江戸前を意識してごま油を選んだ。

我が家には鉄の中華鍋もあるが、焦げるのが怖いので、テフロン加工のフライパンを火にかけ、あとはレシピ通りに……と思ったのだが、両手に二本ずつの四本でかき回すのは難しく、すぐに挫折してしまった。

木久扇師匠は「フライパンの中で混ぜる時、おかみさんは実にうまく箸を使って、手際よくかき混ぜていました」（前掲）とおっしゃっているが、それは正蔵夫人である岡本《おかもと》マキさんならではの至芸であって、不器用な私は片手に菜箸を四本握って悪戦苦闘。何とかそれらしいものを作り終えた。

完成後は、昔風の曲げわっぱの弁当箱を用意し、「ぶ厚く敷く」というほどの量はなかったが、木久扇師匠が紹介されていた二段弁当に仕立て、沢庵二切れを添えた。

すぐに手を出したかったけれど、弁当なのだからとひたすら我慢し、完全に冷めてから

卵と沢庵の黄色が鮮やか。目にも楽しいお弁当だ。（撮影・著者）

食べ始めたが、なるほど、美味しい。通常よりもかなり長く加熱したので、口あたりは炒り玉子とふりかけのちょうど中間といった感じで、ご飯が進む。これで食中毒の予防にもなるなら御《おん》の字《じ》だなと思ったし、試食してもらった家族にも好評だった。

それぞれの食材の分量はあくまでも目安なので、味つけもお好みで結構（ほかにおかずがないのであれば、醬油はもう少し多めがいいかもしれない）。弁当でなく、茶碗に盛ったご飯にかけるのなら、足りなければ追加すればいいので、誰が作っても失敗はまずあり得ない。

ネットで検索したところ、同様のレシピを確認できなかったので、おそらく珍しい調理法なのだと思う。稲荷町流のグルメ、一度お試しになることをぜひお勧めします。

本書は書き下ろし作品です

中公文庫

落語《らくご》刑事《けいじ》サダキチ
——泥棒《どろぼう》と所帯《しょたい》をもった女《おんな》

2023年6月25日　初版発行

著　者　愛《あい》川《かわ》　晶《あきら》

発行者　安部 順一

発行所　中央公論新社
〒100-8152　東京都千代田区大手町1-7-1
電話　販売 03-5299-1730　編集 03-5299-1890
URL https://www.chuko.co.jp/

DTP　嵐下英治
印　刷　三晃印刷
製　本　小泉製本

Published by CHUOKORON-SHINSHA, INC.
Printed in Japan　ISBN978-4-12-207374-6 C1193

定価はカバーに表示してあります。落丁本・乱丁本はお手数ですが小社販売部宛お送り下さい。送料小社負担にてお取り替えいたします。

中公文庫既刊より

あ-79-8
落語刑事サダキチ　神楽坂の赤犬　愛川晶
噺家に憧れ、高座扇を持ち歩く「落語刑事」平林定吉が、隠れた名探偵・八代目林家正蔵とともに事件を解決。昭和五〇年代が舞台の落語愛あふれる警察小説。
207240-4

あ-79-2
高座のホームズ　昭和稲荷町らくご探偵　愛川晶
昭和五〇年代、稲荷町の落語長屋。噺家連中が持ち込む謎の数々を解き明かすのは、八代目林家正蔵（のちの彦六）⁉　名人の推理が光る洒脱な落語ミステリー。
206558-1

あ-79-3
黄金餅《こがねもち》殺人事件　昭和稲荷町らくご探偵　愛川晶
古典落語の名作「黄金餅」を彷彿とさせる怪事件が雪の東京で発生した！　落語界の大看板にして名探偵・八代目林家正蔵が謎に挑む痛快落語ミステリー第二弾！
206645-8

あ-79-5
高座のホームズみたび　昭和稲荷町らくご探偵　愛川晶
「犬の目」を口演中の二つ目・佃家花蔵が酔客に左眼を殴打され、次いで花蔵の兄弟子・傳朝が暴漢に襲われる。八代目林家正蔵の推理は⁉〈解説〉西上心太
206775-2

あ-79-7
芝浜の天女　高座のホームズ　愛川晶
天女のように美しい妻の秘密とは？　女に金に、芸の道に悩める噺家たちが今日も探偵・林家正蔵の長屋へやってくる。落語ミステリー第四弾。〈解説〉広瀬和生
206903-9

あ-79-4
道具屋殺人事件　神田紅梅亭寄席物帳　愛川晶
真打ちを目指し、日々修業に励む二つ目・寿笑亭福の助の周辺で次々と謎の怪事件が勃発！　〝落語ミステリ〟の異才が放つ珠玉の三編。〈解説〉宇田川拓也
206722-6

あ-79-6
芝浜謎噺　神田紅梅亭寄席物帳　愛川晶
二つ目・寿笑亭福の助の元弟子が『芝浜』の稽古をつけてほしいと泣きついてきた。口演が難しい人情噺に拘るのには深い事情が。異色の落語ミステリ三篇。
206808-7

各書目の下段の数字はISBNコードです。978－4－12が省略してあります。

い-137-1
本牧亭の灯は消えず　席亭・石井英子一代記　石井英子
講談定席として多くの芸人が集った本牧亭。その席亭として昭和の演芸界を支えた「おかみさん」が語る、笑いあり涙ありの一代記。〈巻末対談〉宝井琴調・神田伯山
207122-3

お-82-4
江戸落語事始 たらふくつるてん　奥山景布子
口下手の甲斐性なしが江戸落語の始祖⁉ 殺人の濡れ衣や綱吉の圧制に抗いながら、決死で〝笑い〟を究めた咄家・鹿野武左衛門の一代記。〈解説〉松尾貴史
207014-1

か-92-1
桂馬の高跳び　坊っちゃん講釈師一代記　神田山陽（二代目）
明治生まれの若旦那、張り扇片手に芸の道へ。講談を愛し、講談に尽くした「革命家」二代目神田山陽の痛快な一代記。孫弟子・六代目神田伯山による解説収録。
207002-8

た-56-1
新釈落語咄　立川談志
古典落語の真髄を現代訳した〝家元〟談志の落語論。「粗忽長屋」から「妾馬」まで珠玉の二十篇に新たに光が当てられ、いま蘇る。〈解説〉爆笑問題・太田　光
203419-8

た-56-3
酔人・田辺茂一伝　立川談志
若き談志が「人生の師」と慕った紀伊國屋書店創業者・田辺茂一。ともに遊んだ昭和のネオン街と華やかな交友関係を振り返る漫談風エッセイ。〈解説〉高田文夫
207127-8

た-56-4
作家と家元　立川談志
吉行淳之介、色川武大、石原慎太郎、伊集院静――三十代から晩年まで、天才落語家が夜ごと語り合った六人の作家との対談、エッセイを収録。文庫オリジナル。
207141-4

た-56-5
談志受け咄　家元を笑わせた男たち　立川談志
任俠・落田八郎、歌手・ジミー時田、そして毒蝮三太夫。人生の師匠に捧げた『酔人・田辺茂一伝』に続く、破天荒な男たちとの友情物語。〈解説〉毒蝮三太夫
207199-5

ち-8-13
作品集 講釈場のある風景　中央公論新社編
漱石、荷風の随筆から寂聴の短篇まで。講談専門の寄席「講釈場」や講談師たちを描いた明治・大正・昭和期の小説・随筆を集成。〈対談〉神田伯山・長井好弘
207274-9

各書目の下段の数字はＩＳＢＮコードです。978－4－12が省略してあります。

あ-94-1
狂った機関車 鮎川哲也の選んだベスト鉄道ミステリ
鮎川哲也 選 日下三蔵 編
戦前の本格推理から、知られざる作家の佳品まで、鉄道を舞台にしたミステリのアンソロジー。短・中篇の読みやすさ、懐かしさと新鮮さが共存した全七作。
207027-1

え-21-1
巡査長 真行寺弘道
榎本憲男
五十三歳で捜査一課のヒラ捜査員——出世拒否×バツイチ×ロック狂のニュータイプ刑事登場。圧倒的なスケールの痛快エンターテインメント！〈解説〉北上次郎
206553-6

き-40-1
化学探偵Mr.キュリー
喜多喜久
周期表の暗号、ホメオパシー、クロロホルム——大学で起こる謎を不遇の天才化学者が解き明かす!! 至極の化学ミステリが書き下ろしで登場！
205819-4

こ-40-24
新装版 触発 警視庁捜査一課・碓氷弘一1
今野敏
朝八時、霞ヶ関駅で爆弾テロが発生、死傷者三百名を超える大惨事に！ 内閣危機管理対策室は、捜査本部に一人の男を送り込んだ。「碓氷弘一」シリーズ第一弾、新装改版。
206254-2

と-25-45
新装版 雪虫 刑事・鳴沢了
堂場瞬一
俺は刑事に生まれたんだ——鳴沢了は、湯沢での殺人と五十年前の事件の関連を確信するが、署長である父は彼を事件から遠ざける。〈解説〉宇田川拓也
206821-6

と-26-9
ＳＲＯ Ｉ 警視庁広域捜査専任特別調査室
富樫倫太郎
七名の小所帯に、警視長以下キャリアが五名。管轄を越えた花形部署のはずが——。警察組織の盲点を衝く、連続殺人犯を追え！ 新時代警察小説の登場。
205393-9

に-18-9
聯愁殺 新装版
西澤保彦
迷宮入りの連続殺人事件、唯一の生存者から真相究明を託された〈恋謎会〉の面々。白熱の推理バトルの末、彼らが辿り着いた真実とは——!? 〈解説〉唐木厚
207219-0

ほ-17-14
新装版 ジウI 警視庁特殊犯捜査係
誉田哲也
人質籠城事件発生。門倉美咲、伊崎基子両巡査が所属する警視庁特殊犯捜査係も出動する。だが、この事件は〝巨大な闇〟への入口でしかなかった。
207022-6